兰州大学中央高校基本科研业务费专项资金项目

（22lzujbkyjh005）阶段性成果

晚清中国游记

"中央王国"的游历与调研

〔美〕詹姆斯·哈里森·威尔逊
（James Harrison Wilson）　著
柴　櫹　李路含　魏晨曦　译
张　敏　赵燕凤　校

中国社会科学出版社

图书在版编目(CIP)数据

晚清中国游记:"中央王国"的游历与调研/(美)詹姆斯·哈里森·威尔逊著;柴橚,李路含,魏晨曦译. —北京:中国社会科学出版社,2024.5

ISBN 978 - 7 - 5227 - 3397 - 5

Ⅰ.①晚… Ⅱ.①詹…②柴…③李…④魏… Ⅲ.①游记—作品集—英国—近代 Ⅳ.①I561.64

中国国家版本馆 CIP 数据核字(2024)第 071919 号

出 版 人	赵剑英
责任编辑	张 湉
责任校对	姜志菊
责任印制	李寡寡

出　　版	中国社会科学出版社
社　　址	北京鼓楼西大街甲 158 号
邮　　编	100720
网　　址	http://www.csspw.cn
发 行 部	010 - 84083685
门 市 部	010 - 84029450
经　　销	新华书店及其他书店

印　　刷	北京明恒达印务有限公司
装　　订	廊坊市广阳区广增装订厂
版　　次	2024 年 5 月第 1 版
印　　次	2024 年 5 月第 1 次印刷

开　　本	710×1000 1/16
印　　张	13.75
插　　页	2
字　　数	201 千字
定　　价	78.00 元

目　录

译者序

"兴废由人事，山川空地形。"纵观古今，19世纪末的中国正处于人类文明发展史上最富于变化的时代之一。彼时的神州大地在晚清政府的统治下，内忧外患、百弊丛生，在历史的十字路口颠仆竭蹶、无所适从。千百种矛盾交织，数十载风云激荡，都留给今天的我们远望近观，亦为镜鉴，亦资反思。本书通过一位美国军官的独特视野与亲身感历，生动还原了清朝末年华夏厚土的时代风貌与社情映像，穿透历史的暗流与时空的隔阻，引领当代读者重温汗青故简，聊拘史笔清霖。

本书的作者詹姆斯·哈里森·威尔逊（James Harrison Wilson，1837—1925）是19世纪美国军事家、工程师及地理学者，出生于伊利诺伊州肖尼敦，1860年毕业于西点军校，早年间曾游历欧美诸国。在南北战争期间，威尔逊先后担任波托马克军团司令副官、华盛顿特区及密西西比战区的骑兵团长等职，内战结束后成为一名铁路工程师，1898年重入军籍，美西战争期间任陆军少将，兼管战地勘探等职务。自19世纪后半叶起，威尔逊少校奉美国军方差遣多次访华，考察中国基建市场、水情地理、人文风物等国情。他的行程东起沪上，西临荆楚，南抵台海，北及塞外，萃汲数载间的游历、见闻，撰成《晚清中国游记："中央王国"的游历与调研》（China：*Travels and Investigations in the "Middle*

Kingdom"）这部历史纪实类游记。

此书共 25 万余字，分 21 章节。从作者远渡重洋的赴日之旅起笔，内容丰富翔实，文风细腻典朴。威尔逊凭借自己的职衔之便，仰察时局之奥，洞悉晚清中国朝堂与国际形势的一呼一吸；俯拾烟火之美，写尽神州大地的物华天宝与浮生百态。他以观察家的视角以及科学、严谨的态度，结合自己的亲身经历，全面分析了东方农耕文明与西方工业文明之间的种种优劣，字里行间透视中国的精神内核与文化"骨相"，趣味性与知识性俱佳，历史价值和文学价值共驱，如：透过黄河水患的治理乱象，检视晚清时期的政治生态；对中国人口增长趋势及结构的系统性分析，折射晚清政府"闭关锁国"政策的特点，以及推广大众教育之必要性；根据中国主要矿藏、商业枢纽及军事要塞的分布，勾绘中国铁路网及电报系统的建设蓝图；透过守旧派与维新派官员的朝堂博弈与帝后之争，预见晚清政府的外交风向与政策前景……

柴櫵、李路含、魏晨曦、张钰洁、吴祖航、朱文睿、芦元琪、翁少珺、张敏、赵燕凤、王朝政、王泽晧参与了部分翻译与校对工作。衷心感谢兰州大学社会科学处、兰州大学外国语学院、中国社会科学出版社诸位同仁的鼎力相助，玉成此译著。

"以古为镜，可以知兴替；以人为镜，可以明得失。"译者衷心希望此书能对当代中国读者有所助益，于思于勉。千虑一得之作，无能为役，尚祈诸君不吝指教，玉汝臻全。

译者谨识

2023 年 9 月于兰州大学　茸尨斋

第一版序

过去五年间，全球经济普遍遇冷。彼时，世界大国中唯有中国尚未引进铁路，其巨大的市场潜力受到英、法、德等国家青睐。1885 年春，本人开始着手考察中国国情，包括铁路等现代基础设施现状，以及官府、民间对于这场现代化改革的态度，但最终查无实论。纽约的一些故友与本人经历大同小异：力图为美国的技术、企业和资本开拓海外市场，却无果告终。故此，我只得远赴太平洋彼岸，实地考察中日两国铁路系统的建设条件、市场潜力、预期收益与相关工程的境外承包细则等。

不过，美国的外交信函中对上述情况讳莫如深，驻东方诸国的公使们仿效欧洲的政治传统，刻意回避这些国家的商业、制造业及公共事业现代化问题（相关领域建设皆须联合资本及大量劳动力支持）。偶有外邦旅人、记者试图向国际社会揭露中国相关领域（如铁路建设、煤矿、钢铁产业等）的市场空白以引起舆论关注，但言论大多流于浮泛，不尽切实，赴华实地考察势在必行。

决意起程后，我准备好一应身份证件（包括美国政府出具的公函），于 1885 年 9 月 8 日离开纽约，西赴旧金山。19 日，本人搭乘太平洋邮政轮船公司的汽轮横渡太平洋，前往横滨和上海（贝里先生为船长）：从旧金山到横滨耗时二十二天，由横滨至上海约八天，行程共历时一个月左右。

据粗略估算，此番考察之旅预计耗时五六个月的时间。我抵沪时已是晚秋，随即北上天津——中国北方的海上门户，直隶总督署所在地。时任直隶总督李鸿章早年领兵镇压太平天国运动，因战功卓著擢升至总督职，兼任文华殿大学士，位高权重，为朝廷倚仗。我在津时，受其礼遇甚隆，有幸与他会晤数番。李总督论事详尽，坦率开明。听从他的建议，本人相继造访天津大沽镇、唐山开平区、北京等地，游览了长城，最后前往黄河流域，考察当地的堤坝建设及运河水情。时值仲冬，我辗转直隶、河南及山东三省，骑行逾 1500 英里，顺便参观了河南开封府与山东济南府，以及孔子的故里——曲阜，并攀登中国的圣山——泰山。

我返津后多次拜会李总督等要员，随赴北京，在京逗留半月之久。待海河解冻，恢复通航后，我搭船前往上海，由此溯长江而上，游览镇江、南京等地，与两江总督曾国荃会晤。返沪后，我二度乘汽轮前往日本，经停长崎、下关，最终在神户登陆，后搭乘火车抵达大阪、京都（在此停留数日）、大津（琵琶湖以东，可由水路直抵长滨）、关原。在关原，转乘人力车沿中山道至横河、崎本，再搭乘火车赴东京和横滨。

在日本周游期间，正值五月，这是日本一年中最美丽的季节，后返回上海，应台湾巡抚刘铭传①之邀赴岛内观光。我在岛北逗留一周，考察当地的水文海港及自然资源，期间再次收到李总督致电相邀，便搭乘汽轮（船长为丹尼尔先生）经由上海中转，前往天津。两周后原路返回纽约，此时相比原定计划，延迟近一年。

此番赴华总行程近 30000 英里。我远涉绝域殊方，深稽博考，萃汲途中重要见闻撰成此书。中间多得故友、媒体襄赞，管见所及，难免有所疏舛，望读者原宥海涵。

---

① 刘铭传（1836—1896），清朝末年淮军重要将领，洋务派代表人物，台湾省首任巡抚。——译者注

即便介绍中国的书籍浩如烟海，但某些方面仍存空白，如：西方文明浸染之前中国的社情风貌，西人为中国带来的"祸福"，以及西人在华发展前景……有鉴于此，本书旨在全面、忠实记录中国的现代化进程。执于此念，本人力图为诸君展现真实、立体的中国。更多相关内容见于卫三畏先生①主编的最新版《中国总论》（*The Middle Kingdom*）。作为国际知名传教士，卫三畏先生曾数度出任美国驻华参赞和代办。该书内容翔实，堪称西方社会了解中国的权威读本，也是他凝聚心血的代表作。本书中对其内容多有引用，特此鸣谢。

纵观中国历代王朝更迭，暴力与阴谋交织，内外兵祸不止。史笔流转间英杰辈出，力挽狂澜，化乱为治。如，蒙古成吉思汗与忽必烈，明太祖朱元璋，清太宗爱新觉罗·皇太极，皆为此中翘楚。但整体而视，中国历史上的明君寥若晨星。包罗杰②所著《中国》（*China*）一书中对历代帝王道叙甚翔，感兴趣的读者可略加涉猎。

在诸多介绍中国风土人情的西人书籍中，以玉尔上校③的《马可·波罗之书》（*The Travels of Marco Polo*）最具代表性。虽为译注本，其精彩程度毫不逊于《马可·波罗行记》。故此，本人在此特别感谢包罗杰、玉尔等作者，他们关于太平天国运动的著作为本书提供了诸多帮助。时任美国驻天津副领事毕德格④所

---

① 卫三畏（Samuel Wells Williams，1812—1884），美国最早来华的新教传教士之一，汉学家。——译者注

② 包罗杰（Demetrius Charles Boulger，1853—1928），19世纪下半叶活跃的英国历史和政论家。——译者注

③ 亨利·玉尔（Henry Yule，1820—1889）所著《马可·波罗之书》是近代以来权威的马可·波罗行记英文译注本之一。其注释详明，考证精当。全书分四卷，共234章。内容涉及中国的山川地形、物产、气候、商贸、宗教、风俗习惯等。——译者注

④ 毕德格（William N. Pethick，？—1902），美国人。同治十三年（1874年）来华，任美国驻天津副领事。后因仰慕李鸿章而辞去领事职务，入李鸿章幕府，为其出谋划策，辅助筹划修建关内外铁路等。毕德格熟悉汉语、法语、德语等国语言，长期担任李鸿章的私人秘书、翻译和顾问。——译者注

著的《李鸿章传》（*Life of Li Hung-Chang*）行将问世，书中对这场运动的记载极尽翔实，本人受益良多。毕德格先生久居中国，精通汉语，在中国文学领域造诣颇深，长期担任李鸿章总督的私人秘书。他对中国的人事、时局有许多真知灼见；京师同文馆总教习、传教士丁韪良①所撰《汉学菁华》（*Hanlin Papers*）对本书亦多有裨益，特此致谢。

访华期间，我幸得美国驻华公使田夏礼②数度襄援，周全礼荐，玉成此行。田夏礼先生材优干济，可谓适材适所。其眷属、随员秘书柔克义先生③、美国驻华领事哲士④等人亦固为称职，本人深为感戴。

最后，特别鸣谢旗昌洋行⑤（Russell & Co.）及其各地分会（包括台湾省分会）等各界人士对本书的帮助，包括上海总会高级合伙人文森特·史密斯先生、驻华使馆代办石米德先生⑥、驻天津领事乔治·T. 布罗姆利先生、驻日公使理查德·B. 哈伯德先生、日本外交部顾问亨利·W. 丹尼森先生、达拉谟·W. 史蒂

---

① 丁韪良（William Alexander Parsons Martin, 1827—1916），美国基督教长老会传教士。1846 年毕业于印第安纳州大学，入新奥尔巴尼长老会神学院研究神学。1849 年被按立为长老会牧师。1850—1860 年在中国宁波传教。由于他熟谙汉语，1858 年中美谈判期间，曾任美国公使列卫廉译员，参与起草《天津条约》。——译者注

② 田夏礼（Charles Denby Jr., 1861—1938），美国驻华公使，深谙中国语言和文化，曾任职于中国和奥地利维也纳。——译者注

③ 柔克义（William Woodville Rockhill, 1854—1914），美国外交官、汉学家。1884 年起活跃于美国外交部门。同年来华，在北京美国驻华公使馆先后担任二秘、一秘，历任美国驻朝鲜汉城代办，美国国务院秘书长，第三、第一助理国务卿，1897 年任美国驻罗马尼亚大使。1905—1909 年任美国驻华大使。1909—1911 年任美国驻俄罗斯大使。1911—1913 年任美国驻土耳其大使。柔克义对古代中国、南洋、西洋交通史曾做深入研究。——译者注

④ 哲士（Fleming Duncan Cheshire, 1849—1922），美国商人、驻华总领事。——译者注

⑤ 1862 年 3 月 27 日，美商旗昌轮船公司在上海成立。旗昌轮船公司，亦名"上海轮船公司"，是美国在华旗昌洋行经营的企业之一。——译者注

⑥ 石米德（Enoch Joyce Smithers, 1828—1895），美国外交官。1885 年任驻华使馆代办，1887 年调任驻天津领事。——译者注

文斯先生以及日本横滨沃尔什商会（Messrs. Walsh，Hall & Co.）的托马斯先生和约翰·沃尔什先生。

特拉华州威尔明顿市郊，斯托克福特

1887 年 3 月 12 日

第二版序

时值中日交战，我自觉有必要为此书增序，缮补前文。成书迄今，书中相关人事并未大改。光绪帝、直隶总督李鸿章及前任台湾省巡抚刘铭传（1891 年卸任）依然健在，醇亲王奕譞①和曾纪泽侯爵业已谢世。中国的国情、政体一切如故。

据今，慈禧太后仍是清朝的实际当权者。她独揽朝纲，彻底架空了光绪帝的君权；财税制度改革遥遥无期，国家军队储备匮乏，行政管理混乱，交通系统落后，国力窘绌，列强环伺之下难以守土自保。清政府为部分兵员装备现代化军火，进口战舰数艘以固海防，但遣散了大批在军中任职的外国军官。军队管理体制改革由此受阻，难以实现真正的现代化。

铁路建设方面，天津和塘沽（近大沽口）至开平煤矿段的铁路已趋完备，穿过煤田进一步向满洲里方向延伸，及山海关（渤海湾内，长城的起点所在）方止。中国舰队、商船的燃料供给皆仰此线。然其距海过近，极易成为外军攻击的目标。

中国人烟阜盛，劳动力十分丰足，但国内的政治制度、军队

---

① 爱新觉罗·奕譞（1840—1891），字朴庵，号九思堂主人，又号退潜主人。道光帝第七子，咸丰帝异母弟，光绪帝生父。母为庄顺皇贵妃乌雅氏，其大福晋为慈禧太后胞妹。晚清政治家，光绪初年军机处的实际控制者。——译者注

管理体系和交通系统落后，且民心涣散、民智未启。虽有亿万之众，却难御侮图存。

本书重点内容包括：李鸿章其人其事、刘铭传和左宗棠谏言兴修铁路的奏折；中央政府机构的职权划分及财政制度等，下文将对此展开详叙。

回首过去 10 年，中国一直在原地踏步，而与之相邻的日本迅速崛起：建立起现代化政治体制，培养出一批锐意进取的政治家；国家军队组织高效，纪律严明，普遍装备欧洲所产最先进的现代化武器；海军配有大威力火炮，所用铁甲舰、炮艇皆从英、德两国进口，性能一流；军官至普通兵员均接受过正规训练，专业素养极高。整体而言，日本的现代化军事改革已然取得了长足发展，军队战力得到全方位增强。

时下中日两国战事胶着，这场战争背后存有一段历史渊源：自古以来，朝鲜一直是清朝的附属国。其国土毗邻日本，两国间以一道宽约 70 英里的海峡①为界。近年来，日本外贸业渐趋繁荣，国内商队频繁往来海内外，屡次穿峡越境，与朝鲜在领海问题上时有纷争。彼时的朝鲜吏治腐败、朝纲崩弛，南部诸省爆发大规模起义②，兵锋直指首都，举国民心思变。其间，起义军与在朝西人和日本人多有冲突。加之国内正规军的倒戈，朝鲜政府一度陷入瘫痪。

眼见国内局势失控，大清驻朝公使力谏朝鲜国王③向清政府求援，清廷派遣一支数千人的军队赴朝平叛。日本认为，此举有

①　又称济州海峡，位于朝鲜半岛东南部与日本九州岛、本州岛之间，连接日本海与中国黄海、东海。——译者注

②　公元 1894 年（甲午年）在朝鲜境内爆发的由东学道领袖领导的反对朝鲜王朝封建统治、反对帝国主义瓜分侵略的农民起义。历史上又称之为东学党起义。它直接导致了甲午中日战争的爆发，是近代国际关系史上的重大事件。——译者注

③　李熙（1852—1919），朝鲜高宗，朝鲜王朝第 26 代国王、大韩帝国开国皇帝。——译者注

违两国先前签订的《中日修好条规》①，令日朝两国的关系雪上加霜，遂在未正式对清朝宣战的情况下，派遣一支由 28 艘战舰和运输船组成的战队、10000 名海陆兵员、3000 名后勤苦力及一应军需物资进犯朝鲜，攻城略地，直取汉城②。

而今，这场战争的走向尚未明朗。鉴于本书中对中日两国的发展现状、风俗民情及国防能力已有详述，读者可据此判断战争的结果。

同时，英俄两国密切关注着中日战况，随时可能介入；反观清朝境内，亦有民变发生的可能。内忧外患之下，清政府的统治已然危如累卵。中日甲午战争是否会成为改变整个东亚地区政治格局的导火索？且待时间给出最终的答案。

特拉华州威尔明顿市

1894 年 8 月 16 日

---

① 1871 年 9 月 13 日，中国清政府与日本明治政府在天津签订的条约，其中规定中日两国互不侵犯，共同享有领事裁判权、协定关税权。但日本对该条约并不满意，在此后 20 多年间屡次要求修约，均被清政府拒绝。甲午中日战争后，《中日修好条规》作废，以不平等的《中日通商行船条约》代之。——译者注

② 今首尔市。——译者注

第一章

初访日本——今非昔比——内海①——回程——中仙道——东海道——觐见天皇——皇宫——臣侍——谒见礼——幕府政治的丧钟——上野公园餐会——郊野鸭塘——艺伎——相扑——烧酒与养生——社会变革——郊游——大和文明——政府的构成——内阁大臣——教育振兴——铁路建设——政通人和——传统工艺——"来路迢迢"：早期封建主义——倒幕维新运动——萨英战争——历史的转捩：明治维新——外交突破——修约——铁路建设"狂潮"——进口市场——旅游胜地

日本对于旅游者而言并不陌生，相关记载不一而足，在此不加赘述。我只根据自己的亲身感历，浅谈日本在现代改革中取得的成就。初次踏足这座美丽而独特的岛国，我走马观花游览了横滨、东京、神户和大阪四地，并乘汽船巡弋内海。这片海域因水质清澈、景致旖旎而闻名。

内海之行十分难忘：天高云淡、万物如画，令人目不暇接，神醉心驰。八个月后，我重返日本，复为其绚丽的春景所惊艳。处处日光和煦，花红柳绿，香溢四野。我在神户港登岸，乘火车

① 日语意为狭窄的海峡，位于日本本州、四国之间。——译者注

· 1 ·

穿过大阪和京都，在琵琶湖①换乘汽船至长滨，后复乘火车前往
20 英里外的关原。在关原站转乘人力车，经中仙道（即日本阿尔
卑斯山脉②沿线）行进约 150 英里，抵达横滨，后再转乘火车前
往高崎和东京，沿途景致多样，变幻无穷。我在东京逗留近半
月，其间除与日本内阁总理大臣等政要会晤外，还拜访了哈伯德
公使③及他国驻日外交大使等数人。

　　经美国驻日公使哈伯德、驻朝鲜总领事及帕克先生④引荐，
笔者有幸得到天皇陛下⑤的接见。按照内阁规定，我们一行于当
日上午 11 点准时抵赴皇宫。各部大臣及秘书官依例，身着晚礼
服。本人出身戎行，故着少将制服。内阁遣专员至皇宫外接引。
日本皇宫为木制，造型低矮、占地宽绰，宫中一应陈设多效仿
欧美，侍卫着装亦从欧制。本人所经房间铺有风格简洁的英式
地毯，悬挂乔治亚式⑥的花边窗帘。窗户镶有玻璃，还有一些
用薄纸装裱而成。欧式桌椅、书案、台镜和盥洗用品随处可
见。日式屏风及青铜器是宫内主要装饰品，相形之下略显简
素。行至前厅，众人脱帽寄存。随后在几名侍卫的引领下，迂
回穿过数座长厅。每处转角皆有卫兵驻守，在我们走过时行礼
致意。

---

　　①　位于日本滋贺县，日本最大的湖泊，面积约 674 平方千米。邻近京都、奈良、大
阪和名古屋，为近畿地区 1400 万人提供水源，故被称为"生命之湖"。——译者注
　　②　日本本州中部的山脉。19 世纪末，该名始用于飞驒山脉（北阿尔卑斯），现包括
其木曾山脉（中央阿尔卑斯）和赤石山脉（南阿尔卑斯）。各山脉均为有名的游览和登山
地。飞驒和赤石山脉分别划入中部山岳国家公园和南日本阿尔卑斯国家公园。——译者注
　　③　理查德·本内特·哈伯德（Richard Bennett Hubbard，1832—1901），1885—1889
年任美国驻日本公使。——译者注
　　④　威廉·亨利·帕克（William Henry Parker，1847—1908），美国知名律师，南达科
他州政治家，南北战争时期资深军事顾问。——译者注
　　⑤　明治天皇（1852—1912），名睦仁，日本第 122 代天皇。——译者注
　　⑥　诺丁汉虽然是英国特色城市，但其间的建筑、陈设仍以由乔治亚风格、英国民居
风格为主。乔治亚风格兴起于文艺复兴时代，兼有巴洛克曲线形态及洛可可的装饰要素，
秉承了古典主义的对称与和谐的原则，以简约、素雅著称，在 18 世纪时广泛流行于欧美
各地。——译者注

行至一处接待室，首相伊藤博文①、外务大臣陆奥宗光伯爵②及内大臣德大寺实则男爵③（后晋升为公爵）等数名政要在此迎候。内阁大臣身穿欧式正装（与阿尔伯特亲王④所着款式相仿），配浅色下装；内廷官员则身着做工考究的燕尾服，饰以金穗和镀金纽扣，典雅而不失简朴。他们殷勤温雅，行止合度，都能说上一口流利的英语。

我们与接待的官员们洽谈片刻后，即有内侍传"天皇陛下"谕令，召我等入内觐见。在侍从的引领下，穿过一座宽阔的大厅（其中一侧墙壁上设有纸窗）与一扇折叠门，我们来到谒见厅。谒见厅长 40—50 英尺⑤，宽约 30 英尺，其间装修典朴，陈设雅致，天花板十分低矮。天皇佩剑持冠，身着一套简素而不甚合体的轻骑兵制服立于远端，外务大臣与首相一左、一右分立两侧。

觐见时，公使先生居中，我与帕克先生随行左右，几位秘书官跟在我们身后。行至天皇陛下近前数英尺处止步，鞠躬三巡（事先未演练，整齐度欠佳）。礼毕，内侍朗声向天皇引见了公使先生。公使又依次引见了帕克、本人以及众秘书官，措辞十分正式。伊藤首相将公使所言传译为日语（天皇不懂英文）。陛下垂询了我们在日的行程安排，附言平安、顺遂的祝语，声音低沉、和蔼。随后，哈伯德公使代我们向天皇致意，感谢周致的招待，

---

① 伊藤博文（1841—1909），幼名利助，字俊辅，号春亩。日本长州（今山口县西北部）人。日本明治九元老之一，日本第一任、第五任、第七任、第十任首相（内阁总理大臣）。担任过日本枢密院议长、贵族院院长、首任韩国总监、明治宪法之父、立宪政友会的创始人。官至从一位、大勋位、公爵。——译者注

② 陆奥宗光（1844—1897），日本外交家、武士、维新元勋，近代中日关系史上关键性的人物之一，利用朝鲜东学党起义之机，施展"狡狯"的外交手段，发动了甲午中日战争。——译者注

③ 德大寺实则（1840—1919），明治时期公卿。明治二十四年（1891 年）拜任内大臣、兼侍从长，明治四十四年（1911 年）晋封公爵，任贵族院公爵议员。——译者注

④ 阿尔伯特亲王（Prince Albert, 1819—1861），维多利亚女王的表弟、丈夫，一位统治英国 20 年却没有名分的国王。——译者注

⑤ 1 英尺 = 0.3048 米。——译者注

并祝祷他福寿双修，国祚安平。复行三次鞠躬礼后，我们退出了谒见厅。

天皇陛下中等身材，神情庄肃，肤色黝黑，富态横生，就外观而言并无过人之处。接见过程中，甚至一度略显焦躁、厌烦之色，但其言谈行止依然得体。我听闻，天皇勤政恤民，治国有方：当年，正是一场民间兴起的改革运动（明治维新）使得日本摆脱了封建统治的樊笼，匡助天皇夺回君权，重掌朝纲。此前，天皇一直为幕府将军"软禁"在邸中，形同傀儡，而今得到伊藤首相等人的尽心辅佐，俨然成为日本政府的实际当权者。天皇为人平和亲善，与阿拉伯帝国的圣主哈伦·拉希德①一样，尤喜微服私访，体询民瘼，寻趣于烟火。

觐见礼毕，本人与哈伯德公使受日本海军大臣西乡从道②之邀，换便装前往上野公园，赴午餐会。时任陆军大臣的大山岩伯爵③与我们同行。筵席的肴点、布置皆循法式，菜品精致可口，席间宾主相谈甚欢。西乡从道早年间曾留学荷兰，足迹遍及世界多国。精通英语的他材优干济，在政坛享誉甚广。作为日本时任交通大臣，他对国营铁路建设和蒸汽船行业的发展颇为重视。

餐后，本人应一位当地富绅邀请，驱车前往私邸，参加日本的传统娱乐活动。我于下午 3 点钟抵达，已有侍从在前庭接引。他们嘱咐我，进入晚宴厅前需更换备好的拖鞋。这种鞋设计奇特，鞋身是一条横贯脚面的布带，将大脚趾与其余四趾隔开，另

---

① 哈伦·拉希德（Harun Rashid，764—809），阿拉伯帝国阿巴斯王朝的统治者。因与法兰克的查理曼结盟而董声西方，更因世界名著《一千零一夜》生动渲染了他的许多奇闻轶事而为众人所知。在他统治的 23 年间，阿拉伯帝国国势强盛，经济繁荣，文化发达，首都巴格达成为著名的国际贸易枢纽。——译者注

② 西乡从道（1843—1902），日本明治时期海军大将，第一位海军元帅。明治维新九元老之一。——译者注

③ 大山岩（1842—1916），日本元帅陆军大将，日本帝国陆军的创建者之一。早年参加倒幕战争。1885 年起在内阁中连任陆军大臣。甲午中日战争时任第二军司令官，日俄战争时任满洲军总司令。——译者注

有特制袜装与之相配。本人所着只是普通袜子，只得跣足而入。

侍从引领我穿过几个铺有草垫的房间，这些垫子质地轻软、精雅整洁。富绅本人在主屋门口迎接我。他曾赴美国康涅狄格州留学，习得一口流利、标准的英语。归国后，在兄长所创的汽船公司协理外贸事务，英文水平益加精进。他将我安置在一个丝垫上，随后比邻而坐，举止随和，辞态殷切，令人如沐春风。

寒暄间，另一位客人也到了。我们随后搭乘富绅的私人马车前往城郊的庄园。马车由两匹气派的混血骏马拉载，随行的车夫、脚夫清一色身着欧式制服。庄园中草木葳蕤，有不少美国引进的树种，豪宅也由美国建筑师督造。庄园占地广袤，总面积逾 100 英亩①。在一处僻静远人的角落辟有鸭塘，与宅邸间有一片林木相隔。这种布局十分独特，可招徕野禽，美国南部私人岛屿庄园或可效法。

鸭塘呈不规则状，占地 5—6 英亩，有近 7 英尺高（约 2.13米）的堤栏环绕，堤栏顶部铺有草皮，树苗遍栽，每隔 40—50英尺便有一条小水渠连通外河。水渠宽 5 英尺，内壁陡峭，造型迂回，防止鸭子窥到外间的运河而逃走。堤栏毗邻一座逾半人高的水坝，外端设有竹制（或由木杆攒成）挡板，挡板中间挖有窥视孔和插竹管的小洞，饲养者可站在挡板外用竹管向塘中投放食料。每逢野鸭迁徙的季节，人们便在塘中洒满谷粒，引诱鸭群下水扑食。每片挡板后各驻三人，包括一名捕手，两名助手（各携一张捕鸟网）。塘边禁止鸣枪、喧哗。觅食的野鸭群发现水渠附近饵料丰富，便溯流而下，游至网中。塘中的野鸭达到一定数量后，藏于挡板后的捕手便派助手潜行至水坝两端，找准时机收网。仅去年一冬的网获量就高达 6000 多只。

游览毕庄园，我们随主人返回城中宅邸。复在丝垫上落座后，"重头戏"方才开幕。富绅的夫人——一位端庄柔婉的美艳

---

① 1 英亩＝6.0702846336 亩。——译者注

女子，身着华贵的传统和服，领着两名伶俐的男童走进房间，小家伙们先给父亲行跪拜礼请安，模样十分可爱，后在母亲身边坐定。旋即，七八位衣着精雅的年轻艺伎翩然而入。她们人手一把三味线琴①席地演奏。随后开始上茶。房间一侧是用半透明纸糊制的推拉窗，窗外是一片葱茏、精雅的草坪，坪中用白沙垒起一座14英尺高的擂台，台上相扑比赛的用具一应俱全。

片刻后，14位健硕的相扑手走入，面无表情地绕台站定。除腰间的遮羞布和皮带外，周身一丝不挂。他们肥胖异常，平均身高在6英尺以上，体重逾200磅。其中一人充当裁判，率先发出号令，两名相扑手应声走上擂台，辗转腾挪，小心试探对方，初时作蹲立状，抓着彼此的肩膀、肘部或皮带，竭力将对方推下擂台。最初半小时，谨慎的双方攻守俱佳，不给对方可乘之机。两位国家级相扑冠军与业内后起之秀悉数莅临参赛，他们所展示出的力量与技巧令人叹为观止。整场比赛持续了约90分钟。擂台赛结束后是冠军挑战赛。夺冠的相扑手开始轮番接受选手的挑战。一场场激动人心的搏斗紧锣密鼓地进行，台下的观众席掌声雷动。

在座诸位观赛兴致渐厚，敏锐地捕捉每位选手的亮点。在比赛末尾，选手们表演了许多训练动作。一位年纪较轻、体格较瘦的选手与一位年岁较长、身形魁梧的选手为观众展示了相扑比赛中最常见的一组动作：其中一人用头抵住另一人的胸脯，抓住对方的手肘，借用自身的臂膀和脖颈的力道推倒对方。其间，肢体相撞的闷响不绝于耳，百码外都能听到。但防卫的一方很快稳住阵脚，待对方力竭，一举转守为攻。他叉腿站定，上身却灵巧地避开对手的进攻，抓准时机，将其轻而易举地摔下擂台。相扑手虽然体态肥硕，但精神饱满，力量、技巧、耐力俱佳，且秉性随

---

① 又称三味线，是日本传统弦乐器，与中国的三弦相近。由细长的琴杆和方形的音箱两部分组成。三味线一般用丝做弦。在演奏时，演奏者需要用象牙、玳瑁等材料制成的拨子，拨弄琴弦，其声色清幽而纯净，是歌舞伎的主要伴奏乐器。——译者注

和、待人友善，与外表形成巨大的反差。他们在比赛中饱受皮肉之苦，却毫无怨言。日本国内相扑比赛的冠军极受拥戴，其实力普遍比出国参赛的相扑手更强，专业素养更高。

比赛结束后，侍从们阖窗、掌灯，奉上晚膳（次序较为随意，并无定则）。肴馔精致，菜蔬俱全，主食为米饭。一应排布于宾客近前的衬垫上，以便取食。饭菜采用分餐制装盛，每位宾客身边都有一名艺伎随侍饮宴，斟酒续盏。晚膳所饮为日本清酒，由大米蒸馏而成，口感与低度雪利酒相似。席间，艺伎们会为客人演奏三味线琴，唱歌、起舞助兴，或与之拉闲散闷，安排一些其他的娱乐项目活跃氛围。艺伎行业在日本地位尊崇，从业者往往才貌俱佳，受过专门的培训。

在日本，名门贵族的女眷禁止见生人，即便会客也不例外，这种习俗由来已久。作为家中的女主人，她们日常需要料理内务、管领仆侍、筹备筵席等杂事，但不可随意抛头露面，需雇佣艺伎代其迎宾会客。客人在场时，女主人可出面操持细务，却不可落座。依照惯例，她们要与夫君共同为客人把盏祝酒。敬酒时，以跪姿立于席前，神情庄肃，深揖至地。随后直身接过客人递来的杯盏，以清水冲洗，交由随侍的艺伎续杯，后目视客人，复行深揖礼，将杯中酒一饮而尽，杯盏递还（受敬者须依样还礼），稍停片刻后，回夫君身旁归座。

晚宴持续了3个小时，接近尾声时，此前参加相扑比赛的三位代表走进房间，主人以贵宾礼待之。他们衣着簇新，神态清爽，落座后开始用餐。此时，酒足饭饱的客人大多与艺伎们玩"猜箸"游戏。这种游戏在日本颇受欢迎，规则如下：每两人为一组，两两对决。每人各取一根筷子，折为三截，藏于掌中，令对方猜数量。答案可为0—6任意数字。若无人猜对，则重新再藏，如此反复，直到有人猜中为止。猜中者即为比赛赢家，输者则罚酒一盏，后改为献吻。此种娱乐方式对日本人而言十分新奇，艺伎领罚、献吻时的娇憨之态令人忍俊不禁。

三位相扑手被游戏的热闹氛围所感，相继参与其中。他们自然无需献吻，但输掉比赛要领三倍的罚酒。房间中整晚充满欢声笑语。直到 10 点，游戏结束，本人等一众外宾要连夜返回横滨。本次造访期间，主人一家四口仪度温雅，待人淳挚，十分可亲。除富绅外，余者皆着和服，讲日语，行止恪循日式传统礼仪。彼时，日本社会已全面步入现代化，人们的生活风貌较旧时多有改易，故而此番游访，令我倍感新奇、终生难忘。

笔者在日本逗留了近两个月的时间里参观了日光城①的中禅寺湖、男体山②及邻近山区等多处名胜古迹，并深入民间，游访当地的市集、农场、作坊、烘茶仓库和丝绸铺及各类展会，对日本的了解也愈益详切。

曾有传言称，日本社会的日新月异只是表象，是对西方文明的末学肤受，未得其精义。但据此行见闻，这种观点求全责备，与事实相去甚远：日本的开化与进步惊艳而真实，宛如蝶蜕。

名义上，日本虽为君主专制国家，但具有鲜明的立宪主义倾向。早在公元前 200 年，日本皇室在某种程度上渐趋式微。而今，国家政权由内阁大臣掌控，他们（及其秘书官）大多出身幕藩③世家，有留洋经历，受过西式教育的浸染，才高智深，崇尚实干。

根据日本的社会风貌及旅日多年的西人所言，以伊藤首相为首的内阁勤于国务，卓有治绩。他们锐意进取又沉稳持重。自上

---

① 位于栃木县西北部大谷川南岸女峰山麓，面积 320 平方公里，1954 年设市。西部山区为日光国立公园，附近有 20 多座 2000 米以上的高山，为钟状火山。山中有中禅寺湖、汤元温泉、战场原、华严瀑布等著名游览地。迄今旅游者达数百万。——译者注

② 海拔 2484 米，日光的代表性名山。——译者注

③ 17 世纪，德川家康建立了由幕府和藩国共同统治的封建制度——幕藩体制，废行令国制。赋予顺从江户幕府的大名领土一定程度的领地内自治权，让他们发展类似诸侯国的城内或城下町。大名称为"藩主"，其家臣为"藩士"，一些有势力的大名会在主藩内设立"支藩"，由重臣或血亲监领。——译者注

任以来，在全国大力普及教育，不仅为每一座城镇、乡村建造校舍并配有全套现代化教学设施，且兴建各类专业学院及综合类大学，为国家发展储备人才。这些举措收效显著——迄今为止，日本各大主要城市中的律师、医生、工程师等现代行业已渐趋普及。海内清平，民生富足，一派政通人和之象。

铁路建设方面，神户、横滨和骏河等枢纽港口至内陆的铁路网渐趋完备，现已建成近400英里，其中大部路段由英国工程师督造，未采用国际标准规矩（1435毫米），而选用窄轨制（3英尺6英寸）。日本铁路在轨道细节方面与传统英式铁路相仿，古板而笨重，不似改进后的新式铁路轻便，但胜在坚固耐用，养护得宜。日本的铁路多为国营，鲜少与外企合作。未来随着国内铁路系统的进一步完善，这种局面有望得到改善——外国工程师和承包商的参与，可大幅降低其建设成本。

社情民生方面，举国民众安居乐业，家给人足。尽管生活水平尚难与西方发达国家相较，但依照日本的发展盛势，未来各种现代化设施会益趋完备，城镇面貌也将日新月异。有传言称，在西方文明的冲击下，日本的传统工艺正在衰落，这种说法与事实相去甚远：其一，生存成本有所上升；其二，在各种新式器械的辅助下，传统工艺品的制作流程大幅简化。另外，随着现代教育的普及，工匠们的专业素养将得到进一步提升，可以尝试在创作过程中融入符合西方审美的元素开拓国际市场。故此据我所见，日本传统工艺行业方兴未艾，潜力无限。

放眼寰宇，对任何国家而言，民族发展与文明进步都是历史必然。1854年，佩里准将①重访日本时（继黑船事件之后），大

---

① 马休·卡尔布莱斯·佩里（Matthew Calbraith Perry, 1794—1858），美国海军将领，因和祖·阿博特（Joel Abbot）一同率领东印度舰队进犯江户湾浦贺海面（史称"黑船事件"），打开日本国门，促成《日美亲善条约》（又称《神奈川条约》）的签订而闻名。——译者注

和民族的仇外、自满情结尚十分严重。他们拒绝与他国互通有无，竭力抵制外来文明的"入侵"，但终归徒然：西方的蒸汽船和战舰依旧长驱直入，战争与外交手段并用，迫使日本开放通商口岸。随着外贸行业的兴起，西方对日本社会的影响逐渐深化至精神层面。在此背景下，一个进步党派迅速崛起为日本政坛注入新生力量。

当政右翼官员对此十分警觉，一力抱残守缺，阻碍日本的现代化进程。两个党派之间常常爆发激烈的对抗。最终，右翼政党毫无悬念地落败，日本社会由此革故鼎新，重新步入发展正轨。同时，欧洲列强开始联手对日本进行商业入侵，攫取了日本公民的治外法权①。

多年来，美国历任驻日公使依循联邦政府的指示，中正自守，从未与他国外交官员沆瀣一气，侵犯日本的国家利益和民族权益。近代以来，美国是首个与日本正式建立外交关系和商业合作的国家，最早承认日本政府的合法性与主权国家地位。目下，各缔约国②外交代表正在东京举行会晤，以期达成共识，通过书面形式承认日本的主权国家地位。与会各国皆对日方这一外交诉求的正当性表示认可，议程进展颇为顺利。根据新约内容，缔约国将停止对日本的商业入侵，取缔各自公民在日本境内的治外法权与相应司法机构——领事法庭，并委派本国法官依照日本的司法系统受理相关案件；日本全境统一实行对外开放政策，西方公民享有居留权、财产权及自由贸易权；提高进口商品的关税率。

---

① 治外法权是免除本地司法权的情形，通常是外交谈判的结果。例如，一个甲国公民在乙国访问时享受治外法权。在这种情况下，这个人涉嫌犯罪时，乙国的法院不能进行审判。根据国际法和外交惯例，此种特权只有外国国家元首、政府首脑、外交代表等才能享有。军舰、军队根据协议通过外国国境时，也可享有此种权利。——译者注

② 1858年，日本被迫先后与美、荷、俄、英、法签订的五个不平等条约。这些条约逼迫日本增加开港开埠，允许自由贸易，圈定外国人居留地，确立领事裁判权，接受协定关税等。明治政府一直试图修改条约，直至1911年，才重新与所有相关国家缔结对等条约。——译者注

日本目前对所有进口商品统一征收5%的从价关税①。这一比例未来有望提升，但依旧保持在合理范围之内，以石油为例，作为美国对日出口的主要商品，纵使现行税率翻两番左右，其利润依然可观。

据本人所考，在铁路建设方面，日本对海外资本及技术人员的需求量较小，但在造桥、蒸汽机车及汽车制造等领域市场潜力巨大，美国的相关企业应把握先机，占据优势。此外，日本在港口建设方面尚缺乏人才。随着日本社会现代化的推进及国民收入水平的提高，加之美日友好的邦交关系，未来两国的贸易往来必将益趋紧密。

此外，日本气候宜人，风景旖旎，国民整洁好客，质朴达礼；东西方文明在这里碰撞、交融，令外国游客眼界大开。美国的观光者若选择从纽约出发、旧金山中转，后乘跨洋渡轮赴日的路线，往返则可少用时7—8周。此航线途径内海，其间景致尤为壮观，令人流连。

---

① 以商品价格为标准征收的关税。从价之意，即从价关税是按价格的一定百分比征收，税额随价格的上升而增加，随价格下跌而减少，关税收入直接与价格挂钩。——译者注

第二章

濑户内海——扬子江口——吴淞江——上海——租界与华人区——中国文明——太平天国运动——李鸿章与曾国藩——上海：未来之星

从横滨出发，渡濑户内海、黄海抵沪约有一周的路程，中途经停神户①、下关②和长崎③。我们乘坐的汽轮为日本邮船株式会社④的新式轮船，装备精良，运行平稳。沿途天气和美。

浊黄的长江水奔涌不绝，浩荡入海，在远隔数英里的海面也能望见。首先映入眼帘的是一座陡峭荒瘠的石岛，名曰"大戢山岛"⑤，上有一座灯塔，为大清海关所建。灯塔所在的小岛距中国大陆约 40 英里，经小岛再航行 2—3 小时，和缓流畅的地平线隐

①　位于日本西部近畿地方兵库县，为日本三大都市圈之一，大阪都市圈的重要城市。——译者注
②　位于日本本州岛最西端，是山口县最大的城市，自古以来作为海陆交通要塞而闻名。——译者注
③　日本九州岛西岸著名港市，长崎县首府。——译者注
④　日本三大海运公司之一，为三菱财阀（三菱集团）的源流企业。于 1870 年九十九商会（后改名为三川商会、三菱商会）设立。——译者注
⑤　介于上海芦潮港与嵊泗泗礁岛之间，据《中国沿海灯塔志》记载，清同治 7 年（1868 年），海关总税务司署以上海为中心向全国沿海辐射，开启近代灯塔的大规模建设，次年首建大戢山灯塔。——译者注

约可见。当船只驶入宽阔浑浊的江口,海岸的轮廓变得愈加清晰。及至近前,方知岸高仅几英尺,其上芦柳杂生。之后的旅程中,我们发现整个三角洲平原的岸堤皆是此般光景。

吴淞江河口处,有一座偌大的村庄,建有许多坚固的土垒,设有大量欧式重型火炮,列强对中国的侵占、久据之迹随处可见。

上海位于吴淞江河道大转弯处,是中国重要的港口与商业中心,距吴淞江与长江的交汇处约 12 英里。城中分为华人区和租界,华人区约有 100 万人口,租界人口不满 8000(华籍侍仆除外)。

以一堵烧砖砌成的古城墙为界,东、西文明在这座城市融汇相接。这面城墙建于中世纪,几扇城门穿墙而开,城墙上耸立着角楼和雉堞状的护墙。护城河污秽不堪,波涛涌动。一岸是烂泥残砖搭建的低矮平房,为中国平民的居所。他们大多蓬头垢面,贫困潦倒,整日为生计奔波。晴日里街上尘土飞扬,雨天则布满泥淖。街头堆积着各种生活垃圾,池塘污水也无人清理,只能自然蒸发。空气中弥漫着恶臭,整座城市满目疮痍、脏乱无序。城墙和河堤似乎是此间唯一坚固、持久的存在。

上海的河岸边泊满了帆船,河中舢板往来不停,船屋星罗棋布。

城墙另一侧住着来自欧美国家的社会精英。他们生活安逸、富足,衣着光鲜,住行考究,举止雍容。此间住宅林立,商铺、货栈、钱庄等应有尽有,繁华度不逊于纽约、巴黎等国际都会。街道陈设工整,养护得当,另建有俱乐部、赛马场、网球场、花园、剧院、图书馆和教堂;娱乐活动繁多,如骑游、聚餐、舞会等。

租界前的黄浦江上,各国船只气派非凡,络绎不绝;岸边大大小小的船坞、铸造厂和船厂鳞次栉比。租界一派欣欣向荣之景,城墙另一侧的华人区则生活困顿,思想蒙昧:一味沉湎于过去,只谋衣食之虑而罔顾家国之忧;抱残守缺,不求进取。但是,中国人与其他民族一样致力进步，追求更高品质的生活，长期的闭关锁国却极大限制了他们的眼界与格局。约翰·穆勒①有言：在妇女真正获得解放之前，人们并不了解她们的秉性与特质；我们对中国人的臆测亦同此理。中国的文明体系具有连续性、稳定性与排外性。从生到死，每个中国人的一举一动、一思一念皆为其左右，非个体意志所能相抗。然而历史的转捩点已经到来——上海作为向世界开启的"华夏之窗"，必将助力中国社会步入正轨，促进华夏文明革故鼎新。

上海毗邻长江口，长江贯穿中国全境，宛如一条界隔东、西的等分线。岸宽水深，最大吨位蒸汽船的通航距离可达 1000 英里，大型轮船亦可由水路行至西部腹地。得天独厚的地缘优势使得上海成为全国重要商业枢纽。近几十年来，这座城市逐渐成为中国社会变革的引领者，影响与日俱增。正是在此地，外国商人组建的"防线"令太平军首次遇阻。太平天国运动爆发后，当地外商为求"自保"，组建了一支外国军队，由美国水手华尔②指挥，也是"常胜军"③的雏形。在华尔的领导下，这支军队成为平息运动的一股有生力量。外商出于道义感与政治目的组建了这支军队，最终却借此攫取了各国政府在华军事力量的掌控权。

太平天国运动于 1850 年爆发，1864 年被镇压，席卷全中国近三分之二地区，因此丧命的中国人或有 1000 万之多。太平天国的首脑洪秀全自称为基督徒，举事之初这一身份曾为他博得了西

---

① 约翰·穆勒（John Stuart Mill，1806—1873），英国著名哲学家、心理学家和经济学家，19 世纪著名古典自由主义思想家。——译者注

② 弗里德里克·特沃森德·华尔（Frederick Townsend Ward，1831—1862），美国人，围剿太平军的"洋枪队"领导人。1860 年开始受清朝官员委派，招募外国人组成"洋枪队"，帮助清军围剿太平军。随后"洋枪队"改为中外混合军。1862 年春，华尔加入中国籍，被清朝政府委任为副将，"洋枪队"改称"常胜军"。1862 年 9 月，华尔在进攻慈溪时毙命。——译者注

③ 组建于 1860 年前后，为镇压太平天国运动，清朝官员、商人联合英、法等国军官在南洋等地区招募佣兵组成的武装力量。——译者注

人的好感与支持。但他们所信奉的并非正统基督教，而是一种融合了摩门教的杂教。洪秀全与其拥趸抨击清政府独断专行，标同伐异，认为变革之于国家已是迫在眉睫。太平军攻城略地，直逼上海，外商才如梦初醒：太平天国政权腐败不堪、难以托庇，遂为镇压运动出谋划策。在最后的决胜阶段，清军将领李鸿章和曾国藩（曾纪泽侯爵之父，新近上任的中国驻欧大使）与西人往来密切，多有合作（特别是与接替华尔，担任常胜军指挥官的戈登①）。李鸿章逐渐了解到西式武器、军队的种种优势，且多年来积累了丰富的交往经验，眼界高远，思想开明。李鸿章目下兼任文华殿大学士、直隶总督（首都）和北洋通商大臣，尊荣等身，颇为朝廷所倚重。

综上所述，上海这座城市不啻世界了解中国的至佳窗口。其政治、经济及思想领域的革新对中国社会影响深远。尽管其地理位置不似明朝旧都②及长江上游的其他城市那样易守难攻，未来仍有望通过全方位的社会变革，引领华夏文明走向觉醒，拥抱进步。

---

① 查理·乔治·戈登（Charles George Gordon，1833—1885），维多利亚时代的英国工兵上将。自常胜军白齐文被撤职后，担任队长。——译者注

② 南京城是明朝京师应天府治所在地，亦是明朝前期的首都，后期的留都，中国古代历史上规模最大的都城。——译者注

第三章

中国的领土面积——忽必烈统治时期疆域最广——多尔衮摄政时期广袤如故——通往西部边境的铁路——蒸汽船之旅——华夏文明：自成一家——国名的由来——中国诸省——气候与地理——黄河三角洲、大平原——洪灾——堤坝——河床的变迁

中国的国土面积仅次于沙皇俄国，涵盖东亚和东南亚的绝大部分地区，陆地紧凑、区划有致，国境线绵长。清朝建立之初，在全国设立了"内地十八省"①，亦称"汉地""关内"（类似美国州级划分）。此外还包括满洲里、内蒙古与外藩蒙古、喜马拉雅、新疆②、库库诺尔（青海湖）和西藏等地区。高丽、安南③、暹罗④、缅甸及琉球群岛⑤的部分地区尊清王朝为宗主国，定期向清廷缴纳贡品。不久前，原归福建省管辖的台湾被辟为独立省份，

---

① 清朝将原明朝汉人统治区的 15 个承宣布政使司中的湖广分为湖北、湖南，南直隶（先改名为江南省）分为江苏、安徽，从陕西中分出甘肃，所设置的 18 个省份。——译者注

② 中世纪阿拉伯地理学著作中出现的地理名词，意为"突厥人的地域"，指中亚锡尔河以北及毗连的东部地区。——译者注

③ 越南古称。——译者注

④ 泰国古称。——译者注

⑤ 分布在中国台湾东北，日本西南。——译者注

其总督由朝廷直接任命。

综上，包括台湾在内的 19 个省份构成了大清的主体。中国领土面积广袤，至少在 500 万平方英里以上，相当于亚洲大陆的三分之一，目前尚无法估算具体数值，但据巴尔比（Balbi）所考，应为 512.6 万平方英里，伯格豪斯（Berghaus）认为这一估值仍然偏低，560 万平方英里更为接近，相当于全球宜居面积的十分之一。19 个省份人口稠密，居住面积之和约为 180 万平方英里。外围属地的面积更加广阔，多为气候干旱的高原台地，零星分布在平原、沙漠和山陵中，为"鞑靼族"①的游牧部落所据。

公元 1290 年前后，在鞑靼族领袖成吉思汗之子忽必烈的领导下，中国领土面积一度到达峰值：东至东海，西入中亚，直达神秘僻远、人迹难至的"世界屋脊"②。这些地区宽窄不一，最南端与英属印度③接壤，横贯西藏、新疆的盆地，一路延伸至戈壁沙漠④与阿穆尔河谷⑤，远及鄂霍次克海⑥，历史上数次为邻国及游牧部落侵占。中世纪时，能征善战的鞑靼人和满族人占领了这片荒原，或独立于王化之外，或随其首领入主中原，并入中国版图。后来，位于中国以南、以西的法国和英国，及地处西北、正北方的俄国，领土不断扩张，逐一收服在归属问题上举棋不定的属地和部落，将争议领土占为己有，中华版图大幅缩减。暹罗、

---

① 又称塔塔尔族，东欧伏尔加河中游地区的游牧居民。广义为俄罗斯境内使用突厥语各族的统称。——译者注

② 世界海拔最高的青藏高原别称。——译者注

③ 英国在 1858—1947 年间于印度次大陆建立的殖民统治区，包括今印度、孟加拉国、巴基斯坦和缅甸。——译者注

④ 又称大戈壁，面积为 130 万平方千米，位于中蒙两国之间，是世界上最北沙漠。——译者注

⑤ 中俄两国的界河，在中国叫黑龙江，在俄罗斯叫阿穆尔河。——译者注

⑥ 太平洋西北部的边缘海。南北最长 2460 公里，东西最宽 1480 公里，面积 158.3 万平方公里。海岸线较平直，总长 10460 公里。舍列霍夫湾、乌德湾、太湾、阿卡德米湾等。海水北浅南深，平均深度 821 米，最深处 3521 米，水容量达 136.5 万立方公里。——译者注

安南和缅甸已彻底脱离其治下，属国高丽屡生异心，但整体而言，原有的版图依然较为完整。及至前朝，孝庄文皇后①摄政时振兴朝纲，采取一系列手段，强化王权，消弭战祸，将偏远地区的部落、属地等争议领土重归于王化之下。这一时期，中国边陲虽受外邦侵扰，但总体上政权稳固，威慑四方。自忽必烈统治时算起，历代王朝无出其右。

中国幅员辽阔，与世隔绝，宛若一座神秘莫测的孤岛。领土被绵延数百乃至数千英里的沙漠与荒原环绕，出入极为不便，无法与欧洲建立稳定的文化交流与商贸往来。著名旅行家马可·波罗横穿亚洲，从陆路抵华，作游记向世界讲述了自己的见闻。18年之后，他却不得不从海路返回故乡威尼斯。在他之前、身后，偶有游商由陆路成功抵华，但中国的史料对此并无详载。

欧洲东南部与中国人口稠密的（东南沿海）地区之间，有广袤的荒野、草原相隔，除当地的游牧民族及尚未完全开化的部落外，须借助现代交通工具通行。以阿穆尔（黑龙江）河口为起点，向西南方向画一条线，横跨亚洲，一直连至非洲西海岸与大西洋，此间长达10000英里的地表皆为干旱、荒凉的沙漠。这条直线经过的国家和地区中，除中国外，只有埃及与幼发拉底河②流域成为古文明的发祥地。这片人迹罕至的广袤之地一直是横亘在东南亚与欧洲之间的"天堑"，使两个地区的文明难以互通。19世纪的今天，沙俄的铁路建设日趋完善，梅尔夫③、塔什干④与莫斯科、圣彼得堡、柏林和巴黎等城市之间皆有轨道相连，不日即将

---

① 孝庄文皇后（博尔济吉特·布木布泰，1613—1688），中国历史上有名的贤后，一生培养、辅佐顺治、康熙两代皇帝，是清初杰出的女政治家。——译者注

② 全长约2800千米，发源于土耳其安纳托利亚高原和亚美尼亚高原山区，流经叙利亚和伊拉克，注入波斯湾，为西南亚最大河流。——译者注

③ 古老的大都市，坐落在土库曼斯坦南部沙漠中，古丝绸之路的贸易路线上。它曾经是世界上最大的城市。——译者注

④ 乌兹别克斯坦首都，塔什干州首府，具有2500年的历史。"塔什干"在乌兹别克语中意为"石头城"。——译者注

通车。从此便可由陆路深入亚洲腹地，经中国境内直抵太平洋西岸（或绕开中国，沿阿穆尔河行进）。

在蒸汽时代，想要通过水路抵达这个遥远的国家绝非易事。富有冒险精神的希腊人曾经由小亚细亚半岛抵达阿拉伯海，并沿海岸线继续向东推进至印度，但他们（抑或罗马人）却从未通过水路成功抵华。早在中世纪时，波罗斯岛①的游商可能已经乘帆船探索过中国海域。随着航海技术的发展与造船水平的提高，耶稣会士②也纷纷踏上了这片神秘的土地。后来，蒸汽轮船问世并日趋成熟，进一步推动了欧洲与中国之间的海路往来，彻底揭开了中国的面纱，东方文明才真正开始与世界接轨。

综上所述，由于地理所限，中国文明自成一脉，不受外来文明影响。尽管清朝与欧洲、美洲远隔重洋，但中国民众也受自然规律的制约，同样有衣食饱暖之思，柴米油盐之虑；但在风俗礼仪、文学艺术、思维模式等方面，华人却与西人大相径庭。故此，向华人推介西方器物时，切记要顺时随俗，灵活应变。

华人自称中国为"中原"（the Middle Kingdom）或"华夏"（the Central Flowery Land）；而对俄国人及其他北亚地区的民族以"Katai"呼之（古称"Cathay"演变而来），波斯人称中国为"Tsin"或"Chin"，上述种种称谓最终衍生出"China"这一统称。但其词义、由来无从考证。

中国除辖区外，共有 19 个省份，各省分别由总督（有时由皇帝直接任命）辖理，大致分布如下：自东北地区沿长城向西延伸，依序为直隶省③、山西省、陕西省、甘肃省、四川省和云南省；然后沿海岸线向东延伸，顺次为贵州省、广西省、广东省、

---

① 位于伯罗奔尼撒半岛附近。"波罗斯"在希腊语中意为"涉水"。——译者注

② 天主教主要修会之一。1534 年创立于巴黎，旨在反对欧洲的宗教改革运动。仿效军队纪律制定严格会规，故亦称"耶稣连队"。——译者注

③ 简称"直"，省城为保定。明朝时称北直隶，清顺治二年（1645）改称直隶，康熙八年（1669）称直隶省，为河北省的前身。——译者注

福建省、台湾省、浙江省、江苏省和山东省；华中地区则分为河南省、湖北省、湖南省、江西省和安徽省。19个省的总面积约为密苏里河①及密西西比河②以东美洲大陆与阿肯色、德克萨斯二州之地的总和。这些省份的纬度相当，气候相近。中国境内的两条主河（黄河、长江）向东入海，河水冲积形成面积广袤、地势低平的三角洲，南北绵延700英里，东西约300—500英里，使得太平洋热带地区的东南亚、南亚季风得以在中国境内长驱直入，无任何高山阻隔，在夏季为内陆地区带来丰沛的雨水。雨季虽然只持续三四月之久，但降水量大，平原地区常遭洪灾。在其他季节近三分之二的时间里，华夏主要受北风和西北风的影响，阳光充足，天气干燥，罕有雨雪。干冷、强劲的北风摧枯拉朽，经过中国以东的荒漠草原，卷携大量的沙尘远及至海，致使多地沙尘天气频发。

本人于十月抵达上海，随即开始游历北方诸省。及至次年四月，半年之间所到之处滴雨未下，降雪稀少。除几日阴天和数场沙暴外，整个冬季明媚爽然。中国的冬天虽严寒无比，但气候干燥，不似美国潮冷难耐。沙暴来临时寸步难行，但极端天气持续时间较短。整体而言，冬天适合出差、旅行。严寒与霜冻虽让昆虫销声匿迹，但天气晴好，适宜户外运动。相形之下，夏天过于潮热，令人难以忍受。

中国地形多样，无数平原、丘陵和山脉纵横交错，河流的流向大致向东。发源于西藏高原的河流在山间迂回，及至入海口附近河道才渐趋平直。

本著提及的河流不包括阿穆尔河。这条河发端于中亚地区的

---

① 美国主要河流之一，密西西比河最长的支流。发源于落基山脉，主流全长3725公里。——译者注

② 北美洲流程最长、流域面积最广、水量最大的河流，位于北美洲中南部，世界第四长河。——译者注

高原，向东注入太平洋，流经中国北部边界。

黄河堪称中国最具传奇色彩的河流，但世人知之甚少。黄河发源于青藏高原北部的雅拉达泽（Shuga）和巴颜喀拉山麓（北纬35°，东经96°），距长江源头不过100英里。从古至今，文人墨客对黄河尊崇有加，外国学者还将黄河归入世界四大圣河之列。但中国民众普遍认为，黄河只会招徕灾厄与祸殃。它发源于"青海"盆地上的一座小湖泊（亦称"星宿海"①），流向先南后西，旋即折向北方及东北，约700英里后，流抵长城，后沿城墙向北延伸400英里；在鄂尔多斯附近向北回转，为秦岭一条支脉所阻，再次转向正南，夹流在陕西、山西二省之间，行进500余英里。其间，黄河流经黄土高原，未有任何支流汇入。在此流域，河水夹杂大量泥沙，由清澈变为浊黄，"黄河"之名由此得来。在山西省西南部，距河源大约1850英里之地，黄河与其最大的支流——渭河相汇，再次转变流向，向东流去。经200英里，行至河南开封府附近。黄河、渭河汇合之处与海直线距离约为550英里，是黄河三角洲最西端。流抵开封府后，河水折向东北，向渤海湾的西南端行进。历史上，黄河在华北平原的入海口不止一端，虽数度变迁，却从未分流入海。据中国史书记载，黄河至少历经6次改道②；回溯远古时代，黄河改道的次数可能更多，但已无从考证。远古时期，长江与黄河合力将海岸线向后推移，在经年累月的河水冲积下，三角洲平原逐渐成形，如今这片广袤的平原已然成为中国领土的重要组成部分。黄河的众多支流在三角洲地区纵横交错，自山海关绵延至长江口，大致分布于北纬31°45′—39.3°。

---

① 位于青海省果洛藏族自治州玛多县，东与扎陵湖相邻，西与黄河源流玛曲相接，古人以之为黄河的源头。星宿海，藏语称为"错岔"，意思是"花海子"。——译者注

② 从公元前1046年有历史记载迄今，黄河中下游地区灾害频发，为治理水患，大规模的改道六次，史称"黄河六徙"。——译者注

黄河先后改道海河、老黄河口与唐兴河（浍河），这些河流皆位于山东半岛以北，与渤海湾相接。1853 年之前，黄河一直沿旧时河道入海，入海口位于山东半岛南部，北纬 34°。新、旧入海口之间相距约 600 英里；而从黄河三角洲最北端至长江口，亦不过 1000 英里。但黄河三角洲与长江三角洲相毗邻，二者之间并无高地阻隔；黄河最北端至长江最南端相距约 1100 英里，其河道古往今来迁变之巨，由此可知。

黄河蜿蜒曲折，总长达 2700 英里，中途流经寸草不生的干旱地带。在旱季和一年中三分之二的时间里，黄河为此地带来的降水量极少（较长江、亚马逊河与密西西比河而言）。该流域的河道异常窄浅，在进入三角洲之前，河床坡度陡增，航船难行。河道多处被急流阻断，极难通渡。即便在平原区，河宽也不过 1500 英尺。沿岸有几处险滩，水波湍急，河床的宽度陡然扩至几千英尺；加之河水含沙量过大，河中沙洲遍布。吃水较浅的小船可通航至山东省西部的玉山，吃水 10 英尺左右的汽船可直达山东省的首府济南，如经官府许可，并顺利通过河口的沙洲，还可多行100 英里。黄河与俾斯麦群岛①上的密苏里河段在河宽、河水颜色、径流量以及河岸的特征和外观等方面极为相似。但进入三角洲后，二者的差异逐渐显现：密苏里河流域有许多下邻山坡、上连高地的河谷，黄河沿岸的地势则较为低平，河岸高度至多在10—12 英尺左右，有些地方不超过 5 英尺，旱季也是如此。数百平方英里的范围内，黄河沿岸河堤皆地势平坦。

雨季来临时，黄河一改平日里的宁静与温和：475000 平方英里（根据威廉姆斯估算）的流域几乎寸草不生，蓄水能力极差。短期内降水量的暴涨使上游的雨水迅速灌入主河道，以致洪水泛滥。高地的洪水沿河道奔泻而下，与三角洲平原的强降水汇合，

---

① 西南太平洋岛群，散布在新几内亚岛东北面的赤道南侧。——译者注

河堤尽数冲毁，方圆数英里内皆成泽国。房倒屋坍，良田尽毁，人畜死伤无算。

朝廷及地方政府历来对河堤的营建与养护颇为重视。但当洪水退去，漫长的旱季再度降临，当地官民将筑堤、修堤这项关乎生死的大事抛诸脑后。该流域不乏一些坚实稳固、布局得当的良堤，但绝大多数堤坝的选址、做工极为敷衍。它们常被置于距河流 1—2 英里之遥的地方，高 12—14 英尺，顶部宽 20—25 英尺，上设斜面，下有直角形底座支撑，没有任何保护层（由柳树、芦苇或杂草所制）；生长在堤上的野生植物被尽数割除，充作越冬的燃料。只有极少数堤坝设有坡道及交叉口，余者则被当作小径随意践踏，长此以往，难免多处破损，效用减弱。交通繁忙时为方便通行，人们常将这些堤坝夷为平地。另有穴居动物栖身其间。旱季时，河流两岸水位、流速急剧变化，加之河水反复冲刷，进一步缩减了堤坝寿命。上述种种阙漏，皆能防患于未然，但民众视若无睹。转年洪水再度泛滥，堤坝的命运可想而知。最后关头，人们方想起堤坝的重要性，全力以赴进行整修，大批军民从邻近的城镇、村庄驰援抢险。整个过程所耗人力、财力甚巨，但往往收效甚微。若当初未雨绸缪，不偷工减料，这些堤坝在洪水面前不至于不堪一击。

中世纪时，堤坝的位置近于河道，外形也更为坚固。如今人们习惯将其置于离河流较远的地方。但在枢纽城镇附近，有时会视情况需要，在河岸近旁筑一座"迷你"堤坝。我所见过的最宏伟的堤坝是清朝乾隆皇帝的手笔。在他统治时期，美国正值乔治·华盛顿总统统治下。这座堤坝位于开封府附近，顺河岸绵延数 10 英里之遥。高约 40—50 英尺，顶部宽为 50—60 英尺，设有与其他堤坝相同的斜坡与直角形底座，布局得当，做工精良。按照每英里 100 万立方码换算，即便中国有大量低廉的劳动力，每英里的造价也不低于 5 万美元。堤坝处在一座要塞城市的近郊，掩映在城墙与城门之间。在一马平川的平原地带游历近半个月后，乍见此景，宛如一座拔地而起的高峰，凌驾于周天万物之上。1853 年，这座巨型堤坝被龙门口①决堤的洪水所毁，距此下游 30 英里处，黄河改道，穿过平原后与陈河相汇，注入渤海湾。归根结底，沿岸堤坝的损毁皆由人为疏忽所致。以卫三畏、内伊·埃利亚斯②等人为代表的学者、旅行家在灾后曾实地考察，以中国堤坝工程的失败为据，认为在河岸上筑堤防洪的方法并不可行。著名旅行家、耶稣会士古伯察神父③多年前就曾预言，黄河三角洲流域迟早爆发洪灾，该河段的河床已经被高地冲积而下的淤泥填满，水位比沿岸的地平线还要高，但由于当时条件所限，无法使用水准仪精确测算。依我所见，这一说法与事实存在出入，在工程实践中亦缺乏参考价值。后章中，本人将对此加以详述，结合黄河河床与沿岸河堤现状，全面分析堤坝损毁、流向变迁、入海口河道侵蚀等现象的成因。

---

① 在今河南兰考县西北铜瓦厢北，为黄河津渡。《清史稿·地理志》载："咸丰五年决铜瓦厢，改东北迳龙门口入直隶长垣。"——译者注

② 内伊·埃利亚斯（Ney Elias，1844—1897），英国探险家、地理学家、外交家。——译者注

③ 古伯察（Evariste Régis Huc，1813—1860），法国遣耶稣会士，1841—1846 年展开环中国考察。——译者注

第四章

长江比黄河更为深长、宽阔，径流量也更大。它发源于西藏山区，与黄河源相距不过 100 英里。向东、向南流经无数崇山峻岭后，从四川省西部边界进入内陆，向东（偏东北）注入黄海，入海处距黄河的古河口约 120 英里。长江流域雨雪天气频繁，降水较多，一年四季水量丰沛。长江恢弘壮阔、气象万千，是世界上最长的河流之一。远洋货轮与大吨位轮船可经由长江水路直抵南京，通航距离远至距海 1300 英里的险滩，小型气船可进一步溯洄 500—600 英里之遥，深入四川省腹地。中途宜昌附近的急流看似湍险难渡，实则水流平缓，时速不超过 9 英里。加之航道深阔，无暗礁阻隔，蒸汽船只要加足马力便可通航无阻，帆船争渡险滩时则需人力相助。此时，中国轮船招商局①正在研造一种新船，

---

① 中国近代史上第一家轮船运输企业，也是中国第一家近代民用企业，是由李鸿章发起的"官督商办企业"。企业由商人出资，合股的资本为商人所有，公司按照自己的规范章程制度管理。企业在政府监督之下，但是盈亏全归商办，与官无涉。1873 年 1 月 17 日在上海洋泾浜永安街正式开门营业，总局设上海，分局设烟台、牛庄、汉口、天津、福州、广州、香港、横滨、神户、吕宋等地。——译者注

无需借助外力可逆流而上，此船一经问世必将风靡。因为上游航道的开辟，对外商而言意味着无限商机。根据清廷与列强签订的条约，只要通航安全有保障，外国蒸汽船在整个长江流域都可自由通航。长江航线的开辟与完善，将进一步推动中西部省份的商贸往来，便于中央政府调配军队、转运军需，但如今江上的主要交通工具（帆船）过于落后，难以尽其地利。若生战事，长江必将成为凝汇众力、御敌保民的"法宝"。

西藏山区河段人迹难至，河流总长度无法确定。据粗略估算，应在 3000 英里左右，其流域之广，涵盖了中国所有的地形和气候。不同省份的河段名称也不尽相同：四川省境内的长江干流被当地人称为"金沙江"（或金沙河），与雅砻江①汇合后，至湖北省武昌之间的河段名为"沱江"，流经武昌后，才称为"长江"，及至入海口附近，又改称"扬子江"。

与黄河不同，长江有许多大型支流，其中最重要的一条是江西省境内的赣江②。赣江引鄱阳湖之水，将大运河和扬子江的航道拓展至南方腹地。发源于南部山区的许多溪涧、河流最终注入赣江，进一步增加了径流量。湖北省境内的汉江③是长江北方地区最大的支流，它与长江主干的交汇处——汉口，是一处经济枢

---

① 古名若水，亦称泸水，俗称打冲河、小金沙江，藏语称尼雅曲，意为多鱼之水。长江上游金沙江的支流。源于青海省玉树州巴颜喀拉山南麓，东南流至尼达坎多进入四川，经甘孜、凉山二州，于攀枝花市东区倮果大桥以下注入金沙江，全长 1571 公里，为金沙江第一大支流。干流弯曲系数 1.67，河网密度 0.219 公里/平方公里。——译者注

② 长江主要支流之一，江西省最大河流。位于长江中下游南岸，源出赣闽边界武夷山西麓，自南向北纵贯全省。有 13 条主要支流汇入。长 766 公里，流域面积 83500 平方公里。自然落差 937 米，多年平均流量 2130 立方米每秒，水能理论蕴藏量 360 万千瓦。从河源至赣州为上游，称贡水，在赣州市城西纳章水后始称赣江。贡水长 255 公里，穿行于山丘、峡谷之中。赣州至新干为中游，长 303 公里，穿行于丘陵之间。新干至吴城为下游，长 208 公里，江阔多沙洲，两岸筑有江堤。赣江通过鄱阳湖与长江相连，是江西省水运大动脉，也是远景规划赣粤运河的组成河段。——译者注

③ 又称汉水，为长江的支流，现代水文认为有三源：中源漾水、北源沮水、南源玉带河，均在秦岭南麓陕西宁强县境内，流经沔县（现勉县）称沔水，东流至汉中始称汉水；自安康至丹江口段古称沧浪水，襄阳以下别名襄江、襄水。——译者注

纽和要塞城市，已被清政府辟定为对外通商口岸。汉口以制造业见长，铁路网四通八达，未来有望跻身中国最繁荣的商业中心，发展前景广阔。

除上述差异外，流域内特殊的地理构造和气候条件，及鄱阳湖、洞庭湖等湖泊的分流作用，使长江的河水流量较黄河更具规律性。每年雨季来临，长江的径流量也随之暴涨，但一般情况下，水位的涨幅都在可控范围内，即便短期内剧增 30 英尺也不会漫过河堤。大型远洋汽船可随时出入河口，航行时鲜少受到低地、浅滩的影响。距海约 100 英里处，地势低平、孤丘林立，易守难攻，当地政府将之作为军事要塞。

自 1853 年黄河改道以来，大运河①的地位已今非昔比，本人将在后续章节中对此详述。这条河自北向南汇入长江，二者交汇处距清江②约 3 英里。清江市坐落于运河南岸，离河口约 170 英里，雄踞两江之利，是一座重要的枢纽城市。清江与大运河交汇后，相继流经清江、上海、杭州等长江以南的主要城镇，域内支脉庞杂。清江河段至入海口之间河网密集，堤岸林立，军队难行。长江两岸运河的水文特征皆大同小异。

据卫三畏估算，长江流域总面积约为 54.8 万平方英里；而据《美国百科全书》③（*Encyclopedia Americana*）所载，这一数值为 75 万平方英里。事实上，西人对黄河、长江的径流量从未实地测量与系统考察，数据准确性存疑。中国人同样未开展相关的勘测工作。

---

① 中国古代劳动人民创造的一项伟大水利建筑，是世界上最长、开凿最早、规模最大的运河。——译者注

② 位于浙江省温州乐清市中部。发源于乐清市与永嘉县交界处的山区，清江长约 50 公里，从西部山区奔流而下，汇入乐清湾。流域面积约 200 平方公里，是温州地区的第五大江。清江下游的海滩养殖滩涂，是我国著名的牡蛎养殖基地。——译者注

③ 《美国百科全书》是英语世界著名的大型综合性百科全书之一，与《大英百科全书》（*Encyclopedia Britannica*）、《科里尔百科全书》（*Collier's Encyclopedia*）合称"ABC 百科全书"（*the ABCs*）。——译者注

中国第二大河是珠江，有三条主要支流，流域面积覆盖南岭①（亦称南山）以南约 13 万平方英里。珠江的入海口毗邻广州，其西部支流发源于广西省，流经中国在东南亚、南亚地区的绝大多数邻邦。其中部支流（亦称北部支流）发端于车岭古道②，车岭古道直通鄱阳湖及九江市上游，地理位置十分重要，日后有望开发成铁路干线。珠江的三大支流皆可通航汽船，不仅影响了流域内的地形，也是商贸往来的枢纽。

中国境内的另一条大河闽江，其入海口位于广州至长江口河段中部的福州市，流域范围较黄河、长江、珠江要小得多。

海河是中国的另一条重要河流，经大沽口注入渤海湾。其径流量非常可观，干流及支流皆位于平原地带，历史上黄河曾数次改道于此。海河流域鲜有山地、丘陵，位于北京西北部、保定府西部和山西省东南部的河段地势尤为平坦。

综上所述，海河对中国地形的影响微乎其微。其河道蜿蜒曲折，但通航条件尚佳，吃水 10—12 英尺深的远洋轮船可直抵天津，距入海口仅 50 英里。海河不仅是各国官员入京的重要枢纽，也是通往黄河以北地区，运输进口商品的主要航道，具有重要商业意义及军事价值。海河的南部支流渭河，与天津至临清段的大运河相通，域内河道曲折，绵延近 300 英里；其北部支流天津至通州河段也与大运河相连（北京以东 15 英里处），总长约 150 英里。天津市地处海河水系各支脉的交汇处，人口近百万，设有外国租界，是通商口岸、北京"海上门户"及重要的经济枢纽和政治中心。此外，作为直隶省总督李鸿章的督署所在地，天津虽非省会，地位却非寻常城市可比。

海河的入口设有水闸，小型蒸汽船在涨潮期方可通行，吃

①　湖南省、江西省与南方的两广（广西、广东）相连的群山区域。——译者注
②　福建省寿宁县城南。明中叶（1450—1460）始建，山以形称，岭以山名，名车岭。——译者注

水深度超过 12 英尺左右的大型汽轮被禁航，凭借现代工程技术，完全可以在大沽口建立一个更加宽阔的新港，吃水 20 英尺深的巨型货轮都能畅通无阻。海河的入海径流量非常有限（雨季除外），地处地势低平的华北平原，每逢汛期结束，河床底部淤泥激增，即便小吨位轮船都难以通行。海河两岸林木贫瘠，河中没有礁岩，河面平阔，无任何凸起与漂流物（在欧美地区的河流中随处可见，非常阻碍通航），汽船停靠方便，即使发生搁浅，也不会遭遇险情，且较易处理（由此造成的延误与附加成本另当别论）。

北塘海口位于海河入海口以北 10 英里处，河道更深，具有一定军事价值。两河之间的海岸线（以北京为起点估算）长约 110 英里。沿线浅滩密布，外军多次由此地登陆中国领土，并以此为据点进攻北京。鉴于此，清政府对"两河一线"颇为重视，在河口处与上游河岸设有多处军事要塞。此地进可攻退可守，为兵家必争之地，西人也曾加以勘探。河口的码头建设亟待完善，须增设更多干坞①。此外，海河沿线作为中国最大的客运集散地与货运枢纽，具有重要的国防价值和应急作用，有必要修建一条从大沽口直抵天津、保定府和北京的铁路，以尽地利。

除上述河流外，中国平原地带另有许多其他河流。其中，除湖北省境内的新昌河与发源于山东丘陵②西部、在黄河以南注入大运河的大汶河外，其他河流在旱季大多干涸、断流。平原上水渠密布，周围筑有堤坝，便于在汛期调控河水流量。地图上标注的许多河流在现实中都轮廓模糊，已完全枯竭，很难定位。总之，中国境内最重要的河流无外乎长江与黄河。在经年累月的流水冲积下，两条河流将无数山脉、高原夷为平地，形成了广袤的

---

① 建造、改装和修理船舶之所。——译者注
② 位于黄河以南、京杭运河以东的山东半岛，中国三大丘陵之一。——译者注

三角洲平原。东南沿海地区闽江、珠江流域冲积平原的面积亦渐趋扩大（原理同上）。下一章将对上述地区的地形与自然区划①加以详述。

---

① 按地貌、气候、水文、土壤、生物等自然条件和资源所划分的地区。——译者注

第五章

中国地形——震旦纪①山系——高原与丘陵——黄土高原的起源——边疆地带——高丽、满洲里、蒙古、伊犁和西藏——大平原（三角洲）——煤、铁等其他矿产——开平煤矿、运煤专线——中国制造的首个火车头——台湾、山西的煤矿——手推车运煤——煤炭、钢铁行业的崛起——外国学者——清政府的"闭关锁国"政策

中国地形按照自然区划，可分为山地、丘陵、黄土高原与大平原（亦称黄河、长江三角洲）。俄国著名探险家普尔热瓦尔斯基上校②不久前游历西藏，一直深入至国界附近，该地区在地理学界仍是一个未解之谜。以喜马拉雅山为依托，中国境内的山系可分为四条主要山脉，另有众多余脉、旁支。高原地区的山脉大体呈东西走向，中部地区及沿海地区的山脉则多为东北至西南走向。整体而言，中国和日本的山脉走向与海岸线的方向平行，也

---

① 地质年代名称，元古宙晚期的一个纪，是在中国命名并向国际推荐的一个地质年代单位，开始于约8亿年前，结束于约6亿年前，属于新元古代晚期。——译者注

② 尼科莱·米哈伊洛维奇·普尔热瓦尔斯基（Nikolay Mikhaylovich Przhevalsky，1839—1888），俄罗斯19世纪最著名的探险家和旅行家之一。自1867年起，多次前往西伯利亚进行探险工作，曾深入中国西藏地区游历，1888年在探险途中逝世。——译者注

就是庞佩利①所说的"震旦纪"。中国东南、东北部的许多山脉亦是如此。西藏东、南地区横亘着一片西北至东南走向的山系，此间的河流皆汇入湄公河与长江。这些山脉边缘地带以东的北岭②（亦称北峰，东经105°）作为黄河、长江的分水岭，在两河间绵延约400余英里。

南岭（亦称南山）位于中国东南部，地势突兀，由许多零散、短狭的支脉组成，所涉地区（不包括长江以南的三角洲地区）群山林立，连绵起伏。汉州③至广州的海岸皆与高原毗邻，植被荒疏，似未化之地，清江至伊昌河段皆同此状。这片山区宽约400英里，长约1000英里，大部分为林区，可辟为耕田；另有台地④若干及鄱阳湖、洞庭湖湖泊两处。中国东南沿海地区的山脉草木萧疏、地形支离，与美国新墨西哥州的山区相类。

长江、黄河流域之间的地理特征与中国东南部相似。此间河流大都注入长江，只有一条河流穿过陕西省境内大部地区，在西南端汇入黄河。北岭分界线以北梯田广布、沃野千顷，覆盖山西、陕西二省大部地区。山东省境内的山脉也有黄土梯田分布，这一地理谜团至今未解。以美国专家庞佩利为代表的地理学者认为，此种地质现象为湖水的沉积作用所致。但是，据受聘于上海商会的德国学者李希霍芬男爵⑤所考，其成因在于风力沉积：西北风经过平原地带携起大量植物残骸及矿物质（霜冻后分解为微粒）。风停而落，积少成多，逐渐抬高地表。不同地区的黄土沉积物特征大致相同：呈黄色黏土状（与美国密西西比州某些地区

---

① 拉斐尔·庞佩利（Raphael W. Pumpell，1837—1923），美国著名地质学家、矿物学家和探险家。——译者注
② 即秦岭，位于陕西省境内，为省内关中平原与陕南地区的界山，是长江和黄河流域的分水岭，被尊为华夏文明的龙脉。——译者注
③ 四川省广汉市，唐置，时辖雒、什邡、德阳、绵竹、金堂五县。——译者注
④ 四周有陡崖的、直立于邻近低地、顶面平坦似台状的地貌。——译者注
⑤ 费迪南·冯·李希霍芬（Ferdinand von Wilhelm，1833—1905），德国地理学家、地质学家。——译者注

的土壤极为相似）；表面光滑、平顺，与地表碰撞时产生的冲击力和溪流的冲刷作用在其表面形成了许多不规则，带有垂直状切口、分布密集的管状物。这些充满碳酸或石灰岩的钙管状物极易断裂、破碎。由此构成的黏土疏松、轻薄，容易被风吹走，造成地表沉降。每逢降水，此类地表下陷变成河道，且在水流的冲刷下不断加深。当地的河岸都较为陡峭，大多与河面垂直，高逾数百英尺。居民们经常在这些河岸上凿穴为居，开洞储粮。

这些石灰岩管状物异常微小，借助显微镜才能看到。随着地面抬升和微尘积淀，附着在地表的植物根部终日不见阳光，因缺乏光热而逐渐腐烂，形成了这些管状物。土层深处的水分、盐分通过这种管状构造输送至地表，供植物生长。黄土耕地的耐旱性在各种土壤中首屈一指，无需人工施肥、休耕、轮作，也能常保沃然。数千年来，该地区一直以小麦为主要农作物。

山东省境内的黄土梯田多位于山脚处，比大平原地区的海拔略高。与山西、陕西二省的梯田大同小异，只是面积更小，土层较薄。虽然土壤颜色较大平原的土壤更浅，但二者很可能源自同地。山东黄土梯田是风力沉积作用所致，除地表的植被不同外，土壤结构并无变动；而大平原的土壤则由水流冲积而成：河流流经黄土梯田、台地，不断侵蚀地表，黄土颗粒在水中与其他物质混合，呈半溶解状态，浮于水中顺流而下，汇入海洋。风力沉积所形成的黄土在干燥状态下呈亮黄色，与普通黏土无异；水流冲积而成的黄土则呈黄灰色，二者皆可用于烧砖制瓦。

山西省东部、北部及直隶省北部、盛京①以北的地区有一片丘陵，一直延伸至长城外，据说此处蕴藏丰富的煤、铁及其他矿物资源。从平原上望去，其轮廓呈粗犷的锯齿状，不同山丘间的土壤颜色各异，崖壁陡峻，巨石林立，沙砾遍野。由于气候干旱，

_____

① 清朝（后金）1625—1644 年时的首都，即今辽宁省沈阳市。广义上盛京地区还包括今辽宁、吉林、黑龙江三省在内的整个东北地区。——译者注

此处植被较为贫瘠。

自北由南沿海而下，有高丽国；向西方与西北方推进，依次为辽东、盛京、吉林和齐齐哈尔，即清朝统治者的龙兴之地；继续向西及至广袤、干旱的亚洲腹地天山北麓（接近准噶尔盆地）与天山南麓，以及巴里坤①、乌鲁木齐和固尔扎②等地，各城镇间隔甚远，皆位于丝绸之路。左宗棠当年收复新疆的几场关键战役便发生于此。

伊犁南部地区有喀什、叶尔羌、于阗及克里雅等城镇，与西藏隔昆仑山相望。西藏可划分为前藏区与后藏区，其间群山相遇，地形零散，是世界上交通最不发达的地区之一。

这些边远地区（尤其是西藏）矿产丰富，面积逾300万平方英里，但人烟稀少，皆为游牧部落民，主要以畜牧业为生，铺设铁路后，此处与外界的隔膜将被打破，人口也会极大增长。欧洲旅行者的足迹已遍及此间大部地区，相关游记、见闻录也较为完备，但该地仍有待科学考察。西藏地区与美国落基山区一样干旱荒凉，沙石遍野，闭塞难行，鸟兽无踪。东西长约1800英里，南北宽近900英里，矿产多样，储备丰富（尤其是宝石矿）。

蒙古地区以北与阿穆尔河及其支流接壤，当地金矿储量丰富，中、俄已对其开采，规模之大或可与美国加利福尼亚金矿相媲美，由此掀起的"淘金热"极大促进当地的铁路建设。中国政府的当务之急是完善边境地区的交通网。交通方式对文明交流与文化传播的影响十分巨大，有实例为证：曾经有一支探险队，从甘肃兰州出发前往新疆伊宁，全程历时竟达三年之久，途中因缺乏口粮，队员们需亲自耕种，自给自足，真正用来赶路的时间较为有限。作为中国最主要的陆上交通工具，骆驼的承重力一般不

---

① 今巴里坤哈萨克自治县，地处新疆东北部，北与蒙古国接壤。——译者注
② 今伊宁市，位于伊犁河北岸，光绪十四年（1883年）置宁远县，隶伊犁府。——译者注

超过 400 斤，运输效率十分低下；而中国人口巨万，产粮压力大，耕地鲜少种植饲料，导致此种交通方式的成本十分高昂。中国向西伯利亚和俄罗斯出口的茶叶几乎全部采取驮运。为尽可能地减少运输成本，人们将茶叶压缩成砖块状，这便是"砖茶"的由来。

赴华至今，本人印象最深之地莫过于大平原。它由长江三角洲与黄河三角洲组成，宽逾 650 英里，自杭州市（北纬 31°）一路绵延至山海关（北纬 40°）；长约 700 英里，由北京东北部的山丘至鄱阳湖。大平原地区的海岸线绵延近 1100 英里，最大直径近 500 英里，平均直径约 300 英里，总面积约 15—18 万平方英里。大平原地势低平，域内鲜有林木，只在溪畔、田间或某些富户的坟茔能够望到零星树影。其中，柳树、榆树最为常见，前者用以制作屋椽，后者是马车和农具筑材。臭椿和枣树也不少，枣树形似橙桑①，人们将其果实晒干后混以蜂蜜，制成蜜饯贮存。还有一些常青树，如松树和金钟柏②，常分别列植于高官显贵的坟茔四周，在坦荡如夷的平原上引人注目。

平原的土壤质地坚硬，常受海水浸染，加之光照期长，不适于林木生长。秋冬之际，当地居民会将干枯植物（包括黍谷的根茎）用作燃料进行收集：灌木、乔木、野草、芦苇、树叶……有时树皮也不放过。天气转寒后，男女老少会一齐出动，用一种做工精巧的竹耙清除地表的枯草，此番场景便是平原谷地特有的"风景线"。我在山东时还曾看到，穷苦人家的孩子会跋涉几英里的路程，攀上尼山③的悬崖峭壁，在石缝间翻寻枯草

---

① 又称柘橙、马苹果、弓木、奥塞奇橙，因为果实的外观像脑的形状，俗称为猴脑果。原产于美国中部，包括阿肯色州西南部、俄克拉荷马州东南部、德克萨斯州东部的一个狭长地带及路易斯安那州西北角。——译者注

② 柏科崖柏属常绿乔木。金钟柏树皮红褐色，大枝平展，小枝片扭旋近水平或斜向排列；上面叶暗绿色，下面叶灰绿色，鳞叶先端突尖，中间鳞叶具发香的油腺点。——译者注

③ 孔子的诞生地，位于山东省济宁市，古时被尊为圣山。因孔子父母"祷于尼丘得孔子"，所以孔子名丘，字仲尼，后人避孔子讳，称为尼山。——译者注

和荆豆①，用以充饥。

据卫三畏所言，居住在长江以南地区的山民在秋收之后，会烧掉田间的杂草，用草木灰施肥土壤；但据本人见闻，农收后田间植被寥落，已无烧荒必要。尚未开垦的偏远地区则例外，这些地方囿于海拔、土壤含盐量、排水能力或频繁的洪水侵袭等因素无法耕种，或因太过偏僻，靠人力难以除尽其上的芦苇与杂草，"烧荒"②便在这些地区时有发生，但放眼全国，此举只是个例。很多农民认为烧荒增加土壤肥力的做法成本太高，并不可行。当地居民耙地、烧荒之举，或对该地区的气候与土壤有所影响。中国华北大部分地区与美国伊利诺伊州的大草原和密苏里河以西的平原相仿，自地质年代③伊始鲜有木林。

中国别称"中华"，不少西人曾因此名产生误解，认为中国花木遍野、风景如画，事实却非如此。本人曾游历中国的"心脏地带"河南省（该省也是中华民族的发祥地），境内一马平川，与花园其称相去甚远。整个大平原上没有一座农庄，方圆2000英里的旅程中，寻不到一处花圃。河南的水土条件适宜花卉生长，但中国人并不喜欢在栽花弄草这种事情上浪费精力。相形之下，居住在通商口岸附近的数以千计的西人和传教士倒是勤于此道。但中国人实则颇具园艺天赋，只是没有发挥的条件。

除位于大平原地区的省份外，其他各省都有一定规模的煤铁矿藏。据李希霍芬所考，中国境内可开采的煤层之广、含煤量之多，世界范围内无出其右。所含煤炭品类齐全、质量参差，有无

---

① 多刺灌木植物，高可达150厘米。花冠鲜黄色，荚果为狭卵形，原产欧洲，可作家畜饲料。——译者注

② 垦荒前烧掉荒地上的野草、灌木等，现在普遍认为这是一种破坏环境、不利环保的行为。——译者注

③ 地壳上不同时期的岩石和地层，在形成过程中的时间（年龄）和顺序。其中时间表述单位包括宙、代、纪、世、期、时，地层表述单位包括宇、界、系、统、阶、带。第四纪的全新世是地质时代最新阶段，始于12000—10000年前。——译者注

烟煤、烟煤、褐煤等。自元代伊始，中国人已开始在北京近郊山区等地开采煤矿，但彼时矿区规模较小，组织零散。目下，全国只有一座矿场，即开平煤矿，位于天津东北偏东约 80 英里处，地处平原边缘的山麓地带，配备欧洲先进的开采设备。去年，该矿累计开采、销售 13 万吨优质烟煤（半数通过海河航道运输），但由于投资过多，加之中国矿工开采经验不足，领导层管理不善，开平煤矿的收益不甚可观。矿区的工厂皆采用最先进的生产、生活设备，有宿舍、竖井、起重机、水泵、压缩机，以及一条长 7 英里的轻轨铁路（采用标准轨距①），用以将开采出的煤输至运河码头，然后经水路抵北塘河，总航程约 21 英里。这条运煤专线坚实耐用，建于 1881 年，是中国境内的唯一一条铁轨。由重达 35 磅的钢轨和碎石磴铺就，配备时下最先进、马力最大的机车，其中两台由英国制造，一台名为"中国火箭号"② 最早投入运行，由开平煤矿的工人用各种废旧材料拆建而成。运煤专线和机车未经清政府授权许可，就私自投入生产。开平矿务公司由中国资本家独资创办，取得了政府授予的开矿权，采用外来开采技术，并聘请外国专家提供技术指导，一切准备工作看似周密无虞，却忽略了运销方式的考量：水路运输效率低下，导致产品供难应求。清政府当局及开平煤矿的首倡官员意图在矿区与北塘河之间开凿一条"运煤河"。然而，外国工程师进行实地勘测后，发现两地海拔落差逾 80 英尺，水运方案并不可行，需另建一条 7 英里左右的电车轨或铁路加以缓冲。清政府最终勉强同意，但规定运煤车厢只能用骡马拉载，英国工程师们只得私下建造机车。后来，矿上的中国技工将此事泄露了出去，当局获悉后，立即禁停了这台

---

① 国际铁路联盟在 1937 年制定的 1435 毫米的标准轨距，轨距比标准轨更宽的称为宽轨，更窄的则称为窄轨。——译者注

② 中国第一辆火车，由时任唐胥铁路总工程师——薄内的夫人仿照乔治·斯蒂文森制造的英国著名蒸汽机车"火箭号"而造。——译者注

"古怪的机器"；又过了一段时间，官员们疑心渐消，这项工作才得以继续开展。机车最终如期建成，成功投运。这条铁路地处偏远，远离所有交通干道，清政府至今都没有注意到它的存在，也未派官员巡访此地。后经官府特许，这条铁轨扩建至北塘河，原本开凿的"运煤河"太过窄浅、运力低下，无法满足北洋舰队①（驻于山东威海卫）的用煤需求。扩张河道的成本虽然比修铁路低很多，但河水每年冬天有三个多月的结冰期，彼时河道完全无法通航，铁路运输则无此顾虑。

开平公司曾为一所矿业工程学校捐建了多栋校舍，但这所学校有名无实，从未开课；在铁路沿线为接待官员而营建的驿馆和娱乐设施，亦成了无启用之日的"摆设"。当时，中国公共事业皆同此状，为各种苛捐杂税所累。相形之下，西方官员则较为"安分"，从不插手公司的商业事务。

数年前，中国人曾在台湾岛基隆市②附近开设了一座煤矿，交由英国人管理，并配有外国生产设备。台湾岛为法国人侵占后，为防止煤矿"易主"，遂将其毁弃。当地人还在以原始方式开采这些矿场，北京近郊山区、山东、山西省及长江沿岸其他矿场的生产方式也与之相同。

北京近郊山区的煤矿所生产的是一种品质上乘的无烟煤，但该矿区的煤层太过稀薄，无法使用现代设备规模化开采。山西省南部出产的无烟煤质量最佳，煤层厚实，蕴藏丰富，产量甚巨。工人们用独轮手推车将煤运至黄河边，经航运转至开封府等地。路程较近时（矿区附近方圆数百英里内），则仍使用陆路运输：每辆手推车配一人把握方向，由一两头驴拖拽而行，载重量约

---

① 又称北洋水师、北洋海军，1888年正式成立，中国建立的一支近代化海军舰队。——译者注

② 地处台湾岛东北角，三面环山，一面临海，历史上曾为万商云集的重要港口。——译者注

350—400 磅。中国劳动力虽然价格低廉，人畜的口粮也耗费无多，但此种输煤方式并不适合长途运输，否则所耗甚巨。成本叠加之下，煤价高企，普通民众无法承受，富人和厨师也鲜少使用。长江沿岸矿区出产的煤亦采用航运，运输距离较陆路而言要远得多。

中国煤炭储量丰富，且开采成本低廉，但煤炭消费市场仍处于起步阶段，只有完善铁路运输网，引进现代采矿技术，才能让煤炭走进千家万户。

此外，中国的铁矿资源亦十分富集，但国人对其用途与价值知之甚少。至今未曾加以勘测、开采，全国境内没有一座炼铁高炉。中国人对铁的需求也较为有限，或从国外进口铁钉、铁钎等废铁原料，或以最原始的方式进行锻造，为很多偏远地区沿用。中国境内其他矿产资源亦广有分布，其中以铜矿、银矿、金矿为最。外国专家曾开展了一系列相关的勘探与考察，并建立了几座冶炼厂，对铜矿石还原溶解，所出产的铜主要用来铸造"通宝"[①]（彼时中国唯一的通行货币）。但国内的铜矿厂和冶铜厂赢利微薄，前景黯淡，铜产品大都从日本和其他国家进口。

尽管中国煤铁资源丰富，但其采矿业和冶金业落后于其他国家，相关领域的人才和知识几近空白，过去 500 年间一直在"原地踏步"。李鸿章、曾纪泽以及担任过驻外领事、公使等职务的官员已经认识到采矿、冶金领域对发展商业、制造业以及国防安全的重要性。他们开始积极从西方国家引进地质学家、采矿工程师、冶金家和炼铁师，填补国内市场的人才缺口。中国本土相关人才的培养与建设依然任重道远。一方面，教学资源的匮乏；另一方面，业内的很多科学术语在汉语中无对应概念，难以翻译。中国人若要真正理解这些科学理念，首先需要掌握英语。但中国

---

① 中国自唐初至清末铜币的一种名称，一直流通了 1300 多年，在我国货币史上占主导地位。——译者注

尚未推广国民教育，且各地方言不尽相同，难以规范，致使西学的普及困难重重。

中国若想在采矿、冶金等领域取得实质性进步，亟须对国内现行政治体制加以变革，这才是中国社会的根本症结所在。清政府须摒弃闭关锁国政策，不再故步自封，主动学习先进的思想文化和科学技术，引领中国民众拥抱现代化进程。

第六章

中国人口——人口普查的"空白"——人口密度——饥荒、瘟疫和洪灾——人口趋势：稳中有增——人口数量：历史之最——国家人口承载力——中华民族起源——中国人的生理特征——"缠足"习俗：起源与废止——"缠足"难禁：民间疾苦的放大镜——饮食习惯——家畜饲养

目下，各国政府极为重视人口普查，中国历代统治者却从未认真对待此事。此前的人口统计往往以征税为目的，只囿于局部地区，准确性堪忧。1812 年的人口统计相对最为完整，彼时中国 18 个省份（台湾岛尚隶属于福建省）总人口约为 362447183 人，平均每平方英里约 200 人。至 1868 年，据俄国统计学家瓦西里耶维奇①所考，这一数字上涨至 404946514 人；1881 年，据大清海关统计，中国人口总数在 3.8 亿左右。以上统计不包括高丽、满洲、蒙古及西藏地区的人口，但这些地区人口稀少（已宣布独立的高丽除外），相关数据对总值影响较小。外邦旅人对中国总人口的估测或高达 5 亿，或低至 3 亿，有关详情可参考卫三畏所撰

---

① 伊凡·瓦西里耶维奇·沃尔纳德斯基（Ivan Vasilievich Vernadsky，1821—1884），俄国统计学家、经济学家。——译者注

《中国总论》。据本人观察，中国至多有 3.6 亿人口。华北平原是中国人口最密集的地区之一，但我周游其间从未有人满为患之感。平原人口多集于乡镇，整体分布较为零散。许多人迹罕至的边远地区，其间村落伶仃，间隔较远。而丘陵地带大都土壤坚瘠，难以开垦，人口更为稀疏。排除上述因素对统计结果的影响，中国人口约占世界总人口的五分之一至三分之一。若合理开发国内耕地资源，完善省际及边疆的铁路建设，促进不同地区间的商贸往来，纵使现在的人口数量再翻 3 倍，政府也能措置裕如。

由于气候条件恶劣，山西、陕西等北方省份饥荒频发。在 10 年前的大饥馑中，仅此二省就有 1000 万人饿毙，其他地区则年丰岁足，无饥馁之虞。清政府和西人志愿者尽最大努力向受灾地区运送粮食，奈何路途遥远，交通阻滞，绝大多数灾民未能得到及时救护。为此，清政府多次出兵镇压，数百万民众于此丧生。仅太平天国运动长达 14 年之久，造成 1000 万人死亡。瘟疫、洪灾等自然因素对人口数量亦有折损。另有一些地区因人口负担过重，有爆发粮食危机的风险；杀婴行为也较为普遍（尤见于南方地区）。凡此种种极大减缓了中国人口的增长速度。人们普遍认为，中国人口自 1812 年后再无大幅增长。我怀疑这一推测有误：中国人口基数过于庞大（3.6 亿），纵使频受饥荒、瘟疫和战争等因素影响而有所折损，总量仍呈上涨趋势。根据中国传统习俗，男子一经成年，便要尽早婚配。中国法律允许一夫一妻多妾，但绝大多数家庭仍为一夫一妻制。中国人重视子嗣，将传宗接代视为天然义务。每家每户至少育有一子（可领养），入孝出悌，送往事居。我在游历途中所见孩童健康苗壮，无忧无虑。但重男轻女的现象在中国十分严重，女婴被弃养的概率远高于男婴。即便如此，中国男女比例较为均衡。

目前中国人口数量已创历史新高，且在稳步增长。随着现代先进设备及工业体系的引入，中国人口的增长速度也将迎来新的突破。修铁路、开矿山、铸熔炉、建钢厂……中国民众的收入水平和生活质量也将大为改善；消费市场将进一步扩大，民众需求多元化，资源配置更趋合理。随着中国与现代文明的接轨，先进的生活设备在国内也将得到推广。放眼世界，环环相生的发展道路已然成为颠扑不破的历史定则。

中华民族属于图兰人种①抑或东亚人种②尚未可知，但他们的确是华夏大地的居民。有学者认为中国是中华民族的发祥地，因其疆域以西沙海万顷、荒原广布，阻绝了与欧洲的往来；又被辽阔的太平洋隔绝成"世外孤壤"，可知这种观点并非不切实。

另有学者认为，中华民族发源于华夏大地西北部，中国人自身也较为认同这一观点。他们普遍认为中华民族发祥于黄河流域（而非长江流域），如今河南省所处的富饶平原地区便是其祖先最早的定居地，此后经过不断繁衍生息，人口逐渐遍及整个东南亚。上述观点并无实据相佐，但中华民族在开疆拓土的过程中不断征服、同化这片土地上的其他民族。与南方民众相比，北方人皮肤更加白皙，体型更为健硕，但并不能据此判断二者的祖先不同，也不能判断南北之间曾经禁止通婚。中华民族内部生理特征上的种种分化乃南北方气候差异所致，与通婚地域范围无关。

中华民族的同质化现象极为严重。中国人无论阶级、地域，在相貌等生理特征方面差别几无。满人的身高与欧洲人的平均身高相近（法国人除外，其值偏低），但除却阶级和职位的差别，满汉官员在装束等方面无二致，仿佛同源共祖，不似外来征服者，抑或满族本身就属于中华民族的一部分。他们都有着黑眼

---

① 混血人种，处于黄色人种与白色人种之间的过渡形态，主要指乌兹别克人、土库曼人、鞑靼人等中亚民族。——译者注

② 又称黄色人种，皮肤呈暗白色，主要分布于亚欧大陆的东部以及美洲地区东。——译者注

睛、黑头发、黄皮肤，行止相近，习俗相仿，男子皆剃发、戴帽（本为满族习俗，公元 1635—1644 年间，满族入主中原、改朝换代，在全国强制推广），以示臣服于清政府的统治。

不过满汉有一点明显不同：汉族妇女，无论地域年岁、贫富贵贱，皆需"缠足"，这项风俗在中国已延传数百年之久；满族无此陋习。相传，前朝的一位公主生有畸形足，为遮丑而出此下策。不料宫中其他女子对此艳羡不已，竞相仿效，以"小脚"为美，甚至不惜采用外力压迫脚骨生长。此种做法后又流传至民间。但这在中国脍炙人口的故事极有可能为杜撰。另有一种说法：缠足起初是某些男子为防止妻女"出逃"的粗暴方法，邻里发现这种方法行之有效，遂群起沿仿，推广至全国。无论这一习俗缘起何因，已然深刻影响了中国男子对女性身材的审美观，得以代代承袭。缠足对女性的身体造成了严重伤害：足部受到压迫、扭曲后，脚踝随之变细，小腿肌肉萎缩，女子下半身（从臀部至脚趾）也愈加纤瘦。缠足的效果越"彻底"，就越符合中国人的审美。

曾经有人质疑，缠足会缩小中国人足部的尺寸。这个问题涉及遗传学和进化论，本人对此观点不敢苟同。中国人的手脚天生比西人小一些，但未受到缠足的影响，属于正常范围。

如前所述，女童缠足的现象在华北地区十分普遍。当地人无论贫富贵贱，皆恪守此俗，只有无家可归的流浪女才能免于缠足。本人周游北方时，在内陆地区遇见一位和善、慧敏的女传教士。她对这些无法缠足的流浪女童深感同情，这一想法令我骇然：此陋习残忍至极，理当加以禁绝。她亦以为然，但又道："缠足之俗固应废止，但这些流浪女双脚的'解放'实则反映她们贫苦无依的遭际。以她们的年纪，不应承受这些生命之重。"而我所见到的中国人，无论生活境况如何，哪怕居处僻远，亦都身强体健，未曾罹患结核病等沉疴痼疾。中国人极少使用水和肥皂等清洁用品，常年为皮肤病所扰。尽管不甚富裕，他们大都饱暖无虞。中国人喜食蔬菜和鱼类，以稻米为主食。东部和南部各省是稻米的主产地，其他一些交通便利的地区亦多有种植。小麦是黄河流域的主要作物，收获季在夏汛之前。人们用石磨将麦粒磨成粗粉（东方国家的普遍做法），烙饼、蒸馍（较烤制，更省燃料）。这种烙饼的大小、外观与西式苹果派相近，切片、烘烤后又极像面包。在不宜种植水稻和小麦的偏远地区，人们以小米为主食。将其磨碎、煮熟后，与红枣等干果混合制成糕点，切片贩卖。各种卷心菜在餐桌上随处可见，常辅以海藻煮食，增加盐味。甘薯是中国人食用最多、种植最广的蔬菜，萝卜、甜柿（与西红柿一般大小）及各种豆类植物也较常见。但中国的水果种类却不甚丰富。大枣是华北地区最常见的水果，外国人称为"date"，长于树上，外观与橙桑相似。人们将其晒干，制成香甜的蜜饯贮存。长江流域盛产桃子，苹果树和梨树在北方地区亦有分布，但果实品质欠佳。北方所种的葡萄种类繁多，不乏颗粒饱满、味道甘醇的优良品种；冬天需将葡萄藤覆土压埋，以免冻伤根苗。南方地区出产的水果种类较为丰富，有香橙、杨梅、金橘、枇杷、荔枝和柠檬等，走南闯北的游商将其售往全国，但数量终究有限。浆果等体积较小的水果无人种植，只在租界区偶有分布。中国海岸线绵长，河流广布、渠塘遍野，非常适合鱼类生长，水产较为丰富。中国人是捕鱼能手，有许多巧法妙技，常能满载而归，鲜少"失手"。他们对各种鱼类来者不拒，不能鲜食的便风干、腌制，销往内陆。稻米和鱼肉在中国人的日常饮食中占比很大。鱼类中最受欢迎的当属鲥鱼①（即西方的河鲱）。这种鱼数量稀少，是京城中达官显贵钟爱的珍肴。

与生活在租借区的西人不同，中国人很少食用牛肉，而偏爱

① 原产于长江，味道鲜美，古时有"宁吃鲥鱼一口，不吃草鱼一篓"之说。——译者注

羊肉（尤其在北方地区）。蒙古地区盛产肥尾羊①，价格高昂，一般富户难以承受，主要供给西人。其肉质鲜美，可与英国的南丘羊②媲美。猪肉是中国人最常吃的肉类，烤乳猪是宴会上必不可少的主菜。中国人常将猪放养于街头巷尾，它们食物庞杂，动辄泥污满身，邋遢异常，西人大都不食猪肉；鸡肉、鸭肉也很受欢迎，饲养者众多，禽蛋供应充足。山鸡、鹧鸪、野鸭和鹬③等野禽在长江流域极其常见，肉质鲜美。鹿、野兔、野鸡和较为稀缺的大鸨④多见于蒙古地区，专供京城的西人和达官显贵享用。牛奶的产量极低，专为西人所产。总之，中国物产扈盛，毫不逊于欧美地区，且物价低廉，供应丰足。

中国人鲜少饲养家畜，但犬类随处可见，且种类杂多，尤以一种吠声响亮的狼狗最为常见，其饲养方式粗犷，与宠物狗截然不同，领地意识很强，具有一定的攻击性。

中国中部、东南部地区及台湾岛最常见的牲畜是水牛（拉丁语为"Bos bubalos"），普通的家牛却较少见，主要用以耕田、拉车。产自蒙古和鞑靼的马驹也不少；驴子更是随处可见，豢养者

---

① 产于内蒙古锡林郭勒乌珠穆沁草原的优良绵羊品种。尾部肥大，生长快，肉鲜美，属肉用型。——译者注

② 短毛型肉用绵羊品种。因原产于英格兰东南部丘陵地区而得名，原名叫丘陵羊。18世纪后期育成，是英国最古老的绵羊品种，具有理想的肉用体型结构，毛被紧密，但毛短，毛被重量较轻，也是英国肉羊中肉质最好的品种。南丘羊适于丘陵山地放牧，利用饲料能力很强，性情温驯，是适于集约化管理的理想羊种，具有多胎性、早熟性、羔羊易育肥、肉质嫩等特点。该品种在欧洲各国、非洲、大洋洲、美洲主要养羊国家均有饲养。——译者注

③ 水滨鸟类，全世界共有218种，中国有77种。为中小型涉禽，是涉禽中种类最多、数量最大的一类。他们的嘴有长有短，形态各异。除繁殖期外，常成群或混群活动于湖泊、沼泽、沙洲和沙滩等地。具有较强的迁移飞行能力，是世界各湿地的重要组成部分，具有很重要的生态学意义。——译者注

④ 鸨形目、鸨科、鸨属的大型地栖鸟类。翅长超过400毫米。嘴短，头长、基部宽大于高。翅大而圆，第三枚初级飞羽最长。无冠羽或皱领，雄鸟在喉部两侧有刚毛状的须状羽，其上身有少量的羽瓣。跗蹠等于翅长的四分之一。雄鸟的头、颈及前胸灰色，其余下体栗棕色，密布宽阔的黑色横斑。下体灰白色，颏下有细长向两侧伸出的须状纤羽。雌雄鸟的两翅覆羽均为白色，在翅上形成大的白斑，飞翔时十分明显。——译者注

众多，可资骑乘、载货之用。北方地区以骡子为主要家畜，其品种优良、耐力较佳（类似美国肯塔基州出产的骡子），京城等地的达官显贵常用于拉载马车。中国东、南部地区家畜的饲养模式较为零散，不成规模。本人偶遇田间牧人所携牲畜（牛、羊、驴、鹅等）至多不过五六只，只有鸡、鸭成群饲养。骆驼在平原地区十分少见，京都与蒙古、西伯利亚等地煤炭、茶叶等大宗商品的往来皆用驮。

第七章

民居——服饰——"超级工程"——古城墙——劳动人民的结晶——民不聊生——教育不振——科学不兴——方言——文言文——发展瓶颈——中华文明——民族特质——百废待兴——未来可期

中国平民的房屋大都由土坯砖砌成，以柳木为椽，黍茎作顶。丘陵地带的居民就地取材，建造石屋；最南部的一些省份以竹屋为主。只有少数富户的房屋为火烧砖所制，砖体呈灰色（较国外砖块更大），屋顶由烧制的瓦片铺就，以秸秆混合泥土为底。在建造房屋时，中国民众鲜少使用木材，除房门、窗框和少量家具为木板所制；地面黏土抹就，或铺以烧制的黏土砖。普通人家的窗户较小，用单层白色薄纸装糊；显贵人家的窗格略大，正中多嵌有玻璃。室内不设壁炉，代之以砖砌土炕。炕床依墙而建，下辟有炕洞和烟道，用以制热炕体，供夜间取暖休憩。屋中另有一处火灶，与炕床相连，接有出烟孔或砖砌的短烟囱，供烧水、煮饭之用，但设计粗糙、实用性差，屋中常浓烟滚滚。由于煤价昂贵，中国民众鲜少用煤取暖，只用于烧火煮饭，冬季时仅靠衣物御寒。富贵人家偶会燃置火盆，但御寒效果不佳——居所门窗做工简陋，经常漏风，且开合极为不便。

贫寒人家只能靠棉衣取暖，以蓝色土布缝制，棉絮填充。常年奔波在外的行商等着羊皮制大衣与兜帽抵御严寒。呢绒为舶来品，极为少见。达官贵人常着丝绸、皮草，富商、买办及其近侍会客或谈生意时亦如此装扮。

棉花在中国各省皆有种植，其纤维较短，只能用以纺制粗布。内陆地区家家户户都能自制棉衣，纺纱、织布、浆染。但近年来，美国生产的平纹布、斜纹布和牛仔裤进口量大增，广受民众欢迎。

岁稔年丰时，中国绝大多数民众能够自给自足，虽无冻馁之忧，但难有罄余。中国是典型的农耕文明，国内的采矿、冶铁、炼钢等现代工业尚待开发。普通民众皆蓬门荜户，寺庙、官署等重要建筑失于修缮，所用建材耐腐性较差。除长城、大运河以及若干处河堤外，其他历史遗迹和公共工程皆难长久。长城宏伟异常、年代久远，旧时曾用于抵御匈奴入侵。大运河贯穿中国南北，地缘优势明显，但清政府不擅以科学方法整饬水利，其频繁断流，航运受阻。

除长城、大运河外，各道府的城墙颇为壮观，多由火烧砖砌制，高30—40英尺，厚20—40英尺，四面环河，上设雉堞①、塔楼、扶壁②；拱门穿墙而开，守备森严，门上覆以铁皮，用铁钉相嵌，日开夜合。某些城墙可达40英里（如南京和开封）。大多城墙历史悠远，初建时欧洲处于封建社会；19世纪或尚未有新建者。若省会迁址，新城墙也当依元世祖（忽必烈）时期的样式而建——中法战争③后，台湾省便是如此。台湾岛美丽富饶，但首

---

① 又称齿墙、垛墙、战墙，是有锯齿状垛墙的城墙，为反击攻城者时的掩蔽。——译者注

② 又称扶垛，外墙凸出之墙垛，用以增强墙体稳定性。——译者注

③ 1883年12月至1885年4月，由于法国侵略中国和越南而引起的一次战争。第一阶段战场在越南北部；第二阶段扩大到中国东南沿海。战争过程中，法海陆两军虽于多数战役占上风，但无法取得底定全局的战略性大胜：法国远东舰队虽于海战赢得（转下页）

府地处偏南，港口位置欠佳，交通不便，台湾巡抚奉诏在岛北选址迁建，择定淡水河畔大稻埕附近的开阔平原，距海约 12 英里处。新省会更名为"台北府"，四周建有总长逾 2 英里的琢石墙，承袭古代制式，风格典朴。墙内区域除巡抚衙门等几座零星建筑外，大都辟为稻田。

修墙的初衷是奉朝廷诏命抑或遵从古例，尚未可知。台北府与两座相邻城市间距不足 1 英里，城中居民各十余万有余。城墙可作为掩体，坚固可靠。

上述所列工程无一不是中国劳动人民的历史结晶，凝结数百万人之心血。究其本质，并非朝廷智慧的存证，而是民族特性的印鉴：中国君王权倾王土，万民俯首，世代如常，举国的民智、民力皆为所用。中国矿藏丰富、劳力充足，但赤贫人口极多。为数不多的财富集中于官绅、巨贾之手（约占总人口的万分之一）。他们对此讳莫如深，私下经营服装、刺绣、瓷器、钱庄、放贷等生业，不啻国税巨蠹。

若打破现状，可增加商品出口带动国内购买力、生产力、消费水平及金融业的发展，例如，增加茶叶、丝绸的出口，从国外进口更多的棉布、火柴、针线、钢铁、建材、机器、枪支、汽船以及装甲舰，全面提高民众的生活水平，为工业起步筹备建设基金（包括冶金、炼钢、铁路运输等行业）。中国贸易仍以茶叶、

（接上页）全胜，但无法取得底定全局的战略性大胜：法国远东舰队虽于海战赢得全胜，并一度攻占基隆，却因沪尾（今台北县淡水镇）一役受挫及疫病流行，无法达成拿下台湾岛的战略目的；而清军虽于初期陆海皆遭惨败，导致由恭亲王奕訢领班的军机处被全面撤换（甲申易枢），但后期台湾及杭州湾防卫成功，且有冯子材统率各部于镇南关之役给法国陆军带来较重伤亡，法军统帅尼格里也身受重伤，战争的失败直接导致法国总理茹费里等内阁集体垮台。中法越南战争巅峰期间，日本在朝鲜扶持的亲日派（开化党）趁机勾结日军挟持朝鲜国王暗杀诸位朝鲜亲华大臣发动甲申政变，被清军击败。以此为契机，两国重启和谈，结果订定《中法新约》，清方承认法国对法属印度支那诸殖民地的宗主权，两国重开贸易。受此战的影响，清廷于台湾设省，以刘铭传为巡抚大力推展现代化防务及新政，并积极筹建北洋水师。——译者注

丝绸为主。从长远看，中国对外贸易的崛起只是时间问题。人不会渴慕未知之物，"无知"始终是理想和进步的最大阻碍。中国人对西方科学技术与政治经济一无所知，现有科技较为落后，自明初以来，再无发展。同时，中国未曾普及国民教育。权威资料显示，国内识字率极低，按性别估算，男人不过百分之一，女人不及千分之一（此数据无实证相佐），中国各省方言相异，与官话相去甚远。

可以想象，上述改良初时必会难得人心，阻力重重。以中国目前的语言条件和教育基础，民众难以领悟社会变革之于家国、个体的重要性。民智未启，则改革难行，但工业化的引入、推广必令中国受益无穷。清政府应着力启用进步官员，发挥引领，改善、改革群众基础。

许多研究中国的学者认为，中华文明历史悠久，延续至今已是一潭死水，但本人旅华期间，从未感受到一丝暮气。中华民族体魄强健、朝气蓬勃，他们勤俭节约、热爱劳动而富有创造力。依我之见，当今中国社会的颓势并非常态，是闭关锁国等因素所结的"苦果"，重回正轨只是时间问题。中华民族的才智不逊于任何民族，只是思想一直为此时社会政治体制所桎梏，从而滋生出偏颇、无知、自负等无谓的情结。只要转变思维方式，挣脱传统陋习的束缚，解放天性、开发潜能，便足以自强自渡。中华民族"风华正茂"，若变革得道、教化有方，未来有望在世界历史舞台上大放异彩。尽管目前中国在技术、人才和军事等领域远落后于他国，但我坚信，随着时代的发展，中国必将迈入现代化进程，并加速崛起，书写辉煌的历史新篇。

第八章

沪津之旅——中国轮船招商局——汽船首航——轮船招商局
与旗昌洋行——山东海滨——芝罘①——旅顺港战失利——北洋
舰队——海军衙门——北洋舰队指挥部——军官短缺——大沽炮
台与造船厂——"天然屏障"——中国舰队：旧瓶新酒——军队
难振：组织不力，武器落后——海河——沿岸村落——丧葬习
俗——"风水"——"故土"难迁，铁路难建——折中之策

1885年10月下旬，本人首次搭乘中国轮船招商局"海安号"
从上海去往天津。该船由英国建造，坚实牢固，载重约1200吨，
船长和大副为英国籍，二副为美国人，另有一名苏格兰籍总工程
师与若干名工程助理。这趟旅程耗时三日，途中在山东岬角②附
近的主要港口芝罘停靠。

中国人自行创办的轮船招商局经光绪帝批准后，已正式成立。
这是除开平矿务局外中国唯一的一家合资公司（开平矿务局负责开
平煤矿的运营和开平铁路的建设，后续章节将详述其渊源）。

---

① 今烟台。——译者注
② 向海突出的夹角状的陆地。它常常是被海水淹没的一部分山地，或还没有被海水
冲蚀掉的一部分山地。在岩岸地区，半岛、岛屿和岬角比较多，如今山东省威海荣成市的
成山角、辽宁省大连市旅顺口区的老铁山岬和非洲的好望角等。——译者注

中国投运的第一艘蒸汽船为美国所建，旗昌洋行所有。旗昌洋行历史悠久，业务范围辐射长江流域及广州、上海、天津等沿海地区。1862 年前后，旗昌轮船公司于上海成立，旗昌洋行将名下的蒸汽机船尽数转让。1872 年，清政府批准成立轮船招商局，并于 1877 年收购旗昌轮船公司全部资产，后购置一批新船以扩大舰队。中法战争爆发后，为防止船只落入敌手，轮船招商局与外商接洽多次，于 1884 年 8 月 1 日将船只售与旗昌洋行，仍作商贸运输之用。战后不久，清政府派官员出面与旗昌洋行斡旋，争取船只归属权。1885 年 8 月 1 日，轮船招商局正式购回船只。目前这批铁制汽船（共计 20 艘）运营于长江流域及以上海为起点的各条近海航线，运输效率极高。但该航线不乏其他外国公司汽船，竞争激烈；外国公司皆为联合经营，轮船招商局却由清政府掌控，其运营状况不容乐观。公司业务由总督李鸿章委派中国官员主理。李总督身兼数职，同时任北洋通商大臣。船队则由一众年富力强、忠诚机慧的西人（大多来自英美）打理。舵手常由经验丰富的马尼拉老水手担任，其余杂役（包括乘务员、锅炉工和水手等）以华人为主。

我们在扬子江上航行约 175 英里后，抵达河口。彼处碧浪粼粼，惠风和畅。隔日，我们穿过乱石遍布的荒岛，沿着山东省美丽、曲折的海岸行进，东南方的海岬渐映入眼帘。远方群山绵延，令人目不暇接。山上寸草不生，难以耕垦；山体呈砖红色，与美国犹他州和洪堡谷内的山丘相仿。经过庙岛海峡，船渐渐驶入渤海湾，向大沽开去。驶出黄海后，海水不再清澈见底：黄河携带大量泥沙，自渤海湾西南角入海。据船长所言，黄河只在洪水期有泛滥之患，无需多虑，其径流量远小于长江。地理学家经常将二者比较：一河一江在长度、发源地省区及流向方面等大致相同。本人甚是好奇，自然不满足于书本和船长所说，未来定要亲自探寻一番。

烟台坐落于山东岬角与渤海湾中段，我们的船队在此停留数个小时。这里的海湾风光无限，城中却脏乱不堪。建筑物星罗棋布分布在海滨，远处散落着几座村庄和传教士小屋。各国领事馆集中建于海滨高耸的石山①之上，十分瞩目，周围有许多灰砖石屋，为外商、传教士居住；还有一座塔状的信号站。信号站左侧有一家俱乐部和几座旅馆，夏季对游客开放。海滩安全舒适，通航良好，空气清新，常有香港、上海、北京等地的西人携家眷到此消暑，因而此地又被称为中国的"纽波特"②。山的另一侧是垃圾场、海关衙门和平民区。这里生活环境恶劣，其间居民大多以拾荒、做苦力为生，他们衣衫褴褛、面容憔悴，但又淳朴、乐观。此处还是外国货物的集散枢纽，外港有外军驻扎。

清政府以及外籍政治顾问曾考虑将烟台作为北洋海军驻地，但最终选定了地理位置欠佳的旅顺（位于渤海湾北部）。由朝廷承建的海军船坞、码头和防御工事正如火如荼地开展，规模巨大。这些工程早先由德国工程师负责，后为法国人承包。

战略工程所耗甚巨，大都建于东北沿海地区，横跨整个渤海湾，位置孤立，易攻难守，与京城仅凭一条沿海绵延数百英里的铁路相通。显然，另择通行便利、易于防守之地也是在所难免之事。清政府为旅顺港的建设已投入数百万美元，仍难以实现港口的正常运行，其军事防御力非常有限。清政府选择旅顺而非烟台或威海卫（位于山东半岛东北端，烟台以东30英里）作为海军驻地，实属失策。两地皆有铁路贯通内陆，输煤便捷，船舰的燃料供应可报无虞；若防守得当，能够抵御来自华北平原或朝鲜半岛的军事入侵。

山东半岛南端的青岛港（北纬36°，东经120°15′）位于海岸线的凹陷处，地理位置更为优越。若水深合适、矿山选址得当，

---

① 今烟台山，海拔42.5米，面积45公顷，是烟台市名由来。烟台山位于市区北端，三面环海、海域辽阔、环境优美、景色迷人。——译者注
② 美国东北部罗得岛州的滨海城市，著名的避暑胜地。——译者注

向内陆地区输送煤炭极为便捷，长江以北其余港口无法与之相比。

中方从英、德两国购入诸多铁甲舰，其中 9 艘编入"北洋舰队"，驻守海河口。朝廷委派李总督和奕譞亲王主理军港建设，视为头等要务。（光绪帝现已成年亲政，奕譞为佐政大臣）。

1885 年 10 月 13 日，慈禧太后下令，批准北洋、南洋通商事务大臣、军机处及总理衙门所请，由李鸿章协助组建海军衙门[1]，并命醇亲王奕譞总理海军事务，懿旨原文如下：

> 著派醇亲王奕譞总理海军事务，所有沿海水师悉归节制调遣，并派庆郡王奕劻、大学士直隶总督李鸿章会同办理。正红旗汉军统领善庆、兵部右侍郎曾纪泽帮同办理。现当北洋练军伊始，即责成李鸿章专司其事。其应行创设筹议各事宜，统由该王大臣等详慎规画，拟立章程，奏明次第兴办。

旨意中涉及的亲王大臣居于北京，对海事军务一窍不通。李鸿章彼时在天津，百务缠身，名义上虽为协理，但俨然成为北洋海军的"总司令"，这道敕令不过是走过场。过去 10 年间，李总督在北洋舰队根基愈深，大权独揽。起初，英国皇家海军军官琅威理上尉[2]与李鸿章一同主理北洋军务，中法战争爆发后离职（不知是主动请辞，还是应召回国）。太平天国运动后期，清政府聘美国海军官员式百龄上尉[3]为北洋舰队军事顾问，任期 3 年，但战后将其罢免，起复琅威理，后亦黜之。琅威理此前战功赫赫，经验丰富，若辅以得力干将，任其施展，北洋水师未来可期。

---

[1] 总理海军事务衙门，通称海军衙门或海署，清末政府管理全国海军的机构。海军衙门设总理一人，会办、帮办各两人。——译者注

[2] 琅威理（William Metcalfe Lang, 1843—1906），英国海军军官，光绪年间受雇于清政府，后聘为北洋水师总教习。——译者注

[3] 式百龄（Magdalena Siebelin, 1819—1879），德国海军退役军官（上尉），曾为美国海军下级官员，参加过美国内战。——译者注

但近来英国不断进犯东方诸国，中英关系日益紧张，清廷对琅威理有所忌惮。在旁人看来，清政府完全可以选任丹麦人、荷兰人或美国人担任这一要职。如此既可收获人才，也能避免因政治立场影响发展。

客观而言，清政府虽为水师配备了新式军舰、性能优良的大口径火炮以及充足的兵员，但海军建设依然任重道远：一是缺乏称职的领导阶层和骨干；二是水手未经专业训练，难以操作战舰。最近，法国孤拔中将①率舰队在福州力挫中国海军。由此可见，若清政府与他国一流海军开战，须聘用大量优秀教官，尽快学习战舰操作技术，否则难有胜算（天津已设立一所小型海军学校）。

本人在此详细论述了中国海军的建设问题，因为清政府无论在法令颁布还是具体措施上都竭力仿效西人，罗伯特·赫德②及其一众得力助手极大提高了海关的工作效率，具体情况可参考本书相关章节。

离开烟台后，我们次日清晨抵达大沽。船只吃水量为 14 英尺，而浅滩水位即便在涨潮时也不过 11 英尺，我们只得把大部分货物，如大米、砖茶和铜币等卸载到驳船上，方能顺利驶入海河。同行者有船长及四名中国船员，途中避近北洋海军装甲舰。这些战舰气派非凡，当时距离我们不到 4 英里。

傍晚涨潮时分，船只驶入河口。河两岸遍布大型防御工事，历史悠久的大沽炮台也在其中。南、北炮台隔海河相对，间距不过 400 码③。海河蜿蜒穿过两岸低矮的沼泽地，直通 50 英里外的

---

① 孤拔（Amédée Courbet, 1827—1885），法国海军中将，指挥过北非中亚法属殖民地的多次侵略战争。1883 年被任命为法国交趾支那舰队司令，率海陆征军攻占越南，强迫越南王府订立第二次《顺化条约》，当年年底，又升任法国远征军总司令，率 6000 人军队攻打驻扎越南山西的清军和黑旗军刘永福部。1885 年 6 月因病在《中法新约》登订后 2 天死于澎湖妈宫。——译者注

② 罗伯特·赫德（Robert Hart, 1835—1911），英国政治家，1863 年正式接任晚清海关总税务司。——译者注

③ 1 码 = 0.9144 米。——译者注

天津。炮台上架有重兵把守（教官为德国将领）的阿姆斯特朗炮①和克虏伯大炮②，沿河岸绵延约千米之遥；炮台前后设有宽阔潮湿的沟渠，以备敌军突袭。1860 年 8 月 21 日，英法联军从 10 英里外的北塘口登陆，与清军的侦察部队进行了几次小规模战斗，大胜；后迂回至大沽北岸炮台侧面包抄，联军舰队在前方同时开展远距离扫射以接应，令清军猝不及防。一年前，英军在大沽口与清军正面交锋，铩羽而归。那次战役中，英国战船被击沉。美国海军准将达特罗尔（Commodore Tatnall）深入战火，用接应船救起了许多溺水的英国士兵。

再往前行，有一处搭建完好的船坞，我们将船只停靠在大沽城外。城内房屋多为泥制，约有 5 万人口。依照锚地的水位，尚可向前深入 8—10 英里。从浅滩泥土的松软程度和排水量来看，可进一步拓深港湾入口，供吃水 20 英尺的大型船只通航，且工程量较小，成本较低，日后修缮也十分方便。如此一来，大沽驳船公司③将被迫与外国优良货船竞争。中国人为回避这一点，选择维持现状。加之大沽炮台及吴淞炮台段的浅滩泥泞难行，外国货轮只能"望城兴叹"。

此处未建灯塔，且河道弯曲，夜间行船十分不便，我们只得抛锚停泊，待月升启程。村民的喧闹和士兵的叫喊声若隐若闻。傍晚时分，号角接连响起，中国的号手定接受过专业训练，号声整齐嘹亮。外国军官向中国士兵发号施令时，统一使用英语。每名教官配有译员，将指令逐句翻译，以便士兵准确理解，执行无误。但语言隔阂难免有些弊端。由于战术分歧、纪律涣散，沿海省份的清军虽装备精良、数量优势显著，终究难以与军纪严明的

---

① 口径 120 毫米，由英国阿姆斯特朗兵工厂制造，北洋水师的"扬威""超勇"二舰装备了该炮。——译者注

② 口径 280 毫米。炮管长 11.2 米、重 44 吨，仰角可达 30 度，有效射程 19760 米，炮弹 3000 米内可穿透 65.8 毫米的钢板，每分钟可发射 1—2 发炮弹。——译者注

③ 1874 年成立的英国公司，是外资在天津最早经营的近代企业。——译者注

军队抗衡。

本人周游内地期间，看到仅有驻扎于北京周边的几支部队配有改良火器。这些部队大都使用尺寸、规格各异的原始火绳枪。以我多年的从军经验来看，中国军事实力尚待完备，清军的管理、组织及装备不及西方诸国；缺乏完善的交通运输体系、充足的军需补给和武器供应，纵使人口优势显著，但外强中干，不啻笼中之鸟。李鸿章与左宗棠（已故）等官员深谙国家兴亡之道，多年来屡屡向皇朝进谏警语，尽陈此间利弊。在他们的努力下，清军终于小有改观：效法外军的训练模式；配置先进武器；进口军舰，创建北洋水师……尽管如此，中国的军防实力依然堪忧，外难攘敌、内难自保。

从大沽至天津的陆上距离约 35 英里；水路稍有迂回，达 50 英里。其间河道蜿蜒，通行不便。在过去的 50—150 年间，黄河水几度外溢，延占海河水系。距河口 10 英里，河道陡然变窄，河宽从 400 码（黄河的平均宽度）缩小至数英尺。幸而河岸松软平整，水底无暗礁，汽船尚能勉强通行。两岸一马平川，菜地与粟田层出叠见。在河流转弯处，我能看到散布于村野间的平房，它们多由土砖堆砌而成，房顶铺以麦秆。碉堡、围墙时隐时现，之上可俯瞰周遭地形。村镇周围密密匝匝的坟冢引人注目，远看酷似干草堆。镇子越大，外围的坟茔越多，有些甚至高达 10 英尺，华北平原各地都是如此。西人对此现象不甚了然，误认为中国人对坟茔心存敬意，世代虔心维护，但这一习俗并非一成不变。中国鲜有大规模农场，民众大都聚居于村落和市镇。随着聚居地的扩大，外围的坟冢日渐增多、密集。人烟稀少之地，坟墓数量较少，但较为集中，并无孤坟。中国没有公共墓地；富人会划出一片土地，建造祖墓，四周培以绿植；佃户们须得到地主许可，方能在田间落葬辟坟，土地使用期限一般不超过 3 年。没有条件土葬的赤贫人家只能将死者的棺材（甚至草垫裹尸）浅埋于道旁。

规模较大的城镇周边都有庞大的墓群，甚至延伸 1—2 英里之外。"风水"是墓地选址时须要考虑的因素。中国人认为，坟墓的"风水"会影响死者转世。此外，中国还有祭祖的传统，父亲的坟墓须妥善安置，以供后代（尤其是男性）祭拜；妇女、未婚者和孩童的坟墓相对简陋，且疏于照拂。不过随着时间的流逝，所有坟茔都会被后人冷落、遗忘。饶是名门望族，也很难理清究竟由谁修缮祖墓。中国法律禁止迁坟，但此类事件仍时有发生。古坟周边的土地常被辟为耕田，加之有些地区常受洪水侵袭，致使坟冢逐渐缩小甚至夷为平地。我曾试图索骥史料，推断这些坟地的平均"寿命"，但终是徒劳。不过据估测，这些坟地的存留上限不超过 10 年，甚至连 5 年都难以维系。

在保证墓群完好又不违背旧俗的前提下修建铁路，并不现实。若不能对沿线的坟茔进行迁移，铁路线只能避开城镇，迂回绕远，难以发挥真正的运输价值。丘陵地带则无此顾虑，其间坟墓大多建于山顶、山坡，农田和公路主要分布于低地和山谷，铁路规划并不冲突。清政府若对铁路沿线地区的百姓予以补偿，多加安抚，"迁坟大计"或可成行。中国与其他国家一样，除非通过正当的法律程序购买土地，任何私人财产都不得擅自征调、挪用。据此，修建铁路所占用的土地须由第三方估价后再行出售。如此一来，不仅应赔付民众迁坟款，另要提供新址供坟茔重建，其间产生的费用皆由铁路公司支付。若补偿到位，施工时审慎守礼、尊重民意，便能为迁坟工作省去不少关碍；清政府若能援以支持，对被迫迁坟的民众加以表彰，效果自然更好，如下诏，在坟头或附近庙宇竖立一块墓碑，可有效缓解民众对于迁坟的迷信和偏见。顽固之人亦是血肉之躯，只要权利得到尊重，妥善相待，也乐意服从。在随后的旅行中，本人得知，华北地区普通民众的丧葬费用，包括棺椁、坟地及出殡等平均花销仅在 5—8 美元。

第九章

天津马赛——"故音"重闻——交际鸿沟——迁坟——政经要冲——租界——西式炮艇——直隶总督——毕德格——初谒——总督衙门——会晤——铁路建设与漕运——李鸿章的人格魅力——辞行——宵禁

初抵天津不久,笔者等人便参看一场赛马。是日,赛马场内中外观者云集,老少咸聚,数以千计,气氛十分热烈。参赛马驹产自蒙古,耐性极佳,为骑师私人所有,个个精神饱满、训练有素,高约1.2—1.4米。这种马原为鞑靼部落和汉族骑兵的军马,未来或可与欧洲的骏马进行杂交,繁育新种。赛马骑师皆为西人,所着制服为丝绸质地,色彩十分艳丽。

李鸿章总督的私人乐师也莅临了比赛现场。他们30余人皆着鲜红色马蹄袖箭衣,在一名西人的指挥下,为观众演奏了许多热烈、欢快的美国经典曲目,包括《老黑奴》①《进军佐治亚》②

---

① 一首由史蒂芬·柯林斯·福斯特(Stephen Collins Foster,1826—1864)创作的美国民歌,原名 *Old Black Joe*。此曲旨在寄托作者对已故黑奴老友的哀思,亦融进了对自我命途境遇的哀叹。——译者注

② 作者是亨利·克莱·沃克(Henry Clay Work,1832—1884),歌曲描绘了著名的"向海洋进军"战役。这是美国内战后期联邦军深入南部联盟腹地的一次战略性进攻。1864年5月,联邦将领谢尔曼率军从田纳西州出发,经过佐治亚州,向海边的萨凡纳进军,一举摧毁南军的粮食供应基地,重挫南军经济基础,使战争的局势加速明朗。——译者注

等。此番欢悦、鲜活的场景不啻对东西方文明差异最为生动的写照。无论场内、场外，中国人与西人的社交均无交集。东西方的权贵、政要之间偶尔会相互宴请，此外再无往来。通商口岸的西人多为商人或传教士，无论私事、公务皆由所属国的领事辖理看顾，少与中国官员接触。西人创办的俱乐部及各项文体娱乐活动并不对华人开放，更有甚者，上海租界等地也禁止华人入内。日本则无此诸多歧视性条规，其国民在经济、社会生活等各个方面都与西人平等。

天津赛马场跑道呈椭圆状，总长约 1 英里，原址为一处坟场。据粗略估算，赛马场内原本约有 5000 座墓茔，场外的坟丘则逾万数之多。外间有许多好奇的中国民众毫不避忌地站在墓堆上，向场内引颈观望。

我曾向知情者探问：外商如何成功动员相涉的中国民众迁坟，促成赛马场的修建？他笑答曰：那些"中国通"自有办法。想来无外乎晓之以理，"动之以利"。

天津，本意为"天子渡津之地"，是京城的海上门户，直隶总督衙门（李鸿章统辖，主理清廷一应外务）所在地，自古视为战略要冲。天津主城区位于海河南岸，三大支流交汇处，人口近百万。与其他平原城市相仿，天津城地势低平，外观简朴。城中浅塘漫布，洪涝频生。海河下游沿岸地区农田遍野，以白菜、洋葱、大蒜、红薯和小米为主要作物。城中的租界区依河而建（与上海租界相仿），绵延近 1 英里。其间西式别墅、货栈星罗棋布，还建有数座教堂、一所俱乐部、两座医院、一家银行，以及各缔约国领事馆。租界内治安良好，街道养护得宜，码头为石板铺就，处处秩序井然。去年，共有 240 艘外国货轮由天津港入境，向内陆地区输送各类进口商品 20 万吨以上，中国内地的商品出口量则相形见绌，以草席、驼绒、猪鬃等杂物为主。天津市区中心城墙环立，这些城墙巍峨古朴，迄今已有数百年历史。市郊为大运河与海河干流交汇所在，占地面积较市区更为广袤。一座高大的土堤在城中迂行，将租界、郊区和主城环围其间。这项工事被谑称"僧格林沁的闹剧"——1860年，科尔沁亲王僧格林沁①率军在此抵抗英法联军，筑起此堤，以巩固城防②。土堤高约15英尺，虽然其侧翼较为薄弱，但若守备得当，亦可有效抵挡联军的进攻。然而，僧格林沁选择放弃炮台，引军撤退，联军随即占领了这座防御工事，将其辟为北上攻打京城的根据地。

1873年，法国天主教会在天津城内所建的教堂"望海楼"和育婴堂被焚毁，慈善修女会也受到当地民众的攻击③。为防止此类事件重演，每逢初冬季节，美、英、法三国组成的联军舰队开赴天津港驻守。同时，城中还设有北洋海军衙门、北洋水师学堂以及水雷学堂、电报学堂，以及两座兵工厂，聘西人管理，装配有西式现代化生产机械。天津城的经济地位虽难以与上海媲美，但若论社会风气之开明，官民思想之进步，或可为举国表率。

保定府位于天津西南，距天津约100英里，为直隶省省会所在地；北京位于天津西北，距天津不过80英里，此二者虽据地利之捷，仍难以取代天津，成为华北地区进步运动的中心。究其缘由，在于天津为李鸿章总督日常起居、办公的常驻地。除间或赴保定府处理省务及奉诏进京之外，李鸿章大多数时间都在天津。

---

① 晚清名将，道光五年（1825年）袭科尔沁郡王爵，历任御前大臣、都统等职。咸丰、同治年间，僧格林沁参与对英法联军等战争，军功卓著。——译者注

② 1859年僧格林沁在大沽口修建防御工事，英法舰队不顾警告闯入大沽口，清军击毁英军3艘战舰，英军死伤464人，重伤英军海军司令，僵持数日后英法联军撤走。1860年英法联军攻入天津，僧格林沁屡败屡战，在通州八里桥之战中，1.7万蒙古铁骑覆没于8000英法联军，英法联军仅死伤51人，冷兵器时代的最高成就蒙古铁骑走向了没落。此役之后，清廷上下再无主战派。——译者注

③ 1870年天津教案。当时，天津不断发生迷拐儿童事件，被捕案犯供称系受教堂指使，一时民情激愤，舆论大哗。农历五月廿三日（6月21日），天津知县刘杰拿拐犯到望海楼教堂对质，教堂门前聚集的民众与教徒发生冲突，法国驻津领事丰大业到场向刘杰开枪，并打伤其随从，由此引发了"火烧望海楼"教案这场中国民众自发反抗帝国主义压迫的大规模斗争。——译者注

身为直隶总督，其辖区内有近 3500 万常住人口。他身兼数职：一者，文华殿大学士，总理朝廷的外交事务；二者，北洋通商大臣，统率北洋海军舰队，并监管中国北方沿海地区的贸易事务。同时，李还是一位杰出的军事将领。太平天国运动爆发后，义军一度占领了三分之二的中国国土，逾千万百姓在此殒命。值此存亡之际，李鸿章大胆启用外国军官，组建常胜军，力挽狂澜。李鸿章对英文一窍不通，但他常年与西人（尤以英、美两国居多）过从甚密，深谙其在一应国是、要务等方面的主张。格兰特将军[①]（美国前总统）周游世界时，曾游访天津，李总督对其礼遇甚隆。不知因为禀性相投或者经历相近[②]，二人一见如故，私交颇笃。

李鸿章的幕僚中有不少西人，其中有一个美国人名曰毕德格。此人虚怀若谷、博学广智，在文言文领域造诣颇深，堪与中国本土硕儒相媲，且思想开明，识见高远。南北战争时期，毕德格曾在纽约骑兵团服役。经时任美国总统林肯向美驻华公使蒲安臣先生[③]引荐，少年时即行赴华，之后常驻中国。他钟爱中国文学与艺术，汲汲于帮助中国探索富国强民之道。他的到来极大提高了李鸿章与西方官员的沟通效率。除日常公务往来外，毕德格与李总督一家私交甚密，深得信重，随时都可获得他的接见，实属殊荣。

毕德格时任美驻华副领事时，本人抵津次日，便在其陪同下拜谒了李总督。李事先对我的履历、背景（曾任军衔及工程师等身份）有所了解，对我恩遇有加。此后，我在津时，有幸与李总

---

　　① 尤里西斯·辛普森·格兰特（Ulysses Simpson Grant，1822—1885），美国军事家、陆军上将，第 18 任美国总统。1879 年格兰特访问中国，在天津与时任清朝直隶总督兼北洋大臣李鸿章相晤。——译者注

　　② 格兰特将军曾在南北战争时期带领美国北方军队赢得胜利。——译者注

　　③ 蒲安臣（Anson Burlingame，1820—1870），美国律师、政治家和外交家，美国对华合作政策的代表人物。作为第一位在北京任职的美国公使，他是唯一一位既担任过美国驻华公使，又担任中国使节的美国人。

督会晤数番，深感其殷勤周致，与之交谊愈笃。

依清朝礼制，官员间举行正式会晤须乘轿辇出行，官轿外罩蓝呢或绿呢所制的轿帏①，内衬绸缎，由四名身着公服的轿夫扛载，扈从骑马随侍于前后，开道清街，其装束打扮根据官员的身份、品秩有所差异。本人依制，乘官轿从租界出发，迂行穿过老城区逼仄、腌臜的街道，前往 3 英里外的直隶总督衙门。这座官邸邻运河而建，外墙由灰砖砌成，经过一扇厚重的木门（门柱为花岗岩所制），即为前庭所在，但庭中不甚整洁。毕德格已先行回府通报我的行程，并安排一应接待事宜。我在另一扇富丽的对开大门前落轿，门上用红、黄、金三种颜色镂着一对巨幅人像，与扑克牌上印制的人物图案十分相似。我在轿内稍候片刻，好奇打量四周：大门左侧有一块花岗岩石碑，约 12 英尺高、3 英尺宽，1 英尺厚，碑座为一只石龟，长约 5 英尺、宽 3 英尺、厚 2 英尺。其下半身与碑身融为一体，作引颈状。石碑正面刻满晦涩的汉字（本人随后赴京，在许多大人物的陵墓前也曾见过类似的碑刻）。我凝神细观时，大门訇然洞开，轿夫依循门内人的指示，重新起步，复行约 10 米后再次落轿。随后，侍从上前掀开黄绸轿帘，示意我下轿，毕德格正候于此。一名差役手持我的中文拜帖（数页殷红色的纸片，长约 7 英寸，宽约 3.5 英寸），将我们引至为外宾而设的客堂。堂中一角建有一座隆起的台基，后墙开窗，采光良好；上设两套长沙发、两张座席和一把矮几，台基两侧各置一组桌椅，皆覆以红绸。其后摆放着许多中式彩绘屏风，地上铺就英国进口的比利时式地毯。客堂与敞廊相接的一侧以玻璃幕墙和木雕隔开，房顶为原木结构（未上漆）。堂中一隅设有一只美式煤炉（产自纽约州特洛伊城），另一角摆放着一幅李鸿章本尊的油画肖像（某德国画家依照片所绘）。

① 原文为蓝色或绿色的布料，参考清朝官轿制式，为蓝呢或绿呢轿帏。——译者注

片刻后，总督大人由我来时经过的同一扇门，款然而入。他先是庄重地对我鞠了一躬，与我行握手礼后，又欠了欠身，领我们走进偏室。总督在一张宽大的桌案前坐定，示意我在他左侧落座（中国人以左为尊），毕德格坐于其右。桌案上摆着几只玲珑、精雅的瓷杯，盛有新沏的上品清茶；另放有雪茄、香烟及洋火（产自奥地利）各一盒。随即，侍从端着水烟筒至总督身侧站定。据本人所见，李总督气宇轩昂，神情沉毅，庄肃而不失慈蔼。

李鸿章时年66岁，身长6英尺，体格强健，身形挺拔。皮肤黄中泛黑，目似乌豆，眼神中透着敏捷、慧颖与和善。发辫灰白，牙齿不甚齐整，因常年吸食烟草而有些发黄，蓄着络腮髯（彼时中国较为流行）。上身着灰色朝褂①，袖体宽长，天冷时可揣手保暖，下身套宽松的丝质长裤，足踏毡靴，首冠顶戴（一种黑色官帽，状似头巾，帽檐回折，帽顶呈圆锥形，上安顶珠，一根孔雀翎羽）缀于冠后。

甫一落座，总督便询问我的年纪（此为中国传统礼俗）。本人欣然相告，他神情微讶，复问道："擅揣足下从戎之际，齿发尚轻，未审平昔效役时高就若何？"

我如实相告：自己此前曾在华盛顿陆军部服役，担任骑兵团团长一职，负责华盛顿地区北军骑兵部队及军用装备的指挥、调度与管理，先后统师一个骑兵师和一支骑兵部队，具有一定的实战经验。南北战争结束后，本人重操旧业，成为一名工程师，督管密西西比河、伊利诺伊河和洛克河流域水利设施的修缮工作。退伍后的15年间，一直辗转于美国各地，从事铁路建设及运营等相关工作。总督闻言，面露诧异之色。我补充道，晋升准将前，自己曾在格兰特将军麾下任工程师兼监察长达2年之久。此外，本人毕业于西点军校，其教学内容涉猎颇广，包括实战演练、战

---

① 原文为"阿斯特拉罕外套或罩袍"。——译者注

术培训、军事工程学等一系列课程，以培养全能型军事人才为宗旨，故而本人的履历较同龄者而言较为丰富。

言及格兰特将军，我感慨万千，告知李总督，格兰特将军卸任美国总统后，一度因轻信于人而卷入金融丑闻，最后凄凉谢世。格兰特将军在生命的最后一年，饱受病痛折磨，但其间他仍然坚持撰写自传，冀望用稿酬纾解家中的经济困境，如此超凡之举令李总督颇为动容，赞其英伟一世，晚节可嘉。哀悼之余，他对格兰特将军家眷的境况亦深表关切。

随后，总督问我是否与厄普顿将军①有旧。厄普顿将军曾出访中国及亚欧列国，考察诸国国防与军队建设。与李会晤时，厄普顿将军提议援助清政府组建一所军事学院。我据实相告：自己与厄普顿将军是自幼相识的挚友，其人颇具材干，在军事界享誉甚广。南北战争末期曾在我部担任骑兵师指挥官，于数年前不幸亡故。②

李总督为这位将星的陨落扼腕不已，转而又谈起本人的职衔、履历。他道："足下怀才抱器，治业有成，必资藉豪富。"答曰："敝人家景仅为小有，难称裕饶。平昔存心立志，非为财帛之谋，但求学以致用，无负职守，惟拥积岁之馀资耳。"总督旋即追问具体的数目，我无意多言，搪塞曰："勉能维系，但令眷小无为此虑，足仰自洽矣。"他似乎对我的回答很满意，并未继续追问，转而垂询我的行程规划、随员事宜等。我借机简叙了自己访华的目的及预期时长（少则半年，相势而定），并褒赏总督的文治武功，称赞他为举国公认的进步派官员领袖，进而向之讨教朝廷对兴修铁路等重大工程的政策与动向。总督毅然曰："铁

---

① 埃默里·厄普顿（Emory Upton，1839—1881），19 世纪末美国最著名军事战术及军事史作家，著有《美国军事政策》（*The Military Policy of the United States*）一书，对美军影响巨大。——译者注

② 1881 年 3 月 15 日，厄普顿在加利福尼亚州普雷西迪奥任第四炮兵的指挥官，他所倡导的军事改革计划被国会否决，加之病痛缠身，抑郁自尽，后葬于纽约奥本堡希尔公墓。——译者注

路运输、矿采等诸实业百工，诚乃兴邦之必由。孰何财源竭仄，本资难筹。"本人当即表示，清廷信誉良好，故而欧美地区的银行对其借贷条件较为宽松，若朝廷愿意申请，筹建资金可保无虞；另一方面，欧美诸国目下白银储备充足，融资便利，并言及美国某政要支持动用国家银行①的资金协助中国大兴铁路建设。

总督闻言，颇为振奋，连忙探问我是否可协助玉成此事，我告诉他，自己人微言轻，且无公职在身，无权干涉国是。尽管美国政府无法直接向清政府借贷，民间却有不少银行家富比陶卫，由他们出资亦可。总督复又问曰："但闻贵邦内帑存银累亿，乃至仓廪不敷，务新葺以逮之。今既不予济我，未审另资何用也？"本人闻之愕然——此事虽为实情，却属国家机要。我回答说，除敷用政府的日常开支及偿还临期债务外，或有盈余，但其用项不详。李总督莞尔道："或可与驻本邦谒者、属员等附益薪俸耳。"我亦以为然。

谈话间隙，一位侍从端着一瓶香槟酒走进房间，为我们每人斟了一盏。随后，他划着一根火柴，点燃火折（一种易燃的草纸所制，功能与打火机相类），拿起水烟筒，轻轻将烟嘴递送至总督唇间。总督手抚桌案，凝神端详着我，深吸了几口烟斗。侍从复取回烟嘴，清理烟袋，重添烟叶后，再次送至他嘴边，李鸿章继续吞云吐雾。如是数番后，我们的谈话继续进行。总督问我是否与新任美驻华公使田贝上校②相识，南北战争期间有无与他在军中共事。得到肯定的答复后，总督对其智识、品具深表嘉赞，认为田贝上校亦堪为驻朝公使的至佳人选，这不仅是个人荣誉，以其深惟重虑，长于周全各方。我向总督解释，美国外交官员的任免等要务由国会统辖，总统和国务卿无权擅定，但同时表示，

---

① 美国联邦储备局前身。——译者注

② 田贝（Charles Denby，1830—1904），1885—1898 年任美国驻华公使，著有《大清国及其臣民》（*China and Her People*）一书，被史学界广为引证。——译者注

若有机会，自己定会向国会转达他的提议（后来本人如约向国会致电，通传此意）。

我们相谈甚欢，话题渐广，气氛愈加轻快。西洋各类酒品中，中国人对香槟情有独钟，通常在宴饮、会谈等进入尾声时奉上，当日却属例外：畅饮之余，我们谈兴益浓。总督再次言及中国的铁路建设，详细垂询铁路的用途、营建成本、最适合中国的车轨样式以及铁运与漕运的成本差异等问题。他问道："格兰特将军有言，依本邦国情论之，漕运之费寡于铁运，何也？"本人结合自己此行所考的相关实情及多项科学数据，向其阐明了自己对此事的见地，于此无复赘述。概言之，中国北方冬季运河封冻期长达三四月之久，其间漕运废弛，铁路则可全年通行，更遑论其在运输效率、维建成本及客运量方面的显著优势。李总督深以为然，再次重申了中国兴修铁路的必要性。

随后，总督对我的考察路线提出了一些建议，圈定了几处最具代表性的考察之地，以深入了解中国的实况以及在中国修建铁路的种种困难，并表示愿与我择期再会。此时已近掌灯时分，客堂内一片昏暗。本人与毕德格起身辞行，总督站起身，我与他并肩步入走廊，向正门走去。忽闻院中一阵鼓号之声裂空而起，鼓声沉闷而号声刺耳，行至内院方歇，我来时所乘的轿辇已停候在原地。总督在门前止步，与我握手告别，辞态甚为和悦："愿与卿结莫逆之契。"他一直站在原地向我拱手致意，直至我坐回轿内。

后来，某日晚间，我再谒总督府，刚踏进正门就又听到了鼓声，却与前次不同，这种鼓声宣示着宵禁开始，守更人即行入值。本人走出班房后，方见敲鼓者为一名差役立于门右。鼓声雄浑嘹亮，音色与西式管弦乐队所使用的定音鼓[①]极为相似。击鼓人双手翻飞，按照一定的节拍快速击打鼓面。另有两位白衣号手

---

① 一种打击乐器，由鼓面、鼓桶以及鼓槌组成。定音鼓是管乐队或交响乐队中的基石。——译者注

并立于暮光中，各自吹奏着一支颀长、笔直的铜号①。二人举起铜号，使之与身体垂直，而后将号管缓缓放平，奏出一阵悠扬的号音，时而柔和低沉，时而高亢激昂，与鼓声遥相呼应，曲调神秘、悦耳，令人闻之欲醉。稍停片刻后，号声又起，大约 5 分钟后逐渐收声。随后，先前击鼓的那名差役再次敲鼓三下，此回动作轻柔，后响起三声钟鼓声。宵禁仪式就此结束，守更人纷纷出动，至府中各处当值。全国各省的总督府及抚台衙门每天都要举行这种仪式。私以为这种中国乐曲若能稍加改造定会深受西方民众喜爱。

---

① 八旗军原使用海螺号作为军号，其用途史籍所载略而不一，如"金鼓以示进退之节，海螺以定朝昏之聚散"，又如"海螺，剡蠡吹之，以为进止之节"。随着西方列强侵略中国，清政府组建新军时，疑似引入西方铜管号逐步取代海螺号。——译者注

第十章

走近李鸿章——华尔将军和戈登将军——英国人的偏见——白齐文[①]——中俄边界冲突的"涟漪"——戈登再访中国——电报的引进——摩斯电码与汉字电码——刘铭传谏修铁路——李鸿章与刘坤一具奏声援——左宗棠的遗折——清政府的不作为——进步之"心"——守旧派：困兽犹斗

作为当今中国最有权势的政治家之一，李鸿章祖籍安徽，出身书香门第，家境中等，祖上六、七代皆为硕儒。幼时便立志参加科举考试（彼时中国选拔官员的唯一途径）博取功名，后经乡试、会试、殿试层层选拔，最终进士及第（进士身份历来是中国学子的至高追求），后在人才济济的翰林院就编修之职。未及中年，已辗转各处，履任数职，为官经验丰富。不久，太平天国运动爆发，战火波及安徽省，李鸿章被任命为主要将领，自1853年至起义被镇压结束，驻守江苏省，指挥、参与多次平乱战争，一路升迁至总督。

1863年2月，李鸿章被任命为江苏巡抚；1866年，升任征剿

---

① 白齐文（Henry Andres Burgevine，1836—1865），美国北卡罗来纳州人。活跃于中国晚清战场，曾组织洋枪队镇压太平天国，也曾帮助太平军对抗清政府。——译者注

捻军的钦差大臣；1870年，奉清政府之命，调解由天津教案引发的中、法、俄三边冲突。后一直兼任云贵总督和北洋通商事务大臣，总揽云南省一切军政要务及外交条约等外务各项，展示出非凡的领导才能。1875年1月9日，被授予文华殿大学士一职，秩正一品，是彼时中国文官的最高职衔。

根据中国的律法和风俗，官员任职其间，若逢双亲谢世，需丁忧三年。1870年，李鸿章接任直隶总督。1882年，其母去世，他服丧百日后便被夺情起复。不久后，因李鸿章恳切请辞，清廷遂许卸任文华殿大学士及直隶总督之务，但隔年八月即令其复职。

中国政府禁止官员在故乡省份任职，或起用近亲。中美政府有一个共同点：其民事职能比军事职能更为重要。

中国的武官素来为文官所轻，军队的最高将领通常由文官担任。地方总督就职后，兼揽本省军队的最高指挥权，必要时需带兵征战。李鸿章博物多闻，为国栋梁，时事所趋，也披上戎装叱咤疆场，成为镇压太平天国运动的清军主帅。左宗棠、曾国藩及曾国荃两兄弟为其副将。李知人善用，使这些有识之士各尽其才，率领"常胜军"立下了赫赫战功。这支军队为华尔将军所建，外国军官统领，兵源以华人居多。华尔将军功勋卓著，一生充满传奇色彩，最终战死沙场。他治军有方，英勇无畏，颇具领袖风范。华尔将军逝世后，白齐文继任为常胜军的统帅。他来自美国，虽骁勇异常，但恶习满身、性情乖戾，难以服众，不久即被革职。继他之后，此位由一名英国人暂时接任，但此人资质平庸。如是几经辗转，常胜军最终为英国皇家陆军工兵军官戈登接管。他指挥有方、军纪严明，是一位难得的将才。

作为李鸿章下属，戈登将军的一切军事行动皆需得到首肯。李鸿章深惟重虑，很早意识到外国军队体制完善、纪律严明、武器先进，军事优势明显。尽管副将对外军心怀偏见，不愿委用，但李鸿章力排众议，将常胜军任为平叛主力。先有李鸿章这位知人善任的"伯乐",后有戈登这匹"千里马"。戈登继任为常胜军的统领后,如鱼得水,大展经纶。李鸿章一直对他有所忌惮,从未将军队的统辖权全然托付于他,而是委派了一名与他官衔相当、职权相等的中国官员作为"陪同"(Pethick)。李的制衡之策是否奏效,无从考证。

戈登将军承诺不杀降将,因此延揽了不少敌将前来投诚,但清政府对太平天国的俘虏毫不手软。为此,戈登与李鸿章爆发了激烈的争执。

戈登怒斥李言而无信,揣着左轮手枪寻找李鸿章三天。但他很快冷静下来,与总督修好如故。因其平叛有功,朝廷赐予他黄马褂与黄金万两,但戈登坚辞不受。他一直对中国官员处决敌将之事难以释怀,运动平息后,便辞去职务,解散常胜军,这不失为明智之举——彼时,军中已开始滋长跋扈自满风气,上行下效,俨然变成了一支骄兵。白齐文更是数度扬言:他要带领常胜军推翻清政府统治,篡权自立。

白齐文的一生传奇而不幸。被李鸿章解职后,他进京面圣,抱怨李待他不公,这引起了蒲安臣先生和英国驻华外交官威妥玛①的关注,二人出面帮他斡旋。最终,清廷将白齐文谴返至李鸿章处,婉言暗示李复其原职。李鸿章深知其为人不堪大用,抑或事先已与朝廷暗中达成了某种共识。总之,他并未令白齐文重掌军队。不久,白齐文倒戈加入太平天国。

这一"归宿"也未令其称心。或许这是他走投无路下的无奈之举,又或是早已预见太平军必败的命运。无论出于何种原因,白齐文后来又向清政府投诚,乘船去了日本。但在日本也难遂其志,短短几月后,又返回中国。然而,他与清政府有诺在先:此

---

① 威妥玛(Thomas Francis Wade, 1818—1895),英国外交官、著名汉学家,曾在中国生活43年,其间编汉语课本《语言自迩集》,因发明用拉丁字母标注汉语发音系统而著称。——译者注

番离华后，永不再踏入中国，如今却出尔反尔。白齐文登陆不久即遭逮捕，被押解内地。驻华的西方官员（尤其是美国驻上海领事）竭力保释，此举未能成行。最终，白齐文在一场船难中溺毙。这是天灾还是人祸，无从知晓。

太平天国运动行将平息时，李鸿章开始提防外国在华的军事势力：他与华尔将军、白齐文、戈登将军及各国部长、领事、军官等往来日久，对外军先进的武器装备、作战能力和军事体制赞赏有加，深感清军难以与之匹敌。李鸿章驻浙其间，治军有方、屡立战功，1870年升任直隶总督，兼任太子太傅、文华殿大学士和北洋大臣（主理外交事务）之职，权势益炙。随着他与西人之间的公事往来愈加频繁，其外交才能也日益显露，后作为清政府的特使参与了一系列对外条约的协商与签订，与多谋善虑的外国官员交涉时，亦不卑不亢，措置裕如。

1881年，中俄在北方边境发生领土争端，战争一触即发，李鸿章派人请戈登重新出山，为清廷效力，彼时他已定居英国多年。戈登遂重访中国，与李鸿章会谈数月。在此其间，中俄之间的紧张局势顺利化解，他重返欧洲。戈登此行不但对李鸿章杀降一事既往不咎，还鼓动其推翻清政府自立，表示李如篡位，自己愿效死忠。由此可见，戈登虽治军严谨，亦有铤而走险之时。相形之下，李鸿章则老成持重，对清廷忠心无二，断不肯为名利之诱，行此逆举。

同一时期，李鸿章向朝廷上书，谏请在沿海地区省会城市和商业枢纽修建电报线，获得批准。该工程由波尔森先生[①]督建，卡姆西先生（曾任职于丹麦电缆公司）协建。迄今已建成约5000英里，贯穿高丽首都汉城、沈阳、旅顺港、山海关、北京、天津、大沽口、济南、烟台、镇江、上海、南京、武昌、汉口、杭州、

---

① 卡尔·奥克塔维厄斯·赫尔霍尔特·波尔森（Carl Octavius Herholdt Poulsen, 1834—1859），生平不详。——译者注

宁波、福州、厦门、广州和深圳等地，未来将逐步扩建至内陆地区的所有省会城市，并穿过蒙古直达俄国边境。

此举在中国历史上尚属首例，初期遭到不少保守派官员反对。如今，无论中央还是地方，举国的官员、巨贾杂然相许，纵使民众中不乏反对者，也无碍工程的顺利推进。报务员皆为华人，其或曾留美学习英文及电报业的相关知识，或曾就读于天津电报学堂①（由鲍尔森先生和卡姆西先生监管）。汉语中每个字都有对应的独立字符，而音节作为完整的语音单位，无法提取单个字母的读音编译成摩斯密码。解决方法是将每个字符拆成3个阿拉伯数字，后转成电报。报务员收报后，再通过特定的密钥将其转换为汉语字符，每个报务员都配有密钥副本。这种通讯系统设计巧妙，较为实用。使用密钥解码，需要将所有中文字符译成英语。常用汉字约 8000 个，汉字总数约 45000 个，若对其逐一数字编码，工程量极为庞大，且时间成本较高。相比之下，使用英文发电更为简便。因为电报通讯系统本身即为英语"量身打造"，报务员皆具备一定的英文基础及良好的英语读写能力。

中俄局势日益紧张之际，李鸿章向清廷进呈了一份《妥筹铁路事宜折》，详细阐述了时下兴建铁路的必要性。此前，台湾巡抚刘铭传也上表类似的奏折。他是一位改革派的壮年才俊，曾在军中任职，与李私交甚密，政见相合。

《京报》② 对此事亦有详载。据悉，刘、李此番上书，开中国

---

① 又称中国近代通讯技术学校。清光绪六年（1880 年）李鸿章奏设，附于天津电报局内，聘丹麦籍教习教授电学和发报技术。学生学习一年后即派往全国各地的电报分局任管报生。——译者注

② 明以前的报纸多为朝廷和地方沟通信息而设，统以"邸报"或"邸钞"相称，没有明确报头。大约在明崇祯十一年（1638 年），北京民间出了一种《京报》（*Peking Gazette*），清初获得官方认可，取代邸报，清中叶后日趋盛行。现存的《京报》大多出版于光绪、宣统年间。——译者注

官员谏修铁路之先河。在此附上淮军①将领（致仕）刘铭传——进折谏兴铁路的原文：

臣以菲材，渥承恩遇。自解兵柄，养疴田园，每念中外大局，往往中夜起立，眦裂泣下，恨不能竭犬马以图报于万一。近者被命，力疾来京。仰蒙召见，训诲周详，莫名钦感。窃念人臣事君之道，知无不言。况事变至迫，利害甚钜，敢不竭其缕缕，为我皇太后皇上敬陈之。中国自与外洋通商以来，门户洞开，藩篱尽撤。自古敌国外患，未有如此之多且强也。彼族遇事风生，欺凌挟制。一国有事，各国圜窥。而俄地横亘东西北，与我壤界交错，扼吭拊背，尤为腹心之患。我以积弱不振，不能不忍辱含垢，遇事迁就。不惜玉帛，以解兵戎。然而和难久恃，财有尽期。守此不变，何以自立！

今论者动曰用兵矣，窃谓用兵之道，贵审敌情。俄自欧洲起造铁路，渐近浩罕，又将由海参威开路，以达珲春。此时之持满不发者，非畏我兵力，以铁路未成故也。不出十年，祸且不测。日本一弹丸国耳。其君臣师西洋之长技，恃有铁路，动逞螳螂之臂，觊觎中华，亦遇事与我为难。臣每私忧窃叹，以为失今不图自强，后虽欲图，恐无及矣。自强之道，练兵造器，固宜次第举行。然其机括则在於急造铁路。铁路之利于漕务赈务商务矿务厘捐行旅者，不可弹述。而于用兵一道，尤为急不可缓之图。中国幅员辽阔，北边绵亘万里，毗连俄界，通商各海口，又与各国共之。画疆而守，则防不胜防，驰逐往来，则鞭长莫及。惟铁路一开，则东西南北，呼吸相通。视敌所驱，相机策应。虽万里之遥，数日而至。虽百万之众，一呼而集。无征调仓皇之虑，无转输艰

---

① 晚清时，李鸿章奉曾国藩之命，招募淮勇编练的一支汉人军队，是中国军队近代化的前身，一度为清朝主要国防力量。——译者注

阻之虞。且兵合则强，兵分则弱。以中国十八省计之，兵非不多，饷非不足。然各省兵饷，主于各省督抚。此疆彼界，各具一心。遇有兵端，自顾不暇。征饷调兵，无力承应。虽诏书切责，无济缓急。盖一国分为十八疆界也。若铁路造成，则声势联络，血脉贯通，裁兵节饷，并成劲旅。十八省合为一气，一兵可抵十数兵之用。将来兵权将权，俱在朝廷，内重外轻，不为疆臣所牵制矣。

方今国计，绌于防边，民生困于厘卡。各国通商，争夺利权，财赋日竭，后患方殷。如有铁路，收费足以养兵，则厘卡可以酌裁，并无洋票通行之病。裕国便民之道，无逾于此。且俄人所以挟我，日本所以轻我者，皆以中国守一隅之见，畏难苟安，不能兴奋耳。若一下造铁路之诏，显露自强之机，则声势立振，彼族闻之，必先震惊。不独俄约易成，即日本窥伺之心，亦可从此潜消。本年李鸿章奏请沿海安设电线，此亦军务之急需。但电线须与铁路相辅而行。省费既多，看守亦易。或者以铁路经费难筹，无力举办为疑。窃谓议集商股，犹恐散漫难成。今欲乘时立办，莫如议借洋债。洋债以济国用，断断不可。若以之开利源，则款归有著，洋商乐于称贷。国家有所取偿，息可从轻，期可从缓。且彼国惯修铁路之匠，亦自愿效能于天朝。此诚不可失之机会也。查中国要道，南路宜开二条；一条由清江经山东，一由汉口经河南，俱达京师。北路宜由京师东通盛京，西通甘肃。惟工费浩繁，急切未能并举。拟请先修清江至京一路，与本年议修之电线相表里。此路经山东直隶，地界最多。或谓于民间坟墓庐舍有碍，必多阻挠。不知官道宽广，铁路所经，只估丈余之地，与坟墓庐舍，当不相妨。即偶有牙错，亦不难纡折以避。臣昔年剿捻中原，屡经各该省，其地势民情，固所稔知，非敢为臆断也。事关军国安危大计，如蒙俞允，请

旨敕下总理衙门，迅速议复。若辗转迁延，视为缓图，将来
俄局定后，筑室道谋，诚恐卧薪尝胆，徒托空言，则永无自
强之日矣。①

清廷将此奏折转寄给李鸿章和南洋通商大臣刘坤一②，二人
对刘铭传的提议深以为然并附议：

奏为铁路为富强要图，亟宜试办，筹款立法，尤宜得
人，豫为考究，遵旨妥议，恭折仰祈圣鉴事。窃臣承准军机
大臣密寄十二月初二日奉上谕：刘铭传奏筹造铁路一折，所
请筹款试办铁路，先由清江至京一带兴办，与本年李鸿章请
设之电线相为表里等语，所奏系为自强起见，著李鸿章、刘
坤一按照折内所陈，悉心筹商，妥议具奏，原折著抄给阅看
等因。钦此。仰见圣主廑念时艰，力图振作，周谘博访，不
厌精详，曷胜钦服。伏思中国生民之初，九州万国，自为风
气，虽数百里之内，有隔阂不相通者；圣人既作，刳木为舟，
剡木为楫，舟楫之利以济不通，服牛乘马，引重致远，以利
天下。自是四千余年以来，东西南朔，同轨同文，可谓盛事。
迄于今日，泰西诸国，研精器数，创造火轮舟车，环地球九
万里，无阻不通，又于古圣所制舟车外别出新意，以夺造化
之工而便民用。迩者中国仿造轮船，亦颇渐收其益。盖人心
由拙而巧，器用由朴而精，风尚由分而合，此天地自然之大
势，非智力所能强遏也。查火轮车之制，权舆于英之煤矿，
道光初年，始作铁轨以约车轮，其法渐推渐精，用以运销煤
铁，获利甚多，遂得扩充工商诸务，雄长欧洲。既而法、美、

① 郑振铎编：《晚清文选》，吉林人民出版社 1998 年版，第 164—165 页。
② 刘坤一（1830—1902），字岘庄，湖南新宁人。清朝后期政治家、军事将领。三
任两江总督，颇有治绩。深为清廷所倚重，有"东南半壁，擎天一柱"之称。——译者注

俄、德诸大国相继经营，凡占夺邻疆、垦辟荒地，无不有铁路以导其先，迨户口多而贸易盛，又必增铁路以善其后。由是欧美两洲，六通四达，为路至数十万里，征调则旦夕可达，消息则呼吸相通。四五十年间，各国所以日臻富强而莫与敌者，以其有轮船以通海道，复有铁路以便陆行也。即如日本以区区小国，在其境内营造铁路，自谓师西洋长技，辄有藐视中国之心。俄自欧洲起造铁路，渐近浩罕、恰克图等处，又欲由海参崴开路以达珲春。中国与俄接壤，万数千里，向使早得铁路数条，则就现有兵力，尽敷调遣，如无铁路，则虽增兵增饷，实属防不胜防。盖处今日各国皆有铁路之时，而中国独无，譬犹居中古以后而屏弃舟车，其动辄后于人也必矣。

窃尝考铁路之兴，大利约有九端：江淮以北，陆路为多，非若南方诸省，河渠贯注，而百货流通，故每岁所征洋税厘金二三千万两，在南省约十之九，在北方仅十之一。傥铁路渐兴，使之经纬相错，有无得以懋迁，则北民必化惰为勤，可致地无遗利，人无遗力，渐与南方相埒。此便于国计者利一也。从来兵合则强，兵分则弱。中国边防海防，各万余里，若处处设备，非特无此饷力，亦且无此办法。苟有铁路以利师行，则虽滇黔甘陇之远，不过十日可达，十八省防守之旅，皆可为游击之师。将来裁兵节饷，并成劲旅，一呼可集，声势联络，一兵能抵十兵之用。此便于军政者利二也。京师为天下根本，独居中国之北，与腹地相隔辽远，控制綦难，缓急莫助。咸丰庚申之变，议者多请迁都，率以事体重大，未便遽行。而外人一有要挟，即欲撼我都城。若铁路既开，万里之遥，如在户庭，百万之众，克期征调，四方得拱卫之势，国家有磐石之安，则有警时易于救援矣。各省官商，络绎奔赴，远方粮货，转输迅速，皆愿出于其途，藏

于其市，则无事时易于富庶矣。不必再议迁都，而外人之觊
觎永绝，自有万年不拔之基。此便于京师者利三也。曩岁晋
豫荐饥，山西米价腾踊，每石需银至四十余两。设有铁路可
运，核以天津米价，与火车运价，每石不过七两左右。以此
例之，各省遇有水旱偏灾，移粟辇金，捷于影响，可以多保
民命。此便于民生者利四也。自江浙漕粮改行海运，议者常
欲规复河运，以防海运之不测。铁路若成，譬如人之一身，
血脉贯通，即一旦海疆有事，百万漕量无虞梗阻。其余如军
米、军火，京饷、协饷，莫不应手立至。此便于转运者利五
也。轮车之行，较驿马十倍之速，从此文书加捷，而颁发条
教、查察事件，疾于置邮，他如侦敌信、捕盗贼，皆朝发夕
至，并可稍裁正路驿站，以其费扩充铁路。此便于邮政者利
六也。煤铁诸矿，去水远者，以火车运送，斯成本轻而销路
畅，销路畅而矿务益兴，从此煤铁大开，修造铁路之费可
省，而军需利源，更取不尽而用不竭。此便于矿务者利七
也。凡远水之区，洋货不易入，而土货不易出，今轮船所不
达之处，可以火车达之，出入之货愈多，则轮船运货，亦与
火车相为表里。此便于招商轮船者利八也。无论官民兵商，
往来行役，千里而瞬息可到，兼程而途费转轻，无寇盗之
虞，无风波之险。此便于行旅者利九也。以上各端，西洋诸
国所以勃焉兴起者，罔不慎操此术，而国计、军谋两事，尤
属富强切要之图。刘铭传见外患日迫，兼愤彼族欺陵，亟思
振兴全局，先播风声，俾俄、日两国潜消窥伺之心。诚如圣
谕系为自强起见。

查中国要道，南路宜修二条：一由清江经山东，一由汉
口经河南，俱达京师。北路二条：宜由京师东通奉天，西通
甘肃。诚得此四路以为根本，则傍路繁要之区，虽相去或数
百里，而地段较短，需费较省，即招商集股，亦舆情所乐就。

从此由干达枝，纵横交错，不患铁路之不振兴。惟统计四路，工费浩繁，断难并举，刘铭传拟先造清江至京一路，与臣本年拟设之电线相辅并行，庶守护易而递信弥捷，洵两得之道。盖先办一路，虽于中国形势尚偏而不举，然西洋诸国，五十年前，亦与中国情形相等，惟其刻意菅绪，争先恐后，故有今日之气象。刘铭传之意，盖欲先创规模，以为发轫之端，庶将来逐渐推广，不患无奋兴之日也。顾或谓铁路若开，恐转便敌人来犯之途，且洋人久思在中国兴造铁路，此端一起，或致彼愈滋烦渎。不知各国之有铁路，皆所以征兵御敌，而未闻为敌用。何也？铁路在我内地，其临边处皆有兵扼守，彼岂能凭空而至，万一有非常之警，则坏其一段而全路皆废，扣留火车而路亦无用。数十年来，各国无以此为虞者，客主顺逆之势然也。至洋人擅在他国造路，本为公法条约所不准，若虑其逞强爽约，则我即不自造铁路，彼独不能逞强乎！况洋人常以代中国兴利为词，今我自兴其利，且将要路占造，庶足关其口而夺之气，使之废然而返矣。或又谓铁路一开，则中国之车夫贩竖，将无以谋衣食，恐小民失其生计，必滋事端。不知英国初造铁路时，亦有虑其夺民生计者，未几而傍路之要镇，以马车营生者，且倍于曩日。盖铁路只临大道，而州县乡镇之稍僻者，其送客运货，仍赖马车、民夫，铁路之市易既繁，夫车亦因之增众。至若火车盛行，则有驾驶之人，有修路之工，有巡瞭之丁，有上下货物、伺候旅客之杂役，月赋工糈，皆足以仰事俯畜。其稍饶于财者，则可以增设旅店，广买股份，坐权子母。故有铁路一二千里，而民之依以谋生者，当不下数十万人。况煤铁等矿由此大开，贫民之自食其力者，更不可数计。此皆扩民生计之明证也。或又谓于民间田庐坟墓有碍，必多阻挠，不知官道宽广，铁路所经，不过丈余之地，于田庐坟墓尚不相妨，即遇官道稍窄之处，亦必买地，优给价值，其坟墓当道者，不难稍纡折以避之。刘铭传剿捻数年，于中原地势民情，固亲历稔知者也。惟是事端宏大，经始之初，宜审之又审，俾日后勿滋流弊，始足资程式而行久远，臣尝博采众议，外洋造路，有坚窳久暂之不同，其价亦相去悬殊，每里需银自数千两至数万两不等。清江浦至京，最为冲要之衢，造路须坚实耐久。所需经费，虽未能豫定，为数自必不赀。现值帑项支绌之时，此宗巨费，欲筹之官，则挪凑无从，欲筹之商，则散涣难集。刘铭传所拟暂借洋债，亦系不得已之办法。从前中国曾借洋债数次，议者恐各省纷纷援例，致受洋人盘剥之累，经户部奏明停止。顾借债以兴大利，与借债以济军饷不同。盖铁路既开，则本息有所取偿，而国家所获之利，又在久远也。惟是借债之法，有不可不慎者三端：恐洋人之把持，而铁路不能自主也，宜与明立禁约，不得干预吾事，但使息银有著，期限无误，一切招工购料，与经理铁路事宜，由我自主，借债之人，毋得过问。不如是则勿借也；又恐洋人之诡谋，而铁路为所占据也，宜仿招商局之例，不准洋人附股，设立铁路公司以后，可由华商承办，而政令须官为督理，所借之债，议定章程，由该公司分年抽缴，期于本利不至亏短，万一偶有亏短，由官著追，只准以铁路为质信，不得将铁路抵交洋人，界限既明，弊端自绝，不如是则勿借也；又恐因铁路之债，或妨中国财用也，往时所借洋款，皆指定关税归偿，近则各关拨款愈繁，需用方急，宜议明借款与各海关无涉，但由国家指定日后所收铁路之利，陆续分还，可迟至一二十年缴清，庶于各项财用，无所牵掣，不如是则勿借也。凡此数端，关系较巨。闻洋人于债项出纳之间，向最慎重，若尽照所拟办法，或恐未必肯借。彼若肯借，方可兴办，与其速办而滋弊端，不如徐议而免后悔。

又闻各国铁路，无一非借债以成，但恃素有名望之监工，踏勘估工之清单，与日后运载之利益，足以取信于人。中国南北铁路，行之日久，必可多获盈余。诚设立公司名目，延一精练监工为勘估，由总理衙门暨臣等核明，妥立凭单，西洋富商，或有愿为称贷者。至铁路应试造若干里，如何选料募匠，如何费省工坚，非悉心考究，无由握其要领。一切度地用人，招商借债，事务繁赜，非有特派督办之大员，呼应断不能灵。查刘铭传年力尚强，英气迈往，曾膺艰巨，近见各国环侮，亟思转弱为强，颇以此事自任。惟造端不易，收效较迟，傥值外患方殷，朝廷或畀以军旅之寄，自应稍从缓议。现既乞假养疴，别无所事，若蒙圣主授以督办铁路公司之任，先令将此中窾要，专精考校，从容商榷，即俄、日各国，骤闻中国于多事之秋，尚有余力及此，所以示之不测，未始非先声后实之妙用。且以其暇招设公司，商借洋债，虽能否借到巨款，尚无把握，然以刘铭传之勋望，中外合力维持，措注较易于他人。其旧部驻防直苏两省，不下万余人，将来请求愈精，或另得造路省便之法，或以勇丁帮同修筑，或招华商巨股，可以设法腾挪，当与随时酌度妥办。盖刘铭传以原议之人，始终经理，即待其效于十年以后，尤属责无旁贷，傥更有要任相需，仍可闻命即行，独当一面也。再中国既造铁路，必须自开煤铁，庶免厚费漏于外洋。山西泽潞一带，煤铁矿产甚富，苦无殷商以巨本经理，若铁路既有开办之资，可于此中腾出十分之一，仿用机器洋法，开采煤铁。即以所得专供铁路之用，是矿务因铁路而益旺，铁路因矿务而益修，二者又相济为功矣。

所有筹办铁路，力图自强，宜豫为考究，设法试行各缘由，恭折由驿密陈，是否有当，伏乞皇太后、皇上圣鉴训示。

谨奏。①

刘、李二人对兴修铁路一事立场坚定，只待朝廷批复下达，便立即着手筹建。他们都希望自己的奏章首先获批，为此相持不下。刘铭传的辖地台湾岛距京城较远，为政时往往专行独断，鲜少受制于朝廷；而李鸿章身为京官，直属御前，政治环境十分复杂，务须沉谋研虑，周全各方。他处事圆融而待人诚恳，不愿行离经叛道之举而开罪同僚，影响自己的仕途；并熟谙为臣之道、为政之方，谏言往往深得圣意，令行如流。保守主义历来是中华文化的核心思想与治国准则，被绝大多数朝臣奉为圭臬。李鸿章却勇于标新立异，领导一众进步派官员改革图强。他老成持重、智虑开明，堪称一位杰出的政治家。他从未将西人视为低等蛮夷，或口是心非贬损西方文化。常年与西人打交道的经验令他对西方文明刮目相待，虽对西方文化所知甚少，却深谙其固远胜于母邦，并实事求是，从不避短。然而囿于皇权之威，兴修铁路这样的"大手笔"，李与其他进步派官员皆须仰鉴圣意，不敢妄自定夺。

此前，另一位朝廷重臣——左宗棠改弦易辙加入了李鸿章一"党"（中国素无"政党"这一概念，此处援引暂借其意）。左宗棠不仅学识渊博，且军功卓著，为官数十载，荣华等身。为人坦直，有犬马之决，是保守派官员的领军人物，在朝中威望颇高，被誉为中国近代以来最伟大的将领（李鸿章则是最杰出的政治家）。左宗棠对西方文明深为反感、鄙夷，视西人为未开化的"蛮族"。尽管如此，他率清军收复新疆时，仍为其装备了克虏伯大炮及众多改良轻型武器。左宗棠是中国传统政治制度的忠实拥趸，有些隐士情怀，但并不一味抱残守缺。我来华之前，他已经

---

① 马忠文、任青编：《中国近代思想家文库 薛福成卷》，中国人民大学出版社 2014 年版，第102—106 页。

辞世，生前寿享遐龄，勋殊绩茂。继他之后，李鸿章俨然成为清朝第一权臣，朝中无人能望其项背。左宗棠临终前最后一次上奏时，亦激赏李鸿章智谋才略。

这份遗折满纸忠魂，字字泣血。1885 年 10 月 7 日，《北华捷报》① 刊录其原文如下：

> 奏为主恩未报，臣病垂危，口授遗折，仰祈圣鉴事。
>
> 窃臣衰病日剧，吁恳天恩，宽予假期调理，于七月二十五日接到，具折叩谢，将钦差大臣关防及臣所部恪靖各营，移交督臣杨昌濬②接受。
>
> 伏念臣以一介书生，蒙文宗显皇帝③特达之知，屡奉三朝，累承重寄，内参枢密，外总师干，虽马革裹尸，亦复何恨！而越事和战，中国强弱一大关键也。臣督师南下，迄未大伸挞伐，张我国威，怀恨生平，不能瞑目！渥蒙皇太后、皇上恩礼之隆，叩辞阙廷，甫及一载，竟无由再觐天颜，犬马之报，犹待来生。禽鸟之鸣，哀则将死！
>
> 方今西域初安，东洋思逞，欧洲各国，环视眈眈。若不并力补牢，先期求艾，再有衅隙，愈弱愈甚，振奋愈难，虽欲求之今日而不可得！伏愿皇太后、皇上于诸臣中海军之议，速赐乾断。凡铁路、矿务、船炮各政，及早举行，以策富强之效。
>
> 然居心为万事之本，尤愿皇上益勤典学，无怠万机，日

---

① 《北华捷报》（North-China Herald），又名《华北先驱周报》或《先锋报》，上海第一家英文报刊。1850 年 8 月 3 日由英国商人亨利·奚安门（Henry Shearman）创办。——译者注

② 杨昌濬（1825—1897），晚清著名军事将领，主要功绩有平定太平军之乱、随左宗棠收复新疆、抗法保台等。——译者注

③ 爱新觉罗·奕詝（1831—1861），清文宗，清朝第九位皇帝，年号咸丰。——译者注

近正人，广纳谠论。移不急之费，以充军食；节有用之财，以济时艰。上下一心，实事求是。臣虽死之日，犹生之年。

　　喘息涕泪，谨口缮（遗）折，缕缕上陈，伏乞皇太后皇上圣鉴，谨奏。

　　这封奏折言辞恳切，但朝廷置若罔闻。奏折的内容流传甚广，举国上下无人不晓，兴修铁路之事终于迎来了一丝转机。此前，慈禧太后对此事的态度甚为暧昧，如今明确表态赞成，并敦促承办官员早日动工。中国与许多其他封建君主制国家一样，朝野中从不缺愚忠之辈、趋附之臣，他们总是对当权者言听计从，极尽谄媚。若无君上首肯，纵使忠贞、贤能如李、左之辈，除在奏折中较长絜短、尽陈利弊外，亦无他法。左宗棠作为保守派官员的肱股，如今为巩固国防之虑，也赞成向西方学习，实属可钦，单凭此便堪称其为中国思想启蒙之先驱。在这封遗折中，他摒弃了自己固守一生的偏见，承认古老的华夏文明无法助清廷御侮安邦，并殷切奏请："凡铁路、矿务、船炮各政，及早举行，以策富强之效"。进步之"心"的感召力由此可见，而守旧派退出历史舞台的丧钟也已敲响。左宗棠在遗折中对李鸿章青眼相加，这极大提升了李在朝中的地位与声望。朝廷若批准铁路的引建，中华民族必将迎来一场伟大复兴并迅速崛起，重新傲立于世界之林。

　　遗憾的是，尽管左宗棠的遗折词严义正，无知的保守派官员依旧冥顽不化，不断进折，批驳李鸿章的谏言，坚决抵制铁路的引建，对一切改革兴邦之策深闭固拒。李总督益国利民的一片苦心，终付之东流。

第十一章

北京之旅——脏乱差——历史渊源与城市风貌——外国使馆区——朝廷与外交使团的隔阂——少年帝王——一代权后：慈禧——翰林院修撰①——清陵祭祖——光绪帝：变革派的无奈——各方掣肘——仓促应战

北京地处中国北方，距天津 80 英里。京城以北约 45 英里便是著名景点——长城。往来其间的主要交通方式有三：舒适度最高的是游船，最为西人青睐。这种平底驳船长约 30 英尺，宽 6 英尺，中间搭有小屋，为乘客遮风避雨。船上设置桅杆，由风力驱动，或凭纤夫人力拖行，最远能至通州。通州距北京 15 英里，位于天津河（白河北段）西岸，是北运河②的发端地。除轮渡外，马车也是常见出行之选。此种交通方式为北方所特有，做工粗犷，外形笨重。形如行李架上的萨拉托加箱③（Saratoga trunk），后设一对车轮维持平衡，由两匹骡子合力拉行。骑马驹出行亦属常见，或车马相济，一日内便可抵达。

---

① 官名，从六品，主要职责为掌修实录、记载皇帝言行、进讲经史以及草拟有关典礼的文稿。——译者注
② 即京杭大运河的北段，干流为通州至天津，也是海河五大支流之一。——译者注
③ 19 世纪西方妇人常用的大型旅行箱。——译者注

本人骑马出行，因其简便轻捷，无需过多准备，扈从、行李等皆由马车运载。沿途有 10 英里左右的乡间小路，平坦如夷。其间田野密布，林木荒疏，景致开阔；道路边界模糊，沿河堤蜿蜒迂绕，常年无人整修。农田四周并无篱障、沟渠、农舍等标识物，只能凭借电线杆辨明方向。但电线杆多依河堤而建，迂回曲折，颇为绕远，需熟悉路况的马夫和向导引路。我曾数次骑马往返京津两地，皆可当日抵达。

北京城市容之恶劣，较君士坦丁堡①更甚。虽为国都，脏乱差却为全国之最，城内人口据说达百万之众。城墙为灰砖所制，高 45 英尺，宏伟异常。墙头雉堞林立，两侧设塔楼，中有拱门穿墙而开。大运河环城而流，终始相循。

北京的起源已不可考。作为中国北方边防的核心要地，它实际是一座守卫森严的军事堡垒。过往，朝廷在此地重兵布防，以抵御外敌。之后，鞑靼人入侵中原，北京首当其冲。公元 1264 年，忽必烈攻下北京（或有前例）在此建都，便是看中此地进可攻、退可守的地缘优势。忽必烈在位时，马可·波罗曾到访此地，称北京为汗八里（Kambaluc 或 Khan-baligh），意为"可汗之城"。北京历经数朝兴替，曾多次更名，元朝一直以此为国都。后元朝日渐衰落，朱元璋兵锋所向，一举收复北京，匈奴政权逐出中原，建立起由汉人统治的明王朝，并迁都南京。其子朱棣（即永乐皇帝）在位时，将都城迁回北京。1644 年，北京被满人攻破，此后 200 年间一直是清朝的政治中心。清廷将北京城划分为三部分：外城（汉人居住地）、内城（满人居住地）以及紫禁城（皇家禁苑，禁止西人居留）。三个区域彼此独立，为围墙、横壁所隔，其间街道宽阔整肃，呈方阵形排布，却脏乱异常，因由城内未铺设下水管道，也无警察维系治安，市民对此却习以为常。

---

① 罗马帝国历史名城，今伊斯坦布尔。——译者注

据传，永乐皇帝和乾隆皇帝在位期间，北京城的面积更大，也更加繁华，但此说法并无实据。据史料所考，进京的诸多道路（尤其是张家口至通州段）由大块花岗岩所铺就，供车马通行，如今已然废弃。城中屋舍、庭院等建筑物皆由火烧砖堆砌而成，但都年久失修，满目颓圮。一国之都狼藉至此，清廷的行政效率可见一斑。紫禁城内污垢厚积，连华丽的琉璃瓦都黯然失色。其间宫殿由灰砖砌成，约一层楼高，外观与民间富户住所并无二致，布局开放、通风良好，但舒适度欠佳，浑然不似皇亲国戚居所。

京城风貌与中国其他城市截然不同。城郊民宅荒朴，植被萧疏，高墙环立，状若孤岛，屡受沙尘天气侵袭。尽管如此，作为首都，北京仍是著名景点。城中商旅、军士往来如流，人群熙熙攘攘，有许多新奇风物。驼队往返于京城和蒙古地区，向内陆输送塞外特产，将茶叶、布匹等货物售与鞑靼人，并从数英里外的西山运煤至京都。城中蒙古人、藏族人和高丽人等云集，往来友好，行止合度。概言之，这座城市无异于中华民族自豪感的集中体现。

不过京城中泥泞满地、尘土飞扬，交通极为不便。街道多为土路，人行道、电车轨、煤气管道等一应基础设施皆无，对投资商而言是巨大的商机。

作为内陆城市，北京并非贸易港口，也无西人定居。外商和银行家须持有天津领事馆颁发的护照，方可逗留。外国公使与随员寓于公馆内，归本国政府管辖。公馆间彼此毗邻，外有高墙相阻。公馆所在的街道十分宽敞，但也难免脏乱。为改善当地治安及卫生条件，公使们预备与朝廷协商，获取所在街道的管理权。北京的驿馆不对洋人开放，但获得政府批准的进口商人可留居公馆区（偶尔也会招待非法驻留的无关人员）。各国公馆和海关公署总部皆设于北京，主要官职皆为西人担任，由罗伯特·赫德爵士统一领导。

居于使馆界内的洋人多是外交、海事官员，或为京师同文馆的教师及其家眷。他们的在京生活十分惬意，冬季各种饮宴、聚会不断，还经常举办舞会和赛马；夏季则举家前往山中避暑，租住于寺庙。

除恭亲王和总理衙门（外交事务委员会）大臣外，外使与皇室、朝臣素无往来。总理衙门近年甫立并无实权，主要接待外交使臣及尊贵外宾，引其觐见皇上、太后或官员人等，负责国书的转呈、递送。衙内唯有一人通晓外语。官员与驻京外使接洽时皆需译员辅助，所有谈话内容皆留有书面记录，并转译为满语和文言存底，以备不虞。鉴于东西方语言差异，保守派官员对西方的政治成见无法通过沟通化解。语言隔阂俨然成为西方文明在华传播的一大阻力。

如今，年轻的光绪帝亲政，依例接见驻京公使是其首要职责。清政府的闭关锁国政策极大阻碍了西式新思想的传播，此举有助于打破顽固派一言堂的格局，推动中国历史迈入崭新的篇章。此前，同治帝统治时期只接见过一次外使。相关仪程极为繁琐，由于外使对稽首礼十分抵触，双方谈判一时陷入僵局，许多既定条目被推翻重谈。光绪帝是清定都北京后的第九位皇帝，生于1871年8月15日，根据传统记岁方式，至今未满17岁，真名载湉，光绪是其年号。国号"清"为清朝的开国皇帝所定，意为"清明"，寓意统治者持心公正，无私为民。清皇室以爱新为姓，族名觉罗，取自祖先——爱新觉罗。此人勇猛好斗，早时为部族首领，后来愈益壮大。17世纪初，其后代努尔哈赤率兵攻占北京。当今光绪帝是已故同治帝的堂弟。同治帝亲政不久便撒手人寰，其生母慈禧太后将光绪过继为养子，并与慈安太后（已故咸丰帝的皇后）联络一众亲王，将其立为储君。光绪的生父是咸丰帝第七子醇亲王奕譞。中国历来奉行嫡长子继承制，若国君无子嗣，可从皇室宗亲中择适龄者收养。慈禧太后此举，意在掌控朝廷宗室，野心昭然若揭，但皇族却默许了她的所作所为。1875年1月12日，年幼的光绪（或为同辈皇族子弟中最年长者）被正式册立为太子。八旗宗室试图架空两宫太后和幼帝，但在恭亲王奕䜣（已故咸丰帝之长兄）及醇亲王奕譞的阻挠下，终未能如愿。此后，两位太后垂帘听政，主政期间勤于国事，卓有治绩。1881年4月，东宫皇太后慈安去世，西宫皇太后慈禧大权独揽。慈禧精明强干，被誉为自乾隆皇帝（近代以来在位时间最长的帝王之一）以来最伟大的统治者。慈禧今已年届53岁，仍颇为勤政。她从未接见外国官员，也不过问西人事务。慈禧思想开明、富有远见，或为改良派之拥趸。在她统治期间，中国境内并无战事，稍有回春之象。1887年2月5日，慈禧还政于光绪帝，却仍是实际当权者。作为皇帝的养母及监护人，她按照自己的意愿培养光绪，禁止他染指西学。皇帝所学内容仅限于汉语言与传统国学，无外乎古圣先贤训诲。中国自古便是礼仪之邦，无规矩不成方圆。君王的日常行止皆有定式，需按部就班。

慈禧太后是典型的中国传统女性，十分保守，严守"男女之大防"，言止矜持，总是高高在上。处理政务时，由专职大臣在旁参赞。慈禧虽大权独揽，但根据清朝律法，治国理政一有先例可循，二有法令可依。御史可提出异议，大学士和辅政大臣有"建言、附议"之权，朝议时集思广益，最终凭太后裁决。干系之大，系于一身。

人是环境的产物，众星拱月的君王也不例外。纵使乾纲独断，难免为一些近侍、仆从的"耳边风"影响，而有所偏颇。这些人来自奴隶阶级，身份低贱，心智古板，在他们的潜移默化下，皇帝自然倾向于维系现状，反对革新。目下，变革派实力尚弱，难以冲破守旧派的阻挠且舆论不足，群众基础较弱。在战事当前、民情紧迫等艰危时刻，朝廷广开言路，布衣寒儒之声皆可上达天听。民众面圣时，先行跪拜礼并呈递奏折，以文言形式简述所请。除非皇帝垂询，否则不得擅言。因奏折用词不当而遭廷斥甚至判刑者屡有之，《京报》对此多有刊录。

翰林院修撰的一大职责（后文中加以详述）是"君举必书"，无论国君行止是否符合帝范，都如实记录在案，并由朝廷史官作评。二者皆据实直书，不可随意曲笔。修撰虽有实权，但需承担一定的政治风险。去年，朝廷颁布了一项新令，进一步扩大了翰林院修撰的职权范围，虽然在"合乎时宜"时可自由谏言上书，但也要"避免徇私废公"。该法令还警诫诸修撰，"不得为以泄私愤向陛下提出不当建言，随意诋訾他人"，这不仅是对皇上的大不敬，更有损德操与善政。前朝亦有严厉惩戒"为泄私愤而肆意诽谤之举"的条令，这项新法令援引了这些条例，对其中规定做出强调：一名修撰称大学士为"叛国者"，而另一位翰林书院的史官则对大学士李鸿章展开批评，历数其罪状，文辞极尽华丽，暗示李鸿章当被处死。此二人皆被移送至刑部，判处重罪，以儆效尤。

多年来，慈禧太后独掌朝纲，她力保光绪入主东宫、成功登基，将其牢牢控于股掌之中。依大清律，是年2月5日还政少帝后，慈禧将退出朝堂，不再干政。但作为皇帝的养母，她还有一项重要职责——为皇帝立后选妃、主持婚仪，并出席一系列相关祭祖仪式。

去年初春，少帝在太后、醇亲王、总督李鸿章等人陪同下前往东陵祭扫。为此，工部专门铺设了一条百余英里长的新官道，并营造行宫若干。皇帝与太后乘舆，卫兵、宫人等皆着锦衣华服，随行伴驾，较以往并无新意。队伍于拂晓前出发，清道而行，禁止民众观瞻。新修的官道上灰尘很多，开路的先遣兵士各携一只粉色藤编小宫，从沿途的沟渠中取水泼街、除尘，但收效甚微。

祭祖仪程不外乎焚香、上贡、化财，全程禁止洋人在场。少帝在先帝墓前行顿首礼后，还需在列祖列宗灵位前依次敬拜，至开国皇帝（清太宗爱新觉罗·皇太极）方止。

据传，光绪帝身材瘦小，面色黧黑，外观并不出众，且性情娇纵，喜怒无常，治学荒怠，难承变法大任。其父醇亲王则年富力强，颇有决断，素为朝廷倚重。风传慈禧太后还政前，拟颁布一条法令，以便自身与醇亲王日后和皇帝会面时，免于顿首礼。清朝开国迄今三百余载无此先例。这一法令目前尚未成行。另有朝臣奏请令皇帝的叔父恭亲王复职，以其老成谋国、聪敏达睿，勘为少帝良辅。

还政后，慈禧太后虽退居幕后，依然手握重权。东陵祭祖后不久，她即钦定最喜欢的侄女（其弟叶赫那拉·桂祥之女，光绪的表姐）为皇后，并召集宗室的适龄女子进京选秀，亲自为皇帝择妃，意图在后宫培植耳目，继续把持朝政。

重重樊笼之下，光绪帝独木难支，终究沦为政治傀儡。慈禧主政已逾廿年之久，而醇亲王身为光绪的生父和帝师，地位尊崇，并不逊于太后。去年开春，醇亲王领总督衔，赴天津视察渤海舰队，其间他首次接触到先进的西式武装，并与外国领事、政要等亲切会晤，西人皆赞其思想开明，机变敏然。

太后和醇亲王是变革派的拥趸，在二人的倡导下，中国的铁路、采矿、冶铁、电报、制船、军工生产等行业勃然兴起，并引进西方的技术人才监督、指导。

审时度势后，光绪帝必会大兴变革，与守旧派抗争到底。无论遇到多大的阻力，中国若想摆脱衰亡的命运，唯有君臣一心，变法图强。目今，这位年轻的帝王亲政不久、心智未全，贤愚难定而国运未卜。中国奉行封建君主专制，君王历来乾纲独揽、权重望崇，一言可定天下事，对国家政策影响极大。眼下清廷虽暂无内战之忧，与邻邦关系也较为和睦，但有俄、英、法、德等强国环伺，随时都有战祸之危。中国地大物博、人口众多（全球宜居总面积的十分之一为中国领土，中国人口占世界总人口的五分之一到三分之一），不仅可以提供广阔的商品倾销市场，在基建领域的投资亦回报颇丰，西方强国对此无不垂涎，争相派遣驻华大使，相互监视、刺探情报，对朝廷的任何风吹草动了然于心。

在严峻的外交形势下，维护国家主权与和平，左右逢源的外交智慧和强大的领导力缺一不可，但放眼朝堂，无人能够担此重任。清朝水师在武器装备及兵员素质方面较以往虽有改观，依然在马江海战①中失利，大败于法国。此外，清廷还掌控着一支规模庞大的军队，配备较为先进的野战炮和装填式火器，但其整体实力尚弱，难以与欧洲列强比肩。清军也筑有一些防御工事，但大多粗制滥造，极易攻破，且位置欠佳，御敌效果并非理想。沿海许多地区甚至毫不设防，外军可轻易登陆。此外，中国一无铁路，二无稳定的内陆航线，军队的轮输转运及粮草补给恐难保证。

如今，中国时局倾危，战争一触即发。东南沿海防线战端若启，清军根本不堪一击，首都甚至都会沦陷，彼时光绪君臣或将出逃满洲避难，复写咸丰帝当年的屈辱史。此外，俄国在北疆蠢然欲动，中国境内的俄制铁路已达数百英里，阿穆尔河谷的俄国移民地也日益扩张。俄军不日便会像忽必烈和努尔哈赤进犯中国北疆，继而直取京城。彼时光绪帝只得弃都南下，退避至长江流域或内陆地区。无论清政府怎样挣扎，败局在所难免，最终只能委曲求全，接受侵略者提出的种种条件。若论兵力投入，一支50000人组成（骑兵为主，另有相应数量的步兵及炮兵）的欧洲

———————————

① 清代中法战争中的一场战役。在第一阶段的越南战场双方虽在军事上互有胜负，但由于清朝统治者的腐朽，最后法国强迫清政府签订了丧权辱国的不平等条约。不过遭到了朝中"清流派"的反对，法国的条约没有得到实现，随即出兵台海胁迫清政府。朝廷命令"彼若不动，我亦不发"，当法军首先发起进攻时，清军主要将领弃舰而逃，福建水师各舰群龙无首，仓惶应战，最终惨败，导致中国东南沿海与台湾海峡海权拱手让给法军。——译者注

军队倘补给充足、调度有方，便足以横扫整个中国。（醇亲王逝
于 1887 年 12 月 1 日①，御前大臣之职由惇亲王奕誴接任，其治绩
尚待考证。彼时，慈禧太后仍为实际当权者。)

①　原作有误，爱新觉罗·奕誴于 1890 年 11 月病逝。——译者注

第十二章

君主专制——宗法制度——自由难书——奴隶制——世袭贵族——文臣为治——中央政府——内阁——军机处——《京报》——六部——总理衙门——都察院：监察百官——下属机构——各部职能——分权制衡——行省政府——科举取士——科举制的弊端——总督与首相——"圣颜"难觐——巡抚：外务"代理人"——闭目塞听——一意孤行

在君主专制制度之下，中国的帝王历来专权擅势，独揽乾纲。该体制以父权社会为表，专制主义为里，蕴含着浓厚的伦理观念，运作过程极为繁冗、复杂。务须贤君、良臣上下相济，方可如臂使指，尽其利国利民之效。君权不受宪法约束，亿万民众的生杀予夺皆系于皇帝一身一念。

展目寰宇，西方国家与中国的政治体制迥然不同：欧美诸国施行内阁制，设内政大臣分管各行政部门，权责明晰，在不同程度上独立于国家元首；清朝的中央政府则由一众部、院组成，每个机构属员若干。官员理政时并无专断之权，处处为皇权掣肘。朝廷从不征询民意或开展政治选举，全国行政体系的设计理念并非"以民为本"，而旨在贯彻君主意志。皇帝统领百官，大权独揽，所有社会成员都唯其马首是瞻，本质上没有任何个体权利及私人财产。"除去君王随时可能收回的恩泽，他们一无所有"①、"普天之下，莫非王土"。君主名义上是国家全部土地资源的所有者，民众须定期向朝廷缴纳田赋以保有土地的使用权。中国人丁阜盛，幅员辽阔，为朝廷的财税收入提供了充分保障。

中国民众对"自由"毫无概念，汉语中也无对应词汇。清朝奴隶贸易风行，奴隶制为法律所保护。中国并未颁行任何如《人权法案》②之类的法条，保护自由民的权利，皇帝也未通过任何形式承认自身必须保障平民的利益。所谓"皇权神授"，皇帝受命于天，代天牧民。清朝的世袭制仅荫及三脉：曲阜孔氏的族长、郑成功后裔及皇室成员。中央权力高度集中，任何世俗力量都难以掣肘，不似欧美国家的皇权有诸多牵制（例如，英王约翰一世在当权贵族的逼迫下于兰尼米德签署《大宪章》③）。清朝文官为治，科举考试是入仕的唯一正途。读书人无论门第、家世，皆可参考。应试者的姓名及身份背景等信息受到严格保密，由此阅卷中徇私舞弊的现象杜绝。科举制度的民主化设计深得人心，但同时亦存在诸多积弊：重人治而轻"法治"，独倡人文而偏废科学。彼时清朝尚未普及教化，民众普遍缺乏常识，且识字率十分低下（男子不过百分之一，女子不过千分之一），故此难以形成有效的政治舆论干预朝廷决策。帝王作为国家政治体制的核心，其个人权力的消长直接关系到政府的正常运转。在这种制度下，清朝官员普遍长于琐务而短于宏谋，恪守定章而缺乏变通。

清政府的最高权力机关为内阁，其人员构成为四名大学士、两名协办大学士及十名学士，各职衔下满、汉大臣员额对等。其

---

① 《中国总论》第二卷，第411页起。——作者注

② 美国宪法中第1至第10条宪法修正案，由詹姆斯·麦迪逊（James Madison，1751—1836）起草，1791年12月15日正式生效。——译者注

③ 1215年6月15日，英王约翰在英国泰晤士河的兰尼米德草地被迫签署宪法性文件《大宪章》，这在历史上第一次通过法律限制了封建君主的权力，确立了"王权有限、法律至上"的原则。——译者注

主要职能为拟具奏章进呈御览、向六部通达皇帝的政令以及保管朝廷的印玺（共 25 枚，形状和用途各异）。内阁官员往往身兼数职，同时任职于其他政府部门。

中央政府的另一常设机构军机处始建于 1730 年左右，而今已然成为国家的权力中枢。其成员由皇帝亲自任命，员额不定，包括亲王、内阁大学士、翰林、六部尚书及侍郎等若干人，主要职能为掌军国大政，以赞机务，此外兼管官员的升补黜陟，督导、协调各地方政府的相关工作，以及向皇帝奏陈政要等。军机大臣每日卯时都要举行例会（如政务紧急，则因时制宜）。

内阁与军机处的职权范围多有交集，机构内满汉官员数量相当，他们之间多有分歧，时常明争暗斗，给朝廷造成了诸多不必要的麻烦；但同时，此种制度分工亦可防止大臣们结党营私，架空君权。

官员奏事时，须将所涉情由具言誊作奏折。呈送御览后，皇帝会以朱笔在折本上作批（朱批），有时会对其内容另行增缮。

除军机处与内阁外，日刊《京报》亦属官方机构，创立至今已有 800 年之久，内容包括君臣议政的奏折、诏书及敕令等。此刊行发全国，是地方官员和普通民众了解朝政要闻的唯一渠道。誊写、复印及删改皆有专员负责，严禁各界人士对内容注释、评述及阐发。

驻华各使馆遣专业人员将《京报》译成外文，而后由《北华捷报》对其内容加以节选后刊发，并按年份整合汇编、集印成册，售往海外。《北华捷报》是帮助外邦政府了解清朝国是、常务最重要的信息源，内容大都极为沉冗，其中亦不乏评点时事的崇论宏议。

清政府发布的内容虽然有所保留，但对官场的舞弊、渎职等现象及中国社会的种种问题（包括犯罪、灾异、民间疾苦等）皆刊露无遗，周知海内。《京报》由此发挥巨大的教化作用。朝廷如遇繁难政务，则由内阁或军机处下达六部官员，详加侦询、商洽，各部的具体职能如下：

户部，掌户籍财经。

吏部，掌文职官员的任免。

礼部，掌国家礼仪、祭祀等。

兵部，掌军卫政令。

刑部，掌刑罚政令及审核刑名。

工部，掌工程营建。

六部内各设两位尚书，四名侍郎，六至八名郎中及员外郎数名，另有给事中、左右给事中、司务、文书及杂役若干以供驱使。官员的民族构成满、汉参半，互为掣肘，以确保决策的公正性。六部之下另设数司，协理相关政务。官员办公地大多位于紫禁城内，保密性较高。

当年英法联军进犯北京后不久，清政府即增设一中央机构"总理各国事务衙门"，简称"总理衙门"，由一位亲王，四至六名六部官员组成。该机构没有实权，仅负责代表朝廷与各国公使商洽沟通，将其建言转述于皇帝、军机处及六部的主事官员。总理大臣对各国驻华外使们殷勤备至，与之会晤时每每设宴厚飨。去年冬天本人尚未离京时，几位外使拟在公馆举行西式晚宴，延请总理衙门的官员，不知最终是否成行。

除总理衙门外，清政府的主要部门还包括理藩院（俗称蒙古衙门，主理蒙古、回部及西藏等少数民族事务）、都察院、通政司、大理寺以及翰林院。此外另设有机构若干：太常寺，掌宗庙陵寝祭祀等事宜；鸿胪寺，掌外事接待、朝会仪典等；太仆寺，掌全国马政；光禄寺，掌礼筵宴享；国子监，即国家最高学府；以及钦天监，负责仰察天象、制定历法、安排民事等。

为帮助读者进一步了解清政府的政治体系及运行机制，本人将六部的职责分工归纳如下：

户部主理人口普查、土地分配、赋税征收、俸禄及津贴的发放以及水陆运输的管理，并负责监督各省铸钱局①，督管征兵事宜，编制适龄满族女子选秀花名册，衡定经纬、审理民讼等。户部之下另设附属机构十余处，其间职员冗杂，分管各地赋役实征，税收形式较为多样，包括钱币、粮食、丝绸、瓷器等。其中，"三库"掌管朝廷库藏，分别为银库、缎匹库与颜料库。

此外，户部还掌管国家的财富支出（包括朝堂的一应事务及国库各项开支）。其间以保守派官员居多，在六部中的影响力仅次于都察院。然而，户部在开展人口普查及更新全国土地资源数据等方面却多有怠职之处。此种财政制度设立的初衷旨在提高行政效率，但组织和管理却不尽人意，及至今日已被历史淘汰。由此推之，国库财力竭蹶，国家财政体系混乱，不啻中国社会进步的一大阻力。清政府应按时普查人口，对全国土地进行测算、分类，保证税收公平。同时，大力完善、改革财政体系及税收制度。为此，西方有不少相关人才可堪助力，如戈申先生②、威尔斯先生③或沃克先生④等。

吏部下设文选清吏司、考功司、稽勋司和验封司，主掌文职官员的相关事宜。其中，文选清吏司掌官吏的班秩迁除、平均铨法等；考功司掌官员的考绩、休沐；稽勋司掌守制、终养、丁忧等事宜；验封司掌封爵、议恤、褒赠等。此外，吏部每年还负责拟定、更新全国各级官员的名单位序，进呈给皇帝裁夺。

---

① 清朝各直省所设鼓铸机构统称。隶户部钱法堂。顺治元年（1644 年）始设，康熙六十一年（1722 年）定制，各直省铸钱皆以宝字为首，局称宝某局。共设局十六，以监铸官为主官，各开炉若干座，时开时停，皆依部颁程式铸造钱文。光绪三十二年（1906 年）改隶度支部。——译者注

② 乔治·乔基姆·戈申（George Joachim Goschen，1831—1907），英国德裔政治家和金融家。——译者注

③ 大卫·艾姆斯·威尔斯（David Ames Wells，1828—1898），美国著名的科学家、经济作家。作为国家税收委员会主席，他帮助建立了美国统计局。——译者注

④ 弗朗西斯·斯亚玛撒·沃克（Francis Amasa Walker，1840—1897），美国经济学家、统计学家。——译者注

礼部主管天下礼仪政令，其具体内容包括：划定官员的尊卑、品级，承办皇家饮宴，为祭祀、朝礼及官场仪度制规定则；衡定不同官服的尺寸、式样、颜色、面料、装饰、纹样及各级官员、权贵的随从数量、社交礼节等；划定公文的格式规范；此外，还负责主持科举考试、评定考生等级、国子监和各地书院的建设、宫廷礼乐的创作与萃选（包括乐器的选择）；兼管鉴察天象、接待外使等务。

兵部主管陆海军务及全国邮政系统。清朝海关总税务司的通讯效率（尤其在外务及海防方面）首屈一指，其他地区则较为滞后。

兵部下设四司，负责武职官员的封授除补，下达朝廷军令，检阅部队，度定奖惩；同时兼管军马的供给与分派，编制兵员名册，审核军需预算及保障军械供应。在全国兵马系统中，兵部无权指挥禁卫军和八旗军队。此二者由皇帝钦点都统掌管，每旗各出一人。海军与陆军主要听命于其驻地所在各省的总督。后来，李鸿章总督、和硕醇亲王和曾纪泽侯爵联手创立了总理衙门，并组建北洋海军，兵部对地方军队的领导指挥权由此益减。此种安排对国防管理深为不利，成本高而效率低；为今之计，清政府亟须整饬军纪、军心，加强部队的人事管理；延补工程师、军械官以及炮兵的员额；同时，委派专员保障军需后勤，着力建设现代化运输系统及军队的医疗卫生体系。一位曾在美军中服役的年轻外科医生来京仅数月，便具折谏请清政府在军中设立医疗部门，此折后来石沉大海——显然，兵部的官员认为，招募新兵比救治伤兵更为"划算"。

刑部掌管全国刑罚，兼有刑事法庭和民事法庭的功能，与都察院和大理寺并称"三法司"，负责审理死刑案。三司与六科给事中构成"科道"①，对各省监察御史的审议进行复核，而后进呈

---

① 清朝的司法监察权进一步集中，将原来独立的六科给事中监察系统合并于都察院，六科给事中和十五道监察御史合称"科道"，实行科道合一制。——译者注

御览。死刑犯的名单由皇帝亲自核准。刑部内分工如下：四位主官分别负责法典的修改、增补及发行；管理监狱和狱卒；执掌减刑罚款及载录部门收支。

工部管理全国工程事务及其开支，包括城墙、宫殿、公共建筑（如防御工事）的营建，及皇帝出行时随行人员使用的营帐、船材及各类器皿；评定赏罚，负责军械制造，管理兵工厂、军队仓储及军营装备；核定度量衡，为珠宝分类定价，签发死刑诏令；掌管航道的开凿及运营维护、堤岸养护，以及道路、桥梁和军舰制造；征收厘金；保存贡冰；制作书橱、贡缎；守卫皇陵、宫苑、寺庙等皇家建筑，以及为故去的重臣勋贵（由国库出资殓葬）铸刻碑匾。

工部尚书与侍郎各有两名，分别掌管火药制造和铸币厂。工部属员冗杂，职目繁多，但主事者大都尸位素餐，无所作为，迄今唯有各省会和通商口岸的兵工厂尚在运营。这些兵工厂由西人设计、管理与经营，采用现代化生产装备，雇员多为当地民众。

中国的要塞、运河、堤坝、官道等所有公共建筑皆设计粗糙、质量低劣、疏于养护，清政府组织力低下、监管失职等制度性缺陷可见一斑。

理藩院负责管理蒙古、伊犁、突厥斯坦等各边疆部落，总理其民政、军事及宗教事务；负责当地的贡赋征收、赏禄分派及纲纪纠护等。理藩院所统辖的地域范围十分广阔，近年来致力于削弱新疆①、蒙古②和西藏③地区的异族势力，倡导游牧部落垦荒定居，改事农耕。

都察院是中央政府权力最大的部门，内设两名右都御史和四

---

① 原文为"Begs"，意为"白"，为古藏文地名。——译者注
② 原文为可汗，4世纪以后蒙古高原游牧民族高级首领的称谓。——译者注
③ 原文为喇嘛，藏传佛教术语，为藏传佛教僧侣之尊称，长老、上座、高僧之称号。——译者注

名副右都御史。此外，各省巡抚、布政使①及漕运总督，依职权高低，皆可兼任副右都御史。每二三名同地任职的汉官中，必有一人系都察院委派，须定期向其汇报工作进展。六部之上设监察御史，负责监察百官，纠理刑讼。都察使可自由出入各部院、机构，拥有所有政府档案的调阅权；还可依律进谏，规范君王的言止，并弹劾各级文武官员。中国历史上都察使冒着被停职、贬黜的风险公开参奏皇帝的事件屡有发生，其大多为刚正不阿的诤臣忠辅。

都察院位高权重，为帝王耳目风纪之司。该机构的官员负责为朝廷纠劾百官，排忧解难。然而其政见守旧、做派古板，近年来成为妨碍清政府变法图强的一大阻力。

中国实行君主专制，但因国家过于庞大，各方利益纷杂，六部各院对责任权利的分割往往有违于制度的初衷：一方面，各地官员欺上瞒下，行事庸懦，靡然成风，《京报》对此类现象多有披露；另一方面，随着政治体制日益僵化，除通商口岸城市及沿海诸省受西方文明的影响而稍焕生机，整个国家犹如一潭死水。朝野上唯有李鸿章、二曾②及刘铭传等寥寥数位改革派官员锐意变法。

行省政府与中央政府的管理体系大同小异。依清朝法例，禁止皇室成员在地方任职；各级官员不得在籍贯地就职、娶妻、购置私产、启用近亲担任公职或与其同省就任。各省总督由皇帝钦命，任期依律不得超过3—4年，但处于种种原因，逾期现象时有发生，或因离京较远、交接不便，或朝廷疏忽，或与边远港口沟通不利，等等。总督名义上与巡抚官阶相当，但其职权范围更大，是省级最高行政长官，执掌治内所有民事及军政要务。

---

① 布政使，地位仅次于巡抚，从二品官员，可以理解为"副巡抚"，主要分管民政和财政，下级称其为藩台。——译者注

② 指曾国藩和曾国荃。——译者注

行省政府下设多职，分管领土、财政和司法事务，其组织、管理情况因地而异。总督之下有司库、御史及内阁学士各一、按察使数名，及布政使、知府、通判、知州、知县、都统及将领若干。此外，还可按需委派其他各类高级文、武职官员。虽然其品秩排划较为严明，但官场上重文轻武的现象依然十分严重。

总督有先斩后奏，临时任免官员的特权，可以招贤纳士、组建自己的智囊团，并借助军事、法律等多种手段保境安民。其迁补、陟黜皆听命于皇帝，另须受都察使的监督和弹劾。此任位高权重，朝中能胜任者十分寥然，若一时出缺，短期内往往难以找到继任者。整体而言，中国的官僚队伍冗不见治，实属蠹政害民。

在清朝，科举考试是官员入仕的唯一正途。科考相关事宜由皇帝钦命的内阁学士执掌（其品秩仅次于巡抚），主考区的考官协理。内阁学士每年会巡视各省，主持乡试，通过乡试的学子（即秀才）可入京参加每三年的会试。许多学子屡败屡战，取得会试资格时往往已届中年，甚至迟暮。考试形式为笔试，考生入场后开始分发试卷，考场内部采用单人间，与外界相隔绝。试卷皆密封、编号，隐去考生信息，放榜时才会对及第者的作品与姓名加以公示。为防止舞弊，确保公平，科举考试采取的保密措施可谓细致入微。但作弊现象仍屡禁不绝，遴选出的官员中不乏资质平庸、攀权附势者。

通过殿试者，会被朝廷授予"进士"衔（为进授爵禄之意，有别于西方的"法学博士"）。科举考试的内容只限于四书五经，对应试者的个人秉性等主观因素并无关涉。这种人才选拔制度看似尽善尽美，同样存在吏治问题。尽管如此，朝野上下仍有不少德才兼备之士。这说明科举制度仍有一定的可取之处。清政府若将西学划为必考科目，逐步普及，最终取代四书五经，将应试者的名誉、品格等道德因素纳入考察范畴，加大对官场渎职、腐败行为的惩处力度，激浊扬清，中国的吏治问题必将得到改善。

在清朝后期（尤其是太平天国运动平息后），中外官员交涉时的一应繁难政务皆由李鸿章主理处置。作为内阁大学士之首，李的职位与英国首相或俾斯麦亲王（德意志帝国的第一任首相，国王的首席顾问）相仿。他并不常入京，日常办公时常驻于天津的直隶总督府（距京 80 余英里），各国外使入京前须先行与之照会（所携国书面圣时方可呈启）。

迄今，光绪帝和慈禧太后从未接见任何外国官员，所有外使的身份证明都原封不动地锁在使馆的保险柜里。本人母国的情况亦是如此，不仅使臣自己的通关文书派不上用场，连前任使者的也在他手中，实在耐人寻味。

清政府的日常事务主要由巡抚或朝廷的外派专员（道台）主理，包括兵械、重型火炮及各式现代化生产设备的进口采购事宜。其中，电报机的架设由外籍工人完成，清政府派专员督建。海军舰艇的筹备细则目下由沿海诸省的巡抚执理，不日即将移交至海关总署，具体内容包括船只洽购、兵员募集、武器配置等。

从上文对中国政治体制的概述可知，清政府孤立自恃，闭关锁国，冥顽难化。都察院等部门的保守派官员作为国家柱石，一味抱残守缺，对各种形式的创新与变革都深闭固拒，竭力维持现状。

除政治层面的隔阂外，中西方之间的民间交往也较为有限。西人在华的商业活动皆由买办牵线，贸易往来较为顺畅；政府间的外交谈判须由双方官员代表亲临，中方代表多为没有实权的闲散贵族担任。他们惯于浮文套语、避实就虚。若外方代表职衔较低，无论所诉事务缓急，一概将其转荐于人，敷衍了事。

第十三章

中国的基建市场：投资焦点——财政制度——关税概览——地保——税制——税赋财源——田赋——盐业管营——厘金①——杂赋——关税——综述——中国与英属印度②的财税收入之比较——多方预测值——清政府的财政困境——支出测算——外债——外资难入——借贷额度：1 亿美元——民财难蓄，民意难聚——民间资本——筹资目标：1 亿美元——公债难兴：任重道远

目今，中国的劳动力储备蔚为充裕，在铁路运输、矿采、冶铁等现代化工业领域的投资市场潜力无限，颇为列强瞩目。鉴于此，本章将简要介绍清政府的财政制度和收支状况，以期为海外投资者考鉴。

起初，清廷的财税数据或为国政秘要，或阙漏难全，公开者中唯关税一项具有一定的参考价值。中央及地方各级政府税赋（除关税外）的征调、度支须统一遵行朝廷颁布的相关法令。

地方政府通常会拨出部分税赋收入，用于偿付各项日常开支，余款上缴国库（有最低限额规定）。

清朝官员的薪俸十分微薄，甚至不足以应付基本生活开销。经

---

① 旧时中国的一种商业税，主要由水陆交通要道的关卡征收。——译者注
② 英国在 1858—1947 年间于印度次大陆建立的殖民统治区，包括今印度、孟加拉国、巴基斯坦、缅甸。——译者注

管财税征调的官员无论品阶高低，普遍存在以权谋私、侵吞税款的现象。① 田主们实际征收的税款往往比户部规定缴纳的额度更高，凭差额中饱私囊。旧时，若田主被征的税款不足额，需自费补全后再上缴国库，故为自身利益所驱，征税的额度与日倍增。

此外，朝廷与地方政府在财政收支问题上龃龉频生，向都察院举告、弹劾各地官员侵吞税款的奏章不可胜数，种种相关事由在《京报》中多有记载。

一些介绍、研究中国的书籍对中国财税制度的具体内容及历史渊源道叙甚翔，例如《中国总论》，但其中某些数据尚待考证。

据本人所知，最早揭示清政府税收状况的系列报道，原载于《德臣西报》② （后于 1885 年刊印成册，在香港发行）。我对相关内容加以摘选，归纳如下：

清政府的主要赋税来源：田赋、盐课、厘金（由内陆地区的交通关卡征收）、杂赋、捐纳③及关税。

田赋

中国同其他亚洲国家一样，将田赋作为最重要的税收来源。田赋由地方官员征收，其治下所有私地拥有者、土地交易记录及应缴税额在府衙皆有造册。但这些记录的完整性与准确性十分堪忧。近年来，各地政府的田赋税收入大幅缩水，不少人将这一现象归咎于太平天国运动、陕甘回民起义以及国内连年的水患和饥馑。无论出于何种原因，如今全国的田赋收入缩减之巨，甚至难

① 去年冬天，户部按需下拨 50 万两白银修缮黄河，但因下拨钱款的财政官员私藏了 1 万两白银，相关官员仅收到 49 万两白银，由于私吞钱款数量过大，舆论哗然，户部介入调查，最终决定对该官员"罚款"1 万两白银。——作者注

② 《德臣西报》（The China Mail），又名《中国邮报》《德臣报》，香港发行时间最长、影响力最大的英文报纸。——译者注

③ 首开于康熙十三年（1674 年），是清朝的一大弊政，包括捐官和捐升，即将部分官阶、职衔明码标价、公开买卖，以增加国家的财税收入。——译者注

及乾隆年间的三分之一。

田赋的征收由地保①直接负责，依照清朝的财政体系，这一环节不存在任何中间人（如印度的农场主②）。根据 19 世纪初清政府的财政预算，各省的征税总额应达 32845474 两白银（一两白银折合约 1.33 美元），4356382 担稻米，总共折银约 4000 万两。然而，因国内诸多地区饱受天灾（包括饥荒、洪灾等）、兵祸的侵袭，导致实际征收额远低于这一数值。根据合理估算，近年来清政府的年均税收总额应不超过 2000 万两白银。

除银两外，田赋还可以其他实物形式缴纳，如稻米（主要）、小麦及各种豆类。地方官府征收后，每年定期供给京城及各省军需。起初，实物税仅针对黄河以南和长江下游的 8 个省份进行征收，但自从太平天国运动爆发迄今，兵戈扰攘，南方地区良田荒损无数。为此，朝廷允准其中 4 省将实物税折算为白银支付。据估算，1813 年各地征缴的实物税共计约 300 万担，数年后增至 400 万担。今年年初缴纳的实物税合计约 190 万担（包括货币税的折算），折合白银约 280 万两。迄今为止，这一数值已增至 300 万担，折银 450 万两，全国今年的实物税收入共计约白银 750 万两，实际征收的额度或许更高。若地方政府对国家土地资源的相关数据存录妥当，在税务征收环节明确职权，建立严格的问责制度，清政府的田赋收入将显著提高。

中国 19 个省份（包括台湾省）的总面积约 130 万平方英里，其中有 9 省位于（或毗邻）平原地区，面积约 50 万平方英里，其间沃野千顷，地力丰饶。若将国内半数土地辟为田亩，耕地总面积将扩增 65 万平方英里（4.16 亿英亩）。设若每亩耕地每年缴纳的田赋为 0.25 两白银，仅此一项就可为朝廷带来 1.04 亿两白银的财税收入，但目前的实际征收额却只有 2750 万两。

盐课

盐课是国家财税收入的重要来源。清政府在全国划定了 7 大盐区，采用统一的管理模式，彼此之间独立运营，禁止越界交易。生产类别包括海盐、湖盐等，产量不限。盐价由官府拟定，并设立专门的盐务机构，在盐厂附近营葺仓廪，便于转运、经销。

经盐官①许可后，盐商们才能获得行销权。朝廷每年都会重新估算全国各个地区所需的盐量，按需向省中派发盐引②。每张盐引每年仅可使用一次，每次兑盐 500 斤（3760 担），售价最高可达 10000—12000 两白银。盐引并无使用期限，可世代相传。商人按官府定价缴付盐款后，可在本盐区内自行转运、贩售。择定地点后，先将食盐存放至（各大城镇皆有设立的）关栈中，然后簿记姓名，按照登记顺序及官府指定的价格开仓售卖，地域、行市的因素对销量影响很大。

在盐类商品的批发环节，政府按照定率以担为单位征税，称作"盐厘"③。盐业市场稳定，行情利好，盐商的平均利润率在 20%—25% 左右。除缴纳盐厘外，无需额外纳税，且零售环节无官府干预，自主性较强。朝廷每年盐务的财税收入约为 968 万两。若对相涉的人事管理体系和问责制度加以革进，这一数值仍有较大增长空间。甚至可以在保持现有盐价的情况下，将目今的盐税收入翻一番。

厘金

国内交通要道设立关卡所征收的商品通行税，称为厘金。这

---

① 道光十年（1830 年）将两淮盐政裁撤，归两江总督兼管。咸丰十年（1860 年）撤长芦盐政，归直隶总督兼管。各省盐官自盐运司以下，皆受命于督抚。——译者注
② 宋代以后历代政府发给盐商的食盐运销许可凭证。——译者注
③ 咸丰三年（1853 年）设此税收，属于一项附加税，1914 年并入正税范畴。——译者注

一税目在西人看来极不合理，但《大清律例》（相当于彼时中国的"宪法"）对此有明文规定。中英《南京条约》曾规定，进口商品在华流通过程中，无需缴纳厘金。后在签订《天津条约》时，清政府对这项条例有所更动，中外双方因此事争议不断，但这一税目迄今仍未取缔。

厘金，作为一种新型税收形式，自近代以来方才出现。1853年之前，西人对此税目尚无所闻，及至太平天国运动后期才逐渐普及。厘金制度的创立是清政府为纾解财政压力所行的无奈之举。举国境内各处水陆贸易枢纽都设有关卡，往来的商货无论类别，皆需缴纳厘金方可通行。厘金与依照物品计量单位征收的从价税不同，而是采用值百抽一的比例（初定税率为百分之一，即1厘，故称厘金，又名"厘捐"）进行征缴。

地方政府会根据商品数目和征纳频率确定关卡的位置及税额，每处关卡所收取的费用并不算多，但对于需要远距离运输的商品而言，却是十分沉重的成本负担，故而此项税目严重阻碍贸易的发展。各地方政府的相关账目从不公示，据传，其征收的税款只有少部分上缴国库。据户部统计，中央政府今岁的厘金收入仅为1700—1800万两。

根据课税品目的不同，厘金可分为三类：盐厘、烟（鸦片）厘和百货厘。上文中，本人估算清廷盐务税收时，已将输盐过程中所需缴付的厘金（盐厘）统筹在内。通常而言，盐课与盐厘的进项比例约为1：2。

上文关于国库全年厘金收入的数据中，约有100万两白银为烟厘。故此，清政府的厘金收益须革除上述两项（总计约800万两白银），单以百货厘（900—1000万两）进行统计。

杂赋

清朝的杂赋分作六类：

对土地和房产征收 3% 的契税①。

对长江沿岸的沼泽地区征收芦课②，这些地区地势低洼，不宜耕种，但盛产芦苇（可资为燃料、建材等）。

对采矿公司征矿课，此项税目收入较少。

对产品的生产及流通环节征税，包括茶税、丝绢税等。

对掮客、商贾及典当行征市税③。

交易官阶、职衔的捐纳。

目下，杂赋的税收总额约白银 150 万两。若征缴、核验环节无阙漏，且如数呈报，实际收益可增加九倍左右。

关税

在西方世界尚未对中国展开探索，并与之建立贸易往来前，国内主要海港及内陆口岸的关税额度并不高。但自中西贸易交往以来，关税的重要性愈益凸显。清朝的关税由朝廷直接下令征收，缴存后悉数呈送京城内帑，是国家最重要的一项财政收入。

清朝的关税率为朝廷与外方共同拟定。彼时，海关税务司负责人为罗伯特·赫德。他联同驻华的各国官员共同掌理清廷的海关事务。在赫德入职前，沿海各口岸（母口）的关税收入仅有 400 万两白银，而今已增至年均 1300 万两左右；另有内陆地区常关、厘卡（子口）所征收的白银 500 万两（以烟税为主）。

税收总览

---

① 据吴兆莘《中国税制史》中所载，清朝的"契税亦称田房契税，乃买卖典押土地房屋登录于官府时应纳之税"。——译者注

② 清代将江南、湖广、江西境内的江海河湖地区划为芦田。芦田分稀芦、密芦、上地、中地、下地、草地、泥滩、水影滩等若干等级，由民工种芦，按等级纳课额，有正项、耗羡等名目。清初由工部遣部员主持芦课事务，设江宁芦政衙门，后改由州县征收芦课，上缴藩司。——译者注

③ 市场的赋税。——译者注

1. 田赋，货币税 ………………………………… 20000000 两

2. 田赋，实物税（稻米）。缴取后，输至京城，每担折

银 1.5 两 ……………………………………… 7000000 两

3. 盐课、盐厘 …………………………………… 9500000 两

4. 杂赋、烟厘 …………………………………… 9500000 两

5. 百货税 ………………………………………… 1500000 两

6. 母口税 ………………………………………… 13000000 两

7. 子口税 ………………………………………… 5000000 两

合计 ………………………… 65500000 两（87333300 美元）

关税收入并非直接上缴国库，而根据户部的预算，将部分拨予各省，存入地方银库，按需取用。随着进口贸易的稳步增长，1886 财年①的海关税收净额或将企及 1500 万两白银，若上述其他税目的进项与之前持平，全国财税总额或可增至 8 亿9 千万两左右。整体而言，清朝的财政制度（除关税外）已十分腐朽、僵滞、积重难返，在行政管理方面更是漏洞百出，难以有效应对战争、饥荒及洪灾等重大突发事件，财税体制改革迫在眉睫。在此附上中国与印度的税入细则（节选），以资引鉴：

印度，田赋/英镑	21000000	中国/银两	20000000
印度，盐税	7000000	中国	9500000
印度，烟税	10000000	中国	5000000
总计	38000000	中国	34500000

中国人口众多，幅员辽阔，地力丰饶，茶叶和丝绸的出口量

---

① 一个国家以法律规定为总结财政收支和预算执行过程的年度起讫时间。——译者注

一直遥遥领先，但从上表可知，其财税总收入甚至不及英属印度的四分之一。

各省的财政经费常常入不敷出，地方官员被迫在税期的空档四处举债，日后如期偿负本利，这种现象较为普遍。借贷时一般由总督牵头，以本省的财税收入和个人信誉作保（有时奉朝廷诏令）。

户部的财政预算属国家机要，从不公开，相关的税赋统计也较为零散，不足取证。本人上文所列的数据亦属推测，但可信度较高，与实际数额的偏差至多不超过 1000 万美元。

社会各界人士在不同历史时期曾对清廷的财税收入加以估算，现将相关数据摘录如下。为便于比对，统一折算成美元：

1587 年，法国传教士金尼阁[①] ……………… 26600000

1655 年，尼霍夫[②] ……………… 144000000

1667 年，安文思[③] ……………… 50423962

1667 年，李明[④] ……………… 52000000

1777 年，德金[⑤] ……………… 119617360

1796 年，巴罗[⑥] ……………… 264000000

---

① 金尼阁（Nicolas Trigault，1577—1628），法国著名传教士，汉学家。金尼阁和利玛窦是以拉丁文为中文注音的先驱。——译者注

② 尼霍夫（Jean Nieuhoff，1618—1672），荷兰旅行家，1655 年随荷兰东印度公司使节团到中国访问，代表作《荷使初访中国记》。——译者注

③ 安文思（Gabriel de Magalhāes，1609—1677），葡萄牙天主教传教士。明崇祯七年（1634 年）申请赴印度传教，两年后去澳门。崇祯十三年（1640 年）到杭州传教，后去往成都。张献忠攻陷成都后，又服务大西政权，为其制造天文仪器。清顺治四年（1647 年）被俘，第二年以战俘身份进入北京，后进入钦天监工作。——译者注

④ 李明（Louis-Daniel Le Comte，1665—1728），字复初，法国耶稣会传教士。1684 年受法国国王路易十四派遣来华传教，被授予“国王数学家”、法国科学院院士。——译者注

⑤ 德金（Joseph de Guignes，1721—1800），法国东方学家、汉学家。——译者注

⑥ 约翰·巴罗约翰·巴罗（John Barrow，1764—1848），马戛尔尼私人秘书，乾隆五十八年（1793 年）随马戛尔尼使团来华。——译者注

1796 年①，斯当东② ·················· 330000000

1838 年③，麦都思④ ·················· 200958694

1823 年，某位华人学子（汤姆斯译） ········ 98482544

1840 年，官方统计 ·················· 77462000

1883 年，中国海关 ·················· 106000000

1886 年，《德臣西报》及其他来源 ·········· 87333000

开支用项

清政府的各项财税支出中，军费用度所耗甚靡，包括置办装甲舰、重型火炮及各式轻武器花费，以及构筑防御工事、修建船坞码头等军用设施成本等。此外，黄河连年泛滥，洪涝灾害时有发生，相关水利工程的营葺及灾区善后事宜亦耗银甚巨。纵使国运维艰，清廷的相关财政补贴通常比较及时，发行的公债数目也相对较小，期限短而利息高，且偿款时从不拖延，信誉良好，故在海内外许多钱庄、银行都享有借贷优惠。

清政府频频出现财政赤字，据推测，其应对手段无外乎货币贬值、官职买卖、俸禄削减及苛捐杂税征缴等强制措施。

当前银价下跌，贸易萧条，亚洲多个国家所面临的经济形势十分严峻，但清政府仍在勉力支撑，维持财政的收支平衡，尽量不举外债。

以下附上数年前德金编制的一张表格（刊于 1883 年再版的《中国总论》），他对清廷各项财政支出的年均花费进行了美元估算：

---

① 年份无法确定。——作者注

② 乔治·伦纳德·斯当东（George Leonard Staunton，1737—1801），英国探险家、植物学家，受雇于不列颠东印度公司，为马戛尔尼使团副使。——译者注

③ 年份无法确定。——作者注

④ 麦都思（Walter Henry Medhurst，1796—1857），自号墨海老人。19 世纪英国著名传教士、汉学家。——译者注

支出概览

官俸 ··	10364600
步兵（600000 人），4 美元/月饷 ·············	24000000
骑兵（242000 人），5.33 美元/月饷 ···········	12900000
乘马①，26.66 美元/匹 ····························	5853000
骑兵、步兵军服，5.33 美元/套 ·················	5066600
轻型武器 ··	1122000
防御工事、火炮和弹药 ·····························	5066600
军舰和缉私船 ··	18000000
运河水利及漕运 ··	5330000
总计 ···	87125800

以上数据较《德臣西报》对朝廷财税收入的最新估算（8733.3 万美元）略低，且遗漏了国债利息（至少 200 万美元），故清政府各项财政支出的年均花费应为 8912.5 万美元。

固定债务

英国是清政府主要债权国，对华贷款总额达 547 万英镑，为短期公债。举贷时，正值中法战争后期，时局殊异，平均利率较平素略高（8%）。清政府前次发行的债券利率为 6%，在伦敦证券交易所上市后，溢价率约为 10%。据可靠消息，最近欧洲几家银行有意以 5% 的利率向清廷提供贷款，但为其所拒。

清政府此举揭示了一种较为普遍且根深蒂固的民族心理：唯恐西人借融资之机，干涉中国内政。无论此见是杞人之忧还是先察之明，都对国家的进步与发展有弊无利。

---

① 根据用途，军马大致分为三种，即乘马、挽马和驮马。其中，骑兵和军官乘坐的"乘马"要求有较轻快的速度；用来牵引野炮、辎重车等的"挽马"需要有较好的拉力；分解的炮体等各种物资的搬运则要用到耐力出众的"驮马"。——译者注

　　清政府向外国银行贷款的额度相对较低，且还款及时，信用极佳。据许多金融界人士评估，贷款额度有望提升至 1 亿美元。若清廷将这笔钱款投入铁路建设，会大大扭转清军与列强交战颓势；另一方面，相关路段建成、投运后，会产生巨大的经济效益，帮助清政府在短期内偿清贷款利息，同时带来一笔可观的财政收入。然而，中国铁路的建设成本若与早年间的日本相当（由英国公司承建督造），则难以达到预计的里程数，不仅无法盈利，且未来几年的雇员薪资和贷款利息恐怕无力偿付。

　　除申请外方贷款，清廷也可援引国内的民间资本兴建铁路，但相关统计数据十分寥然。中国财匮民贫，人均资产极少，而发展铁路建设、矿采等现代工业所带来的经济效益蔚为可观，不啻富民、兴邦的根本之策。华商素以勇于进取、头脑敏锐和作风简朴闻名东方，沿海诸省（尤其是通商口岸）中不乏鸿商巨贾。若朝廷能够采取有效措施保障民间投资者的合法权益，短期内筹集 1 亿美元基建资金应当易如反掌。

　　据今而论，中国民众购买国债及股票的意愿普遍偏低，这一现象表明：清政府在提高自身公信力、为国民普及相关财经知识方面仍然任重而道远。放眼寰宇，国家的改革、创新之路都应熟思审处，切忌急于求成。

第十四章

长城之行——南口的败落——蒙古商队——长城的"前世今生"——南口归程——明十三陵纪行——石像生——返京

作为中国的首都，北京无疑是了解清政府的绝佳窗口，而坐落于其间的长城——一座两千多年前建造的防御工事，至今依然是中国建筑史的里程碑，中华民族勇气与智慧的见证。这不禁让人遐想，如此民族一旦开启现代化历程，会有怎样的全新面貌。本人决定亲临探访。凛冬将近，美国驻华首席大使柔克义先生及助理兼翻译哲士先生仍欣然同往。柔克义先生年轻有为，博学广知，极具语言天赋且热爱旅游。他从法国圣西尔军校①毕业后，应征入伍，曾在非洲阿尔及利亚等国家服役多年。助理哲士先生已届中年，见识广博，是名副其实的"中国通"。他来华日久，游历颇丰且性情开朗，精通乐理和中文，是位难得的旅伴。

笔者等人于某个天朗风骤的周一清晨起行，随行者包括一位厨师、一名侍从、两个马夫。我们分乘两辆马车，每辆由两匹健骡拉载，所携带的物资补给与生活用具一应俱全。自北城门离京

---

① 1803 年 1 月 28 日由拿破仑签署命令，在枫丹白露成立的帝国军事专科学校，是法国一所古老的名牌军事院校。——译者注

后，向南口①驶去。路上北风砭骨，尘沙漫天。这样猛烈的大风天气来去猝然，至多持续一日。我们逆风而进，沿着一条宽阔的官道在华北平原上穿行。这条路在古时原为交通枢纽，历经数百年的车马碾踏和自然风蚀，地表逐渐沉降，如今比周围村落的海拔低12—15英尺。沿途的乡镇寓所寥落，植被荒疏，了无生气。其间房屋大多由干砖垒就，环境脏乱异常。目光所及之处，童山环绕，平原浩杳，景致分明。路上蒙古客商的驼队络绎不绝，少则20匹，多则逾百匹，满载谷物、蜂蜜、羊皮等各色皮货以及野物前往京城贩卖，返程时再将从京中所购的砖茶转售至张家口、蒙古、俄国等地。他们将行囊固定在马鞍上，身披羊皮斗篷，头戴风帽，此番装扮与美洲印第安原住民颇为相似，他们无疑是蒙古人的后裔。途中邂逅时，我们高呼"Mundo"（蒙古语，意为"你好"）向其致意，他们惊讶之余，亦友善回礼。

启行后的第一晚，我们在京城以北约25英里的沙河镇宿营。此镇依河而建，规模虽大，但地瘠民贫。晚膳很快便布置妥当，为了御寒，餐罢，我们早早安寝。次日清晨5点起身打点行装，1小时后启程前往南口———一处位于长城关隘的古村落。上午9点30分，我们行经一处客栈，侍从和车马寄留于彼，改换乘驴，继续赶路。这些新坐骑瘦削、敏健，挽缰为辔，米袋作鞍，一对铁制马镫松垮地用绳子搭在背上，驭感极差。沿途大部分路程都在崎岖的峡谷河床间行进，布满坚硬的花岗岩和斑岩。千百年来，这条路上的驼队、行商熙攘无绝，河床上的岩石经过无数驼掌的打磨，变得十分光滑，益发难行。为保无虞，我们只得徒步向前。

随后道路险阻异常，我们举步维艰，所幸伤势较轻，并无大碍。峡谷内原本建有一条25英尺宽的官道（由花岗岩石板铺就，长6英尺，宽3英尺，高1英尺），但每逢雨季，谷底的河

---

① 今南口镇关沟，位于燕山与军都山连接处，与八达岭南北向对。——译者注

流水位暴涨，对其多有蚀毁；加之车马商队经年踩踏，如今已彻底毁坏。

离南口还有近三分之一的路程时，远方的长城隐约可见。它蜿蜒伫立于海拔 1000—1500 英尺的山岭之间，巍峨、壮丽，令人叹为观止。我们行至城墙下，通过一道由墙体底部开凿出的拱门。此拱门始建于 1345 年，造型奇特，横跨于山路两侧。内墙上用六种语言（汉语、蒙语、满语、藏语、回鹘语及天城文①）镂刻佛教铭文，如今已经残损难辨。由此继续前行，山势陡然上升，道路愈加崎岖，两旁碑刻雾集、神龛林立，皆为前朝来汗八里朝圣的羁旅者所筑。

登顶长城的过程十分艰辛，困乏之余，方位几乎难辨。斗转星移间，昔年故旅已成伟绩——当初，关外的游牧民族正是由此处攻入中原，征服了这座辽阔的国家。晌午方过，我们一行终于企及山顶，抵达了长城的入口，得以一览这座鬼斧神工的旷世奇观。

长城在中国古代具有十分重要的国防价值。建立初衷是为了抵御东北亚地区的游牧民族——匈奴，南下进犯海拔较低、物阜民丰的中原腹地。彼时，华夏政权与匈奴之间的领土纠纷已达数百年之久。今日我们所见长城非一世之功，而是数代王朝戮力营治的历史结晶。最初，它或许只是几处零散的土木工程，千百年来，多位统治者不断组织人力对其加固、整饬，最终演化成为一道坚不可摧的国家屏障。

长城始建于秦始皇统治时期，于公元前 205 年初步竣成，总长近 1600 英里（约 2560 公里），号称有"万里"（约 3350 英里）之遥。我所参观的城段为后世重建，距今约有 300—400 年历史。即便外观古拙，多处损毁，但可看出现代工事的痕迹。墙体高

———————————

① 源于 13 世纪初，是一种元音附标文字，古时在印度及尼泊尔等地流传甚广，用来拼写印地语、梵语、尼泊尔语等语言。——译者注

25—30 英尺，厚 15—20 英尺，为花岗岩所筑，采用优质石灰泥粘连而成。上设垛口墙①，由灰砖垒就，厚约 8—20 英寸，墙上苔藓丛生，雉堞（弓箭手和火绳枪手②在射击时将其作为掩体）林立。墙内另建有女墙③，通道由 1 英尺见方（约 0.1 平方米）的双层方砖铺就。墙体内沿为泥土与散石夯制而成，每隔 200—300 码便筑有一座约 35—40 英尺高的烽火台④，经石梯与墙内相连。烽火台内壁两侧皆凿设窗洞，从中可俯瞰长城内外。

长城最令人称奇处在于它纵深覆跨之广远，沿途地势之险峻。长城一路迂回起伏，翻山越岭，穿峡过壑，东及渤海，西临朔漠，横亘整个中国。长城建材简素而布局粗犷，但据有金汤磐石之固，万夫莫开之险，无论是古代凶悍善战的游牧部落，抑或如今装备精良的现代军队，都难以将它攻破。

只有亲临其间，方能够真切领略到这项伟大工程所耗费的民力之巨。长城营建之初，凿石、制砖、运料等过程皆须人工徒手完成，其中的艰辛与繁难超乎想象。此外，沿途所经过的地区大都气候干燥，地形崎岖，取水本就十分不易，遑论将其徒步运至山顶，作为制造砂浆的原料。

如此浩繁的工程耗费甚靡，务须举全国之力方可成行。营建过程中，沿途各省地方政府和衷共济，一力承揽了治内劳工的薪

---

① 修筑于城墙顶面外边缘的齿形矮墙，是中国古代城墙防御系统的重要组成部分。——译者注

② 靠燃烧的火绳点燃火药，是现代步枪的直接原型。枪上有一金属弯钩，弯钩的一端固定在枪上，可绕轴旋转，另一端夹持一燃烧的火绳，使用时，用手将金属弯钩往火门里推压，使火绳点燃黑药，进而将枪膛内装的弹丸发射出去。火绳是一根麻绳或捻紧的布条，放在硝酸钾或其他盐类溶液中浸泡后晾干，能缓慢燃烧。据史料记载，训练有素的射手每分钟可发射 2—3 发子弹，长管枪射程大约 100—200 米。——译者注

③ 建在城墙顶部内外沿上的薄型挡墙。建在城顶内沿的女墙也称宇墙，建在城顶外沿的女墙也称垛墙。女墙用于城顶防护和御敌屏障，是古代城墙必备的传统防御建筑。——译者注

④ 又称烽燧，俗称烽堠、烟墩、墩台。古时为防止敌人入侵、用于点燃烟火传递重要消息而建的高台，是古代重要军事防御设施。遇有敌情发生时，白天施烟，夜间点火，台台相连，传递消息。——译者注

酬及生活物资供给。在长城与秦直道①的相交处（营崾岘②），辟有一座城门，外设堡垒和角楼驻兵防守，盘查过往商客。此段城墙地势起伏较大，在短短半英里的距离内，海拔从 2150 英尺（约 655 米）陡增逾 600 英尺（约 183 米）。长城的宏伟质朴与周遭景致的苍凉疏阔相映成趣，擎风跃云，摄人心魄。我们在此处流连了许久，向导多番催促才踏上归程，以期在入夜前返回客栈，与随从人等汇合。下山后，我们一行又开始在荒凉、嶙峋的峡谷间跋涉，时而骑乘，时而徒步，一路急行，最终抵达客栈时已是晚上 8 点钟，夜色已深。客栈中灯火通明，肴膳完备，餐点十分丰盛，有豌豆汤、烤肉排（牛排与蒙古地区所产的肥尾羊）、波士顿焗豆、玉米罐头和薄饼，饮品有葡萄酒、茶和咖啡。

我们白天奔波近 40 英里，其中大部分路段都是异常崎岖的山路，回到客栈时困乏已极，晚餐后不久便酣然入梦。这番奔波倒是令我忆起过往的行军生涯，离家前，我曾置备一张印度产的橡胶睡垫，在数次游行中常携其左右，以慰旅人之心。

次日，天色尚未破晓，笔者一行便重新启程，沿山麓朝东行进。四围丘岭连绵，在月华的勾映下显得益发荒凉陡峻，令人想起新墨西哥州旷野的群山。清晨时分，露湿霜重，万籁俱寂。道无人踪，野无畜鸣，唯闻我们的马蹄铿锵之声。疾行约半个时辰后，遥远的东方浮现出一抹微弱的曙光，将地平线镀成了深邃的苍蓝，颜色逐渐转灰，最后化为嫣粉色的暖光，为大地披上了一层唯美的华彩。大约 2 刻钟后，旭日高升，晨光普照，晴空万里。道路两旁的山麓栽满柿林，枝叶间硕果累累。又过了 1 小时，我们行至一处三面（东、西、北）环山的广袤盆地，宛如一座巨大的公园，铺展于

---

① 秦始皇统一六国后为防范匈奴的侵扰，令大将蒙恬率 30 万大军用两年时间修筑了南起陕西林光宫，北至今内蒙古包头九原郡的一条长达 700 多公里的军事通道，称为"秦直道"。——译者注

② 秦直道与秦长城的相交处。直道沿长城内侧向西北延伸，经营崾岘，入陕西省定边县，二者重合之处长达 20 公里。——译者注

主峰①山脊与旁逸的孤岭之间。数世纪前，明朝永乐年间，明成祖朱棣将此处定为皇家陵址，即著名的明十三陵所在地。每座陵寝之间彼此独立，相间排布，占地面积总计约16平方英里（40平方公里）。

由陵园入口向内望去，地势平坦如夷，山坡上植被寥落，峰石明彻，十分悦目。皇陵依山而建，四周常绿阔叶林丛生，其间的建筑皆为砖制，房顶铺设朱檐黄瓦（中国古代帝王专用色）。我们策马朝着最宏伟的一座陵墓驰去，不久后，竟行至一处幽深的峡谷。谷内残留着神道②及两座七孔古桥（灰色大理石所筑）的遗迹。其中一座早年间已被洪流冲毁，另一座保存尚好。清政权推翻前明的统治后，禁止民众赴十三陵参拜祭扫，并曾拨款修缮，派遣专人看顾。行至近前，只见此处大门紧锁，四周林木密植，高墙环立。寻呼守陵人无果后，我们折马向左侧行去，沿墙根的密林前进约1英里后，来到了另一座陵园的入口。其外墙以朱泥漆塑，正门设有一座巍峨的石牌坊③，由汉白玉石雕制而成，用金碧相间、精美绝伦的琉璃瓦覆顶。我们在此处寻到了守陵人，付予其一枚墨西哥鹰洋④，请他带我们游览一番。穿过石牌坊后不远，便来到了"大红门"⑤——一座庑殿顶式的宫门建筑，其间雕梁画栋，古韵十足。和黄瓦屋顶。复行约50米左右，一座宏伟的碑亭⑥赫然入目。它耸立于高台之上，三根华

---

① 明十三陵坐落于北京近郊燕山山脉的天寿山麓。——译者注

② 谓通向死者之道，又称天道。自汉以降，神道又指"墓前开道，建石柱以为标"，如明孝陵神道。陵寝中最早落葬的帝王陵前的神道称为主神道。——译者注

③ 又名牌楼，是中国封建社会为表彰功勋、科第、德政等所立的建筑物。为门洞式纪念性建筑物。牌坊也是祠堂的附属建筑物，昭示家族先人的高尚美德和丰功伟绩，兼有祭祖的功能，被海外当作中国传统文化的象征之一。——译者注

④ 1843年，每枚墨西哥鹰洋折合七钱（0.7两）白银。——译者注

⑤ 坐落于陵区的正南面，门分三洞，又名大宫门，为陵园的正门。——译者注

⑥ 大明孝陵神功圣德碑亭位于明孝陵陵区的前部，俗称四方城，为陵区正门后的第一座主体建筑，为明清皇家陵寝中同类型建筑体量最大的一例。始建于明永乐十一年（1413年），建筑平面为正方形，四面各开一门，内置明成祖朱棣为朱元璋所立的"大明孝陵神功圣德碑"。——译者注

表柱①环立其外，皆设有白石栏围护，四周灌木丛生。亭内的布局方正而轩敞，长约 60 米，宽约 25 米，亭顶呈拱状，以高大的原木柱支撑，斫雕为朴，十分简雅。亭中央矗立着一尊木制展柜，内置一座小型碑刻②，正面篆刻"大明长陵神功圣德碑"的字样，纪念明成祖朱棣的文治武功。柜旁设有供案，供瞻祀者焚香祭拜，以表追思。亭中灰积尘累，旷废已久。步出碑亭后，继续向陵园深处行进，约 60 米处有一座双层式砖塔（宝城③），占地约 30 英尺见方（约 2.7 平米），高 40 英尺（约 12.2 米），此即为朱棣的地宫所在。宝城依山而造，坚固异常，围墙外的山麓上乔木（包括柏树、橡树等）林立，灌丛蔓生，星星点点的绿意缘壁而入。

陵园中的建筑距今已有 300 多年的历史，早已倾颓不堪，椽梁朽蠹，栏瓦阙毁。若不加以修缮养护，数年内便会彻底崩坍，湮灭无闻。即便是曾贵为"天子"的帝王，如今其陵寝前亦凄凄冷冷，无人祭拜。目睹此情此景，来者无不为今昔的对比，感慨万千。

我们在宝城附近逗留良久，方继续前行。主神道笔直无斜，直通陵寝。沿神道复行近 4 英里后，抵达了"石像生"④。这些雕像绵延近 1 英里之遥，造型十分魁伟，其中，有 6 对文臣、武将像，以及许多兽像，包括狮、虎、马、象、骆驼等，亦站亦卧，两两成双，分列于道路两侧。石像尽头耸立着另一座汉白玉牌

---

① 中国传统建筑形式。相传华表是部落时代的一种图腾标志，古代设在宫殿、陵墓等大建筑物前面做装饰用的大石柱，柱身多雕刻龙凤等图案，上部横插着雕花的石板。——译者注

② 碑亭内竖有"龟趺螭首"式石碑一块，用青白石雕成，通高 7.91 米。碑身正面是明仁宗朱高炽亲自撰写的"大明长陵神功圣德碑"碑文。全篇碑文共 42 列，3236 字，采用散文、四言诗歌形式对成祖及徐皇后一生的功德作精辟阐述。——译者注

③ 帝王陵墓"地宫"之上的城楼，亦称宝顶。——译者注

④ 帝王陵墓前安设的石人、石兽统称石像生，又称"翁仲"，是皇权仪卫的缩影。这种做法始于秦汉时期，此后历代帝王、重臣沿用不衰，只是数量和取象不同。石像生作为王公大臣陵墓前的仪卫性雕刻，是中国古代雕刻艺术特有的一种表现形式。——译者注

坊，宏伟富丽，蔚为壮观。四周耕田棋布，荒草丛生，与宏伟的古建筑形成鲜明对比。十三陵不仅是明王朝辉煌历史的载体，亦为中国往昔繁荣富强的存证。游览结束后，我们于日落之前返回京城。旅程中所经历的诸般艰辛，而今忆起，但觉异趣横生，不虚此行。

第十五章

开平煤矿——铁路建设的起步——中国第一台机车发动机——
唐芦铁路——开平煤系——煤矿产量

返津不久，本人骑马北上前往开平煤矿进行考察，总程逾 75
英里（约 121 公里）。开平煤矿位于华北平原东北部边缘地带，
采用精良、昂贵的欧洲设备产煤，通过中国仅有的一条铁路，将
煤运至 7 英里外的运河。外界一度纷传中国没有铁路，直到 1874
年，清政府委托怡和洋行（Jardine Matheson）在上海和吴淞间试
建了 10 英里铁路，似乎向国际社会反驳上述说法。铁路沿线无任
何商业枢纽，潦草建成，规格仅为窄轨，但一经投运，立见收益。
该线路主要为满足中国游客的猎奇心而设，难资长远之用，也非
真正意义上的交通枢纽，且中国官民尚未作好全面引进铁路的准
备。这条造价高昂的铁路运行不久，即被仓促拆毁，零件也被
封存。

中国铁路公司①修建开平铁路的初衷是连通北塘镇（位于北
塘河口）与煤矿两地，铁轨总长至少需 40 英里。1878 年 8 月，

---

① 光绪十二年六月（1886 年 7 月），开平矿务局给李鸿章请展筑铁路禀："今邀集
众商公议，咸愿凑合股银，接修铁路六十五里，从胥各庄到阎庄止，名曰开平运煤铁路公
司。"——译者注

清政府雇佣英国技术人员，订购了全套勘探设备，不久即行开建。但同年 10 月，该项工程却被当局叫停。

陆路运煤既无所望，煤矿的相关负责人只得命人勘测香河的运力，开发水路运煤通道。此河入海前流经煤矿，但只能承载 3 吨以内的小型船舶。

1879 年 11 月，运河水域的勘探工作相继展开，次年 10 月，始开凿煤矿与北塘河间距离最近的河道。据过往的勘测结果，两地海拔落差较大，运河与煤矿间的河道至少需在 7 英里以上，方可保证运煤船安全通行。负责人将此事上报，请求政府批准在煤矿与运河渠之间架设输煤专线，否则公司难以正常运转。直到 1881 年 4 月，清政府才做出回应，允其所请，前提是线路建成后，输煤车辆以骡马拖载运行，并称之为"电车"。

同时，技术人员却在私下使用搜集到的零件组装机车。为避免官府察觉，此项工程关涉的人员、物资等皆被保密。1881 年 3 月 24 日，机车试行，由 20 磅的水供汽驱动，运转良好。但 4 月 7 日，负责人却下令中止所有后续工作，并于 4 月 9 日拆除试行铁轨，5 月 5 日将零件封存入库。

之后，修建工作再度重启。历经多重阻障，火车终于建成。由于材料匮乏难购，做工较为粗陋，建造成本较低。首次运行正值乔治·史蒂芬森一百周年诞辰，未采用"中国火箭号"（又称"龙号"）的名称。

同年 11 月 8 日，火车在干线上首次试行，发动机运转良好，迄今运行总程已超 12000 英里，待车头从英国运抵，准备工作便告完备。

火车的发动机以及铁路的大部分路段都由年轻的英国土木工程师克劳德·威廉·金达①规划建造，他是时任公司总工程师罗

---

① 克劳德·威廉·金达（Claude William Kinder, 1852—1936），英国铁路工程师，中国首条营运铁路唐胥铁路总工程师。——译者注

伯特·雷金纳德·伯内特①的助理。火车配备的轻型锅炉原产英国，汽缸规格为 8×151 英寸，由一台老式卷扬机改造而成。

车轮则由工业废料改制而成，直径 30 英寸，采用冷铸铁工艺，购自惠氏商行（Whitney & Son, Philadelphia）。

构架由 1 号轴头号齿轮的槽铁拆建而成。

车轴护挡由角钢制成，采用铆接工艺。

发条等部件为开平煤矿自产。

轴距 8 英尺 4 英寸（六轮四耦合）。

驱动装置重 6 吨，前导轮重 3.5 吨。

车身设有侧槽，煤仓置于车尾。

装备运动泵、辅助泵各一。

配备斯蒂芬森式联杆运动装置；建造成本（包括人力、建材等）约 650 美元。

各站点海拔总落差为 70 英尺；最大坡度 1/100；最大曲线半径 1500 英尺，站场内曲线半径 600 英尺。

站内采用丁字形轻型钢轨，重量为 30 磅/米。

全段采用单轨铁路，枕木为榆木所制（粗加工），道床为碎石灰岩压制而成，轨距为 4 英尺 81 英寸。

第一个路段设有一处 300 英尺长的隧道，一道 20 英尺宽的拱门、开顶钢梁桥及沃伦桁架桥，跨度分别为 10 英尺、30 英尺；另辟有涵洞数座，沿途置站点 1 个。

运行车辆包括 2 台机车、11 英寸的蒸汽火车头、18 英寸动程，六轮耦合，皆产自裕生洋行（Stephenson & Co.）；3 节三等载客车厢，52 节载煤车厢，其中 35 节为 10 吨级，17 节为 5 吨级；守车、专用车厢各一，皆由公司承建。

自首发站起 7 英里内，共设有 17 处叉道。

---

① 罗伯特·雷金纳德·伯内特（Robert Reginaid, 1841—1883），英国人，1879 年受聘为开平矿务局总工程司。——译者注

该线路日承运量约为煤 600 吨、石灰石 100 吨、客运量 160 人左右及陶器、杂物等。乘客票价为每 7 英里 5 美分。

上文言及的隧道与煤矿采石场间由支线相连，沿线桥梁按双线铁路的规格建制。

以旗语传信，叉道口皆置兵驻守。

该线路运营平稳、便捷高效，但此前一直不入官方"法眼"。列车设有专门接待贵宾的豪华车厢，但未有官员探访。

该铁路地处天津至新京段，连通东北，但位置偏僻，难以成为全国性交通枢纽。终点处的运河每年结冰期达三四月之久，其间水运输煤线路封闭，难以维系煤矿的正常运营。河水结冰期，煤矿只得停产。为求变通，人们计划将线路进一步延伸，经北塘至海河沿岸。但这些河流也有结冰期，运力极为有限。不过，天津煤炭市场广阔，将输煤线路扩建至此是长远之策。

清政府最近已批准将该线路延修至北塘芦台，扩建总长度为 21 英里。所用铁轨、机车分别从德国、美国进口，相关手续均已缮全（包括购买横向拉杆等设备的合同），预计今春竣工投运。

此项工程由中国开平铁路公司总理，官督商办，聘请外国专家协办，主要为大清海军舰队供置军用煤而设。目前公司的财务状况堪忧，面临资本过剩、人员冗余、资金周转不畅等问题，已濒临破产，新建线路的投运也难挽颓势。据估算，工资开支与不断累加的本金利息近 250 万美元，但实际金额可能远高于此。去年煤矿生产销售量近 13.6 万吨，其中约三分之一直销邻国，余下的煤炭先运至海河、天津，再售往海内外，每吨 5 美元。此种烟煤质量优良，但与同样优质的高岛煤（产自日本长崎附近）相比，提升售价的空间极为有限。

开平煤矿周边地区的开发程度较高，但输煤专线的海河、天津段仍有大片待垦荒地，其间平原易野，浅塘遍布，人烟稀疏；房舍简陋，多为干砖所砌。

　　域内煤炭蕴藏丰富，但李希霍芬男爵所绘的地图对该地煤系的面积有所低估，约为方圆 10—12 英里。煤层海拔落差较大，整体向东南方倾斜，开采宽度至多为 2000 英尺。矿田内还布有一些原生矿。经实地考察，该矿层占地面积远超 12 平方英里。其煤炭储备之丰，只需小范围开采，便可满足国内市场积年之需。开平煤矿的创立，解决了中国北方铁路网未来建设的能源供应问题，具有极为重要的战略地位。

　　后来，开平煤矿的输煤专线一路扩建，相继连通塘沽（临近大沽，位于海河口）、天津、山海关等地，远及长城入海处。如今，线路总长度约 200 英里，全程耗时不过两天。该线（在几位高官的倡议下）由直隶省府库出资承建，并无民间资本参与。

第十六章

黄河之旅——"中国之殇"——考察队成员——考察路线与路况——冬季气候——客栈见闻——古镇——大运河与堤坝——水闸——运河的未来：不变不通——铁路建设：复兴伟业——黄河与堤防——祀河神——1853 年龙门口改道——传教士与探险家的发现——古伯察之误——决堤溯因——修河堤——治黄的现代化——三角洲的铁路网

览毕大沽、天津、北京等地的名胜古迹（包括长城），本人依李总督的建议，沿大运河与黄河南下。① 今日的大运河已成为中国的贸易枢纽、"内航要津"；黄河在古代却时常泛滥，华北平原的居民饱受其苦，称其为"中国之殇"。不过本人旅华的三月间，未能探查到关于这两条河流更为详尽的信息。《京报》虽多有提及，但内容无关痛痒，或是运河结冰期所造成的运输阻滞（如延碍南方各省向京输送贡米），或是黄河治水艰辛。时值隆冬，我决定冒着严寒深入内陆，赴实地考察两河的水文情况，此行全程约 1500 英里。

---

① 此章及十七、十八章部分内容摘选自《纽约太阳报》。——作者注

考察队成员除本人外，包括：美国海军上尉尼科尔斯（F. W. Nichols），经"莫诺卡西号"炮舰（Monocacy）舰长弗朗西斯·约翰·希金森①批准同往；官员王甫烨（Wang Fuyeh），衔六品；翻译李忠廷（Li Chung-Ting）、机械师谢思（Hsieh S'z），供职于天津机器制造局；一位厨师、一名随从、两名马夫、两名杂役与车夫六名，共计16人。此外还配有六辆马车，每辆由两骡拉载；六匹带鞍马驹，两个月的口粮，包括面粉、饼干、糖、汤罐头、鱼等（队伍中，华人的餐食由沿途客栈随行供给）。

我们沿运河和黄河一路南下，先抵达河南省会开封府，后向东行至龙门口，即1853年黄河改道之处；再赶赴东明，去年此处南堤决口，贻害甚深；后沿河再无客栈旅宿。我们直行至大运河岸的济宁州，游览了孔子故里与孔子墓所在地——曲阜，以及中国圣山——泰山。随后，我们返回至南山段运河，继续沿河向北行至黄河十里铺；绕过黄河，向东北穿过平阴、长清两地，抵达山东首府济南府，对此处河堤进行了实地考察；后在烟台重新渡河，踏上归程，途经德州；返回天津时，共历45日，总路程1400英里有余。

本人此行发现，中国的道路干硬易行，但多尘土且多迂回。路边不设篱栅，与田间、菜畦浑然相通，无沟渠阻隔。道路常年无人照管，标界模糊，常有行人"另辟蹊径"。雨季来临，主路面泥泞不堪，如此属无奈之举；田畔道路冲毁，崎岖难行，地图上标注的官道也逶迤曲折。即便取材方便，中国人也没有修路的意识，对碎石铺道法更是一无所闻。

行至平原地势最低、最为荒僻地区时，一处约10英里长的路段是我们此行中见到的唯一一段公路。路基铺设完备，路渠也已

---

① 弗朗西斯·约翰·希金森（Francis John Higginson，1843—1931），美国内战和美西战争期间美国海军的一名军官，后晋升为海军少将，北大西洋分舰队的最后一任总司令，北大西洋舰队的第一任总司令。——译者注

挖好，余土堆积在路中。此路建成前，该地区一年中大多数时节无法通行。从百转千回的运河堤坝和路况看来，中国的修路工人对空间知识一无所知。冬日里，溪流大多冰结，道路也不泥泞，加之地势平缓，车辆可畅行无阻。我从未见过中国人在车上安装减震弹簧，他们似乎根本不知道这种设备的存在。

华北平原冬日多极端天气。本次旅程间，只有三日阴天，余时大都晴空朗照，夜色清明。偶遇霜冻天气，隔日清晨，雪雾漫野，数时即可化散。偶尔遭遇由北方刮来的尘暴，发作时风沙肆虐，持续数时、整日，甚至更久。冬日从不下雨，降水集中在夏季，届时饱含水汽的熏风从南方吹来，结云成雨，瓢泼而下，引得黄河泛滥，漫及戈壁沙漠；江流猛涨，尤以黄河为甚，水位常与堤岸齐平。加之降雨丰沛，河水流经平原地区时，一日之内水位可抬升数英寸。

考察队每日行进路程不等，少则20—35英里，多则25—45英里。通常于黎明时分出发，根据路况，以每小时3.5—4英里的速度行进15—20英里，然后休息一个半小时，饲骡喂马，饭后继续行进，如此往复。至晚，若遇客栈，便投宿其间。

一般规模较大的市镇中才有客栈，品级不一，但建筑结构大体相同：围墙由土坯砖砌成（天然晒干，未经焙烧），入口处有两扇大门（关闭后，置木条为锁）；有的还辟有内院，客房主要设在一座低矮的单层平房中，位于正门对面。此行其间，我们只见过一座双层式客栈。高档客栈里的客房有2—3间卧室，中屋置一张方桌，两把椅子（或长凳），其余两座侧厢各置去一张炕床或两副床架，覆有粗席，住客可自备寝具，铺设其上。较小的客房则为单间，房中一侧安设炕床或床架，另一头放置桌椅。客房正面开有方窗，窗格以纸封糊。若需取暖，便在地板中间置一盆木炭焚烧。碳盆多为陶制，亦有砖制。

炕床形如高台，横跨屋中，连接两端，同房体一致，由土砖砌成，常配有火灶和烟囱，通过在灶中焚烧秸秆、杂草加热炕床。配有土炕的客栈只在少数，即便有，也无法使用。在黄河以南的客栈中，我只见过一座土炕，大多数时候都是睡床架。

随行的仆役、车夫等人宿于大院侧厢，条件较为简陋。马车停于房前，马厩配有活动式马槽，多为露天，有的设置棚顶。客栈掌柜会为有需要的客人提供热水、木炭和餐食，或帮忙喂马，收费也很公道。夜间常有更夫在客栈四周巡逻，有节奏地敲打木梆，这种声音有时听起来十分刺耳。在中国，所有的客栈都有打更的习惯。

客栈里热闹非凡，车马牲畜随处可见。由于冬日里阴冷潮湿，了无生气。无处可去的住客们用罢晚饭便回客房取暖。相形之下，穆斯林开设的客栈则较为整洁，且装潢完备。但他们不提供猪肉，随行的华人马车夫只有别无选择的时候才会光顾。队伍中有专门烹制西式餐食的厨师，所用食材无外乎羊肉、家禽、鸡蛋和菜蔬。因此，投宿于穆斯林开设的客栈还是佛教徒开设的客栈，对我们而言并无二致。圣诞节那天，我们用出发前友人馈赠的食材在捷地镇（位于天津以南 100 英里处）的一家穆斯林客栈享用了一顿丰盛的晚餐。

行程下一站是德州。这是一座颓圮的古城，饱经风霜的砖制城墙上雉堞林立，塔楼、壁垒摇摇欲坠，城门残破，护城河中堆满了城墙上剥落的碎砖，城内城外满目萧索。

德州城地处大运河畔，是天津以南地区首个架设电网的中国城市，曾为重要商业枢纽。后来随着运河航运的衰落，逐渐失去了往日的繁荣。

我们在德州短暂逗留，给友人致电报平安后，即复启程，向西渡河，于次日晚抵达临清。这是一座商业枢纽城市，面积远大于德州，如今亦已萧索。

大运河在此处偏离了卫河①（海河南支流，自天津起一直与大运河并行），蜿蜒穿过平原，在金昌府②汇入黄河。此间的陆路行程约为70英里，水路100余英里。从河流曲度可推知，此河段支脉甚多，流经许多旧河道。

此间的河堤高矮薄厚不同，有的宽阔坚固，有的残破不堪，甚至缺失。电报干线与河流大致平行。听闻已有官员上疏，建议朝廷沿大运河修筑铁路。此举需改造过于狭窄、迂回多变的河道，且不说修成的线路无法避免崎岖难行的状况，光修建、运营成本便是极高。

大运河的最高点位于运河与大汶河的交界处（有学者误认为是临清）——龙王庙。大汶河发源于山东，向西奔涌数英里后，分流为两支：一支流经华北平原后注入运河；另一支则在鱼山附近汇入黄河。

黄河改道前，大运河在长江以北约100英里与清江浦相汇后，继续向北绵延400多英里，其水源主要来自大汶河。该河段未设水闸，虽航行条件极佳，但航运量较小，经常受清江至卫河河段以及长江至北京河段旱涝灾害的影响。

为调节运河水量，沿河多地都筑有水闸，将整条河流划分为1—10英里或20英里长度不等的河段。这些水闸立于河床上，墙体垂直，彼此平行，通过石制的翼墙与堤岸相连。墙体表面设垂直槽口，人们向其中投掷横木，在墙体间形成一道防水木墙。此外，另建吊艇柱和系缆柱，以便收放木材，保证通航。若逢急流，操作起来极不方便。但这些水闸工艺精巧，目前仍运转良好。

---

① 中国海河水系南运河的支流。因源于春秋时卫地得名，发源于山西太行山脉，流经河南新乡、鹤壁、安阳、濮阳，沿途接纳淇河、安阳河等，至河北馆陶与漳河汇合称漳卫河、卫运河。最后再流经山东临清入南运河，至天津入海河，并在沧县南又挖成捷减河，引洪水直接入海。全长400多公里，其中干流河道长344.5公里，流域面积14970平方公里。——译者注

② 金代洛阳的称呼。——译者注

黄河改道后，运河被截断，形成新的河流。新河的河道较以往更深，水量更加充沛。新河冲毁原河堤，填平河床，向南北各延伸了3—4英里。随着河床不断加深，新河水位大幅沉降，多处比运河河底低10英尺左右。运河两岸不设闸口，单有一座堤坝横跨其上。水位较低时，船只根本无法在两河间通行；水位较高时，需截堤开闸、清淤拓道，方可通航。

尽管大运河航运条件恶劣，临近地区饱受洪灾侵袭，清政府依然因循守旧，每年为疏通运河投入甚巨，通过水路将南方的贡米输至京城，此间运米船可达600—700艘之多。运河的通航条件随季节而变，时好时坏，甚至会出现断航期。每年朝廷在治河及货运等方面的开支（据德金估算为400万美元）远超贡米本身的价值。

清政府向来视内河漕运为国家大计，与西方强国交战时尤为如此。中法战争中，清政府竭力维持运河航道的正常运转，但收效甚微。大运河从北京的护城河一直延伸到长江，若水路畅通，或可成为首都、南方和中部各省之间输送粮草军需的交通命脉。清廷常号召文武将才（而非精通水利的外国工程师）为运河管理建言献策。其实，借助现代技术在非冰期维持运河航道的畅通绝非难事，但此举所耗甚靡，并无国防价值。

临清段运河目前水深大约3英尺，水位顺流递降，及至黄河交汇处，已完全枯竭。水面的宽度为25—40英尺，河道南北两端泥沙淤积严重。草图绘成前，我们对运河的水文情况以及渡口周边城镇的相对位置几乎一无所知。沿河行进日余后，八里庙以南至河岸的河段已完全消失，所流经的平原地区在泥沙的淤积下，抬升了约4—6英尺。漳卫南运河的一处水闸也被填埋，原址仅剩几根探出地面2英尺长的石制吊柱。运河闸口及周遭的庙宇也被淤泥覆没。为便于通行，人们在旧渡口以北10英里处的武城闸修建了一条7英里长的新河连通下游，河道深阔，航渡便捷，距山东丘陵约 3—4 英里，从十里铺可一直延伸到济南府。

长清城地处新河道与运河的连接处以南，曾是人口稠密的富饶之地，当时其间庙宇林立，建筑精巧，墙面皆由火烧砖砌成。新河扩建后，其地理优势不复存在，往来此间的商船锐减，城市日趋萧条。八里庙和十里铺等地均受航运衰落与黄河水患影响，前途惨淡。

李鸿章曾上书谏言：依黄河现有的入海河道，运河虽具一定漕运价值，亦难免于洪灾之害；若将黄河引回旧道，由山东南部入海，则水患稍解，但此举会进一步折损运河的运力，因小失大，并不可取。他对黄河水情的判断大致正确，但其对策难以施行。如何在治理黄河的同时，保障北京与长江各省间内河航线的畅通，朝廷迄今尚无定案。

其实，若借助现代工程技术，上述困难不难化解。但清政府在此事上似乎不愿采纳外国工程师的意见。此外，运河沿岸诸省的官员们各自为政，只关心地方事务，不愿在河务上"枉费"银钱。[①]

治本之策，唯有完善此间的铁路网，从北京直抵长江，再从九江一路延伸至广州，并以此为主线多方扩建，将重要矿区、商业枢纽和政治中心尽数涵盖，才能真正满足庞大中国的商贸需求和国防需要。修筑铁路及跨河大桥的成本适中，建成后还有御洪之效。

离开长清城后，我们沿黄河北堤继续行进了约 80 英里，抵达石马村附近，不知出于建筑疏漏，抑或此河段的水情与别处相异，河堤至此便不再延伸。复向南行 3 英里，我却发现此间河床与其他河段别无二致：地势低平，高出水平面仅 5 英尺（实际测量值）。走访船夫和当地人后，我们进一步确定，此处水深 8—10 英尺，水量丰沛时通常可达 20 英尺以上。彼时河水漫过堤岸，溢

---

① 法国和德国工程师都曾递交修复河堤与河流治理的提案，最终皆被清廷驳回。——译者注

于平原、村野，注入大运河后，水位方回复至 2—6 英尺。

之后，我们回行 20 英里至村落，综合途中所见，发现不知出于何故，该河段自 30 多年前改道以来，从未安设堤坝。

经过多次测量、核准，沿途的河堤，高 12—14 英尺，顶部宽 20—30 英尺，内外两侧皆与地面垂直。大多段河堤建构规范，坚实牢固，仅少数几处歪斜，过于单薄、低矮。河堤顶部与两侧种满农作物，道路交错，常有动物在其间钻洞筑穴，大大损害了河堤的御洪能力，沿河各处皆同此状。

陶城铺位于运河与黄河交汇处，此地至长清城的河段有一处新建堤坝极为坚固，与残破不堪的旧堤相连。去岁洪水侵袭时，新堤运转良好，旧堤则被水淹没，河流水位高出地面 4—6 英尺，两处堤坝之间尽成汪洋。

行至河堤尽头，穿过几座古城后，我们抵达了河南省会开封府（黄河以南约 6 英里）。此前，距渡口 4 英里开外赫然耸立着一座敕造大堤。此堤建于乾隆年间，距今已百余载。遥遥望去，仿若一座巍然的高山。堤上城门洞开，雉堞林立。经测量，河堤高约 40 英尺，顶宽约 50 英尺，坡度为 1∶2，每英里需耗费百万立方码的泥土，总长不详。这座河堤向西（即上游的河谷）延伸不过数英里，向东则沿旧河道扩建至河口。黄河改道后，原堤冲毁，如今这座堤坝是在原址上加筑而成的。

渡河前，我们用六分仪和卷尺测得，河流北端宽 1500 英尺，深 6—7 英尺，南侧的水位相对较低，顺流行 3—4 英里处有一处弯道。

登船前，华人随从虔诚地拜了"河神"。他们点燃蜡烛和香料，焚烧金银色的纸片（象征财富），伏地行 3 次叩头礼。

祷告仪式结束后，一行人（包括车马和扈从）自北岸（距水面仅 5 英尺处）挤进了一艘长约 50 英尺，宽约 15—16 英尺的船中，经 1 个多小时的航行，安全登陆南岸。彼处海拔约 14 英尺。

一路顺流而行，河水流速并不快，船夫以篙作桨，必要时需拖锚制动。途中屡次险些与沙洲相撞，所幸船夫技艺高超，有惊无险。

卫三畏在《中国总论》中写道，开封府附近的河床淤积现象极为严重，一度形成"地上河"。但本人此行未在河堤周围发现壅水①和沼泽，可知此言不实。此外，也没有任何其他迹象表明，河流水位在非洪期曾高于地平面。若想验证卫的说法，还需专业工程师对此地全面勘测。北河堤与河流之间的地面十分平坦，与南河堤之间的地势朝着城镇的方向逐渐抬升。

1853 年，开封府以东约 20 英里处的龙门口发生特大洪水。黄河水位飙升，冲毁南堤，创下历史纪录，决堤的原因尚无定论。

其中一种推测是，由于龙门口附近河床淤积严重（高于地平线），但此说法并无实证。黄河在此流向剧变，往北而去（原址仅存一条长约 10 英里的旧河道，如今旧河堤已被开垦为农田，地势较新河道高出不少）。1866 年 1 月 10 日，经我实际测量，旧河道的底部比新河床的水面高 11 英尺 10 英寸；旧河堤内的海拔高出新河水面 22 英尺 6 英寸。如今，龙门口镇所在的旧河堤已有所迁损，新河道在其上形成的切面高出水面 55 英尺 6 英寸。

但这些数值并不足以表明该河段已出现地上河现象。只有在新旧河床受洪灾影响较小的区域及河堤决口处进行间隔性剖面测量，才能印证此论。

1868 年秋，时居上海（接受过科学教育）的英国商人内伊·埃利亚斯先生曾到此地考察，考察报告载于当年《皇家亚洲文会北华支会会刊》（*Journal of the North - China Branch of the Royal Asiatic Society*）。报告中写道，低水位河道的走向"并不总是与河堤平行，而是蜿蜒其间，迂回之势宛如天成。如今的决口处正是北岸水流冲击之地"。他还指出，"河流沉积大大减少了河床的容量

---

① 因水流受阻而产生的水位升高现象。如在河流中建造闸、坝或桥墩，或有冰凌阻塞时，均能引起壅水。——译者注

（多为人工河床），致使汛期来临时，堤坝上部及薄弱处负压过大。加之此前并未采取任何措施加固堤坝、拓深河道，灾患由生。古伯察早在几年前便预言此地必发洪灾。"然而，埃利亚斯对此地河段只是进行了一番"粗略勘察"，并不足以印证关于地上河的推论。

古伯察曾明确指出，"黄河在河南、江苏两省有约 200 里格①的河床，海拔几乎比冲积平原还高。"但相比于地上河的说法，龙门口决堤更有可能是当地人在堤坝维修、管理方面的疏忽和懈怠所致。河堤上岔路纵横，常有动物在其间筑洞，饱受河水侵蚀之处极为薄弱，而以上种种隐患一直被置若罔闻，在河水经年累月的冲积下，愈发严重。洪水来临时，堤坝已然不堪一击，很快土崩瓦解。

洪水消退后并未回流至旧河道，而是漫过决口，另辟新道入海。原因在于，当大量河水从洪峰泻至低地时，形成了 15—20 英尺的水位差，因水势湍急，自然冲刷出一条新河。流速越快，河道越深。这如孔子所言，"其流也埤下，裾拘必循其理，似义，其洸洸乎不淈尽，似道。"河水漫过堤岸，顺势而进，自然无法回归旧道，而是另辟捷途，遇坡则下，最终在渤海湾的大清河口入海（位于旧河口西北 240 英里处，距海岸线约 600 英里）。

新、旧河道距大海分别为 250 英里与 300 英里。决堤后，河水灌入一处极深的天然洼地。此间地势陡峭，水势更加湍急，复向河流倾斜。洪水流经洼地后，一路漫至旧堤决口处的上游地区和附近河段，将当地的河道进一步加深。洪水平息后，水位回落，一度低于决口下游地区及东面旧河床。囿于地势之差，河水显然不可能回归旧道。

---

① 陆地及海洋的古老的测量单位，等于 3.18 海里，通常取 3 海里（1 海里 = 1.852 千米，折合 6000 英尺），相当于 5.556 千米。在陆地上时，1 里格通常换算为 3 英里（1 英里 = 1609.344 米），即 4.827 千米。——译者注

决口处的河道较之前更为宽阔，河中沙洲密布。我们抵达决口之时正值上午，起了大雾，加之此间尘土飞扬，能见度较低，难以看清对岸情形。据当地民众所言，旧河堤被冲毁逾 16960尺①（约合 3.5 英里）。河水积聚，河道加深，十分有利于蒸汽船航行通行。这种船吃水不深，在美国西部的河流中随处可见。黄河的水情（包括水色、流速、沉积物含量等）与密苏里河上游河段相仿，但其河道更宽、水量更大，水质更加浑浊。

经本人实地勘测，十里铺、鱼山及烟台河段的水深分别为983 英尺、1656 英尺和 1092 英尺，加上开封府河段的勘量结果，测得平均水深为 1400 英尺，即 466 码。自龙门口外 6—8 英里处到开封府，纵长约 30 英里的地区沙丘密布，有的沙丘几乎与城墙顶部齐平，甚至高达 25—30 英尺。这一现象在三角洲平原地区实属罕见，原因不详。此处土壤含沙量高于别处，若以其筑堤，当不似其他河段的堤坝坚固。且据本人所考，上下游各处堤坝使用的土壤并无不同。

回顾此行在河堤上所见的种种乱象：监管缺失、预防不力；开路辟田、乱砍滥伐……再看龙门口及黄河改道前后各河段频发的决堤现象，其中原因不言自明。

在清政府的努力下，许多坚固的新堤已经落成，但黄河沿岸尚存许多残损不堪、位置不利的旧堤。若监管到位，并对沿岸堤坝全面加固、检修，再辅以现代科学技术（如实勘数据及相关理论知识的运用），河堤的防洪能力将大幅增强。

河堤如链，其坚固程度取决于最薄弱的一环。对于堤坝上的防洪隐患，应及时排查、补救，未雨绸缪远胜于亡羊补牢。但各种预防措施能否成功贯彻，"中国之殇"会否因管理者的麻痹大意、官员的无能贪腐而再度决堤，一切都是未知数。近来，工部

---

① 1 尺 = 0.3333 米。——译者注

和各司重臣对固堤、治河一事颇为重视。应礼部之谏，朝廷派遣一位将军考察黄河水情及沿岸堤坝的情况。此人曾主动请缨，率兵士疏浚北京护城河，因此事而闻名朝野。但他对这一任命十分抗拒，称自己不通河务，难以胜任。不管如何，清政府此举终归迈出了科学治黄的第一步，未来可期。

本人抵达黄河时正值旱季。经考察，埃利亚斯先生的水情报告及某些地图的标绘与现实有所出入：河水并未漫过平原，取道龙门口和鱼山，而是形成了一条新河道，岸高 5—10 英尺。除此之外，该河段水情与他处无异。

我未曾见过黄河泛滥时的情景，但坚信，黄河绝大多数河段都可通过架设桥梁、扩建铁路抵御洪水。此举不仅成本适中，且后续维修便捷。山东省某些地区有许多柱形巨石，可用于建桥取材、铺设路基，有防洪之效。

1887 年雨季，河南开封府及周边地区遭遇洪灾，致使黄河再次改道向南。清政府投入巨大的人力、物力，修复堤岸，终将河水引回旧道。

第十七章

开封府纪行——"独轮车之都"——市井——客栈——"暴民"——衙役——息事宁人——风波再起——官员——东明县①——齐鲁之行——济州河②——曲阜孔府——"至圣先师"——孔子后裔——大成殿——林荫道——孔林——孔子墓——走水——过化存"神"——岱宗如何——登顶——一览众山小——寺庙与神龛——济南府——长老会③——任重道远——技术优势——战争、商业与宗教——府城——又见黄河——通航要津——治洪无方——归程——旧堤——村落——庞家庄④——乡间佚事——春节——祭祖——年夜饭——沙暴——华北平原——人口密度——民情——跨河铁路——返京——总理衙门

我们作为多年来首批到访开封府的西人，备受当地民众瞩

---

① 山东省菏泽市辖县，位于山东省西南部、菏泽市西部，地处黄淮平原。——译者注
② 济宁古运河，俗称济州河、运粮河，是鲁运河的一部分。京杭大运河流经济宁约230公里。元明清三朝在此均设有最高司运机构河道总督衙门，济宁由此被称为"运河之都"。——译者注
③ 长老教会（Presbyterian church）是基督新教三大流派之一，又称长老宗、归正宗、加尔文派等，产生于16世纪的瑞士宗教改革运动，后流行于法国、荷兰、苏格兰及北美。——译者注
④ 山东省济南市莱芜区牛泉镇下辖村。——译者注

目。开封府为河南省省会所在，约有 50 万人口，占地广袤，城墙高耸，城门厚重坚实，其间雉堞林立，另建有扶壁、角楼和壕沟等古老的防御工事。此外还有一座 13 层高的塔楼①，塔身由褐色琉璃砖堆砌而成。远远望去，宏伟异常，是开封府的一座标志性建筑。

进城的道路上，往返于运河码头运煤的民工络绎不绝，人手一辆独轮车。这种车的造型十分奇特，每辆由单驴拉载，一人在车后控制方向：将一条绳带的两头固定在车把上，中间部分环于颈后，从腋下穿过，借助肩背力量维持车身的平衡，每辆车平均载煤量 300—400 磅（270—360 斤）。途中本人见到的独轮车数以千计，车辆前进时会发出十分刺耳的声响（类似高压蒸汽机的轰鸣）。

1886 年 1 月 8 日中午时分，我们抵达开封府城北，入城时被守卫拦住。随行的中国官员下马与之交涉，并出示了我们的护照，方得以顺利通行。

我们穿过人烟稀少的市郊和一条宽敞平坦的大街，一路声势浩大，热闹非凡：随行的中国官员与译员在前方开道，本人和尼科尔斯先生并行其后，谢思与两位马夫引着六驾马车走在队伍末尾。我们到访的消息不胫而走，沿途吸引了数百名市民围观，街头巷尾人头攒动。我们又行进了约 1 英里，眼见路旁有一家客栈，便预备留宿于此。店主见到看热闹的民众太多，怕起事端，便搪塞说店内客满，让我们另寻他处。与之几番交涉无果后，我们只得继续前行，第二家客栈也是如此。我们只得在院中暂驻，一面派人去寻找新的落脚处。围观的中国民众一直在旁边盯视我们，所幸未曾有任何逾矩行为。他们聚集在马车四周，默默地打量我们的衣着、用具，我们亦满心好奇地与之对望。

---

① 因此地曾为开宝寺，又称"开宝寺塔"，又因遍体通彻褐色琉璃砖，混似铁铸，从元代起民间称其为"铁塔"，铁塔以其卓绝的建筑艺术和宏伟秀丽的身姿而驰名中外，素有"天下第一塔"的美称。——译者注

约一盏茶的工夫，最先外出的马夫带来喜讯：李（译员）已找到了一家可以投宿的客栈，位于附近的一处方形十字街上。于是我们再次起行，赶到新住所后迅速关紧院门，摆脱尾随围观的民众。但为了让马车入内交卸行李，并将拉车的骡马放出去饮喂、休憩，不得已3次启门，街上的人群乘机涌入外院，随行的侍从人等数番拦阻而无果。不久，内院亦告"失守"。与此同时，我们派随从王福业携护照前往河南省巡抚衙门，参谒时任河南巡抚边宝泉[①]，拜问会晤事宜，并相机阐明我们访华的目的。

此前，我们在渡河时邂逅了一名当地的年轻衙役，从他那里得知，巡抚大人目下只是暂领其职，卸任之期已近，且贵体欠安，或许不便接见外宾。于是我们吩咐：若果如此，则转请巡抚大人遣员护送我们（河南至山东段），以保证在黄河流域的考察活动能够顺利开展，并调集官兵拱卫客栈，驱散围观的闲散人员。

王福业离开后，外院中围观的民众越来越多。他们前推后搡，不断冲撞内院大门，终于破门而入，与我们一行人等的客房仅余一墙之隔。彼时，我们的中国厨师"费格森"（Ferguson）正在准备晚餐，当地民众对他所使用的炭火和厨具感到新奇不已，纷纷驻足细观。随从趁此时机赶紧堵住厨房门，将他们挡在客房区外12英尺左右的地方；大约20分钟后，面积狭小（约11米长，3.6米宽）的内院已经被挤得水泄不通。其间，我们的译员、厨师、侍从和三位客栈伙计一直在竭力轰赶众人，同时尽量避免与其发生肢体冲突。围观者们不言不语，巴头探脑，慢慢地向前逼近，受到呵斥便稍稍后退几步，遂又围拢而来，如此往复。一名随从与我们商议，围观的当地民众此前从未见过西人，如此执

① 边宝泉（1831—1878），字润民，汉军镶红旗人。同治二年（1863年）进士，授编修。同治十一年（1872年），补浙江道监察御史。光绪三年（1877年），出为陕西督粮道，再迁布政使。光绪九年（1883年），擢陕西巡抚。光绪十二年（1886年），调河南巡抚，移疾归。光绪二十年（1894年），即家起闽浙总督。（《清史稿》）——译者注

拗无外乎出于好奇，倘若我们愿意露面，令其"一饱眼福"，他们或许会就此散去。大概1—2分钟后，我们打着手势，与随从合力驱散了大半人群。当尼科尔斯先生即将把最后数名围观者彻底赶出外院时，适逢王福业从巡抚衙门归来，我们便一齐折回客房，听他汇报情况。侍从们也随即散去，围观的民众再次涌入客栈。

据王所述，巡抚大人对他礼遇有加，并表示我们若无要事，则无须登门拜谒。此外，他身染眼疾，不便相晤，我们的一应诉求皆由其指定的下属官员代为承理，并派遣卫兵保我们的安全。正说话间，巡抚衙门的官员代表已经抵达客栈。他头冠顶戴花翎，身着官服（丝绸及动物的毛皮所制），轿夫和侍从人等随侍左右，高擎黄伞，手持旗枪，专程至客栈呈送巡抚大人的回帖，礼毕，便仓促离去。围观的人群伺机再度冲进内院。我们只得再次组织人手，对其加以驱逐。垂成之际，另一位官员突然造访，其仪仗、声势更胜前者。为周全礼数，我们立即返回客栈中，隆重地接待了他。一进门，双方便互致作揖礼。宾主落座后，进行了短暂的交谈。原来这位官员是奉巡抚之命，对我们加以关照。他精明强干，了解情况后，当即便为当地民众的无礼行为向我们致歉，并表示会将我们一行造访此地的友好意图公之于众，此外还暗示我们休整完毕后尽快启程，临走前留下一名亲随协助我们驱逐围观者，并许诺即刻便派遣护卫维持秩序。这位侍卫竭力守住内门，无奈独木难支，不久便开始绝望地抱臂旁观。我们的仆从寡不敌众，一路退守至客房门前。临近傍晚5点30分，仍未有护卫到来。

有好事者甚至爬到客房窗前，将窗纸戳破，窥探房内，忍无可忍的我们再次冲出客房，与随从人等合力驱赶人群，连推带搡将围观者通通逐出了内院。双方最为胶着之际，七八名侍卫猝然涌进庭中。他们对这些闯入者的态度温和，未使用安防器械（如美式警棍）。片刻之后，院中的民众终于散尽，大门也落了锁，但仍然有不少人蠢蠢欲动地在门前徘徊。在这场"拉锯战"中，鞋帽丢落无数，还有不少孩童被撞翻在地，屡遭人群踩踏，哭闹、喧哗声不绝于耳。但没有人因此生气，聚众也非别有用心，只是想要满足强烈的好奇心罢了。

围观的人群形形色色，其中不乏衣着光鲜、样貌伶俐者。最后一位被驱逐之人一副富商打扮，身着簇新的丝制长衫和黑缎瓜皮帽。侍卫长勒令其匍地从门扇底部的空隙钻出去，他勉为其难地照做了，引得围观者一片哄笑。

傍晚 6 点左右，门外的人潮逐渐散尽，客栈终于恢复了宁静。巡抚衙门派来的那名侍卫长很快与我们的随从熟络起来。他向我们保证，此类骚扰事件绝不会再次发生。是日晚些时候，我们一行收到了时任开封府知府石庚①的慰问帖。晚餐时分，侍卫依例对我们的随行物品进行了查验。随后，两名差役将几张封条（尺寸与半张报纸相仿）贴在了客栈的大门，禁止闲杂人等入内。他们衣冠整肃、态度恭谨，但与其他围观的民众一样，对我们充满好奇，在客栈中迁延许久。最后，我们将晚餐吃剩的西式方糖赠予二人，方才离去。不愿再多生事端的我们次日黎明时分便在侍卫长的护送下重新启行。

离开开封府后，我们一路向东，行至龙门口（1853 年黄河改道之处），在当地稍作停留，进行了一番勘测，后沿河道朝东北方向行进，抵达了位于直隶省以南的东明县②。去年夏天，此地洪流泛滥，河堤决口，受灾十分严重。

在当地考察其间，测量古河道的河口高程的我险些被河底的淤泥吞没。还有一次，我失足踏破河沿的冰层，跌落河道中，凭借经

---

① 石庚（1845—?），字丽斋，号负庐老人，浙江会稽人，清光绪年间被朝城县令秦应逵选聘为幕僚，主刑名。光绪五年（1879 年）中北闱举人，分发河南即用知县，有能吏之名，升开封府尹，民国元年（1912 年）任河南彰卫怀道尹。——译者注

② 自金、元、明、清至民国属直隶省（河北省），1949 年新中国成立后先归平原省，后属河南省再后归属山东省。——译者注

验，独力爬上河岸。整个过程与本人同行的其他人都未曾察觉。

而今，东明县的新河堤（位于原决口处）业已竣成，较之前更为坚固。坝上铺有成捆的黍秸，用绳子缚于横木（底端嵌入堤身）上，根部朝外。距河边1英里之处另建有一座备用堤。此道堤坝制工规范，截面平滑，四围的路岔排布有致，为本人此行仅见。

我们随后折向东方，朝山东省西部地区的大运河段行进。沿途道路规整、客栈整肃，但乡野间仍旧是一派苍凉萧飒的气象——处处泥墙瓦舍、阡陌纵横，田野间茔墓错峙、杉柏环生。远方的地平线上群山隐现、状若孤岛。

我们继续在田野间跋涉，远远望见正南方向又有数座峰峦拔地而起。不久，我们折向西行，彼时大运河已经遥遥在望。沿途经过的第一座山丘高约200—300英尺（约60—90米），山上草木萧疏，布满嶙峋的石灰岩。此山以西有一座村落，其间房屋均为石砌，城墙坍朽、满目疮痍。

城墙从山腰一直延伸至山顶。虽然这些古建筑破败不堪，但仍可辨出旧日的繁华气象。此间景色旖旎，不似沿途经过的平原地带了无生气，我们特地打开携带的照相机存影留念。再往前走，河岸开始向西南方向延伸，又一座山峰映入眼帘。它与先前那座相邻，山上同样残存着古老村落及城墙遗迹（其间似乎还有一片美丽的湖泊）。

我们循着路左的山麓继续行进，迂行绕过河岸。一路上，天朗气清、山明水秀。复行两三小时后，河岸已经彻底消失在视野中，但见岑岭林立、重峦兀起。我们在群山间跋涉，于下午2点钟行至大运河畔，复两小时抵达济宁州①（人口约15万）。

济宁州依大运河而建，曾为省内重要的商业枢纽，但随着运河航运的衰落，此间的商贸活动渐趋萧条，及至今日，已是百业

---

① 山东省古地名，现为山东省济宁市境内。——译者注

凋敝。津沪电报干线①的第二处中途站即设于此地（距天津电报总局约 240 英里）。是日，我们在城中留宿，向津、沪地区的友人致电报平安，并探询我们离开后的时事动向。次日，我们行经兖州②，再一日后，前往曲阜县——"至圣先师"孔子及其后裔的故里。抵达曲阜后，即择定城中最好的客栈下榻，预备在此地多逗留几日。

曲阜是山东省县级行政区，位于华北平原东部的边缘地带，群山环绕。城内建有衍圣公府③、孔庙及孔林。县城内与孔子相关的各类遗迹、文物皆被中国民众奉为圣物，倍加尊崇。

甫入县城，本人即派王福业持随行人等的护照，赴县衙拜谒时任曲阜县令，商榷会晤事宜。知县大人对我们的信使礼遇有加，嘱言自己行将下乡公干，至晚方归，回府后再与我们接洽。

傍晚时分，县衙遣差役将知县大人的拜帖送至我们下榻的客栈，相约次日择时会晤，彼时还将安排我们一行参观孔庙，并与第七十六代衍圣公（即孔子的第七十六代嫡孙）孔令贻④会面。孔子的诞辰比耶稣还要早 551 年，曲阜孔氏堪称世界上（有史料可循的）最为古老而神秘的宗族之一。次日，知县大人提前派骁从至客栈为我们引路，我们按原定计划于上午 10 点钟准时抵达县衙，时任曲阜知县对我们礼待甚隆。他（秩正六品）年近半百，与李鸿章总督相交甚笃，身着玄色绸制官服与皮制袍褂，态度慈蔼，与我们互致作揖礼后，短暂寒暄，垂询了我们的年齿，随后

---

① 1877 年 6 月 15 日，清政府在天津机器局到直隶总督衙署之间铺设了一条电报线路，总长约 8 公里，是有记录可查的中国第一条自主建设的电报线路。——译者注

② 古九州之一，大体位于古黄河和济水之间（今山东省西部、河南省东北部、河北省东南部）。——译者注

③ 位于中国山东省济宁市曲阜市，曲阜城内、孔庙东侧。孔子的世袭衍圣公的后代居住的府第。洪武十年（1377 年）始建，弘治十六年（1503 年）重修，占地 240 亩。——译者注

④ 孔令贻（1872—1919），字谷孙，号燕庭，孔子第七十六代嫡孙，光绪三年（1877年）袭爵嗣封，诰授光禄大夫。——译者注

着人将我们的名帖呈送至衍圣公府，约请会见。

送拜帖的差役离开后，知县告诉我们，现任"衍圣公"孔令贻年方十四，正师承其叔父潜心治学，或许无暇接见外宾。等候回音的半个时辰，我们与知县大人就当地运河段的水文、治理与社情民生等相关问题交换了意见。据了解，济宁府近畿的住户皆以务农为生，不事蚕桑，当地的主要农作物为小麦和棉花。

不久，先前那名差役回县衙复命说，孔氏族长以衍圣公年齿尚幼为由，拒绝了我们的约见，但表示愿意派族人引我们参观孔庙与孔林。我们遂向知县辞行，他派遣两名下属官员和一队差役护送我们，一路骑马行至县城西北角。此间高墙环立，与县城中的其他地方相隔，墙内便是孔庙所在。庙内辟有宅邸、书院、古井及林荫道等。我们由正门步入院中，沿着一条种满古柏、冷杉和紫杉的林荫路行至前上房①，在此等候衍圣公的族人代表。一名家仆引我们入座后，奉上茶点，即行离去。等候其间，进院凑热闹的当地民众纷纷挤至房前，扒门缝、戳窗纸，争睹我们的"真容"。一位年纪稍长的男孩手里拿着树枝，逗弄前面小男孩的耳朵，这符合所有男孩玩乐的天性。小家伙似乎已习以为常，即使感到不耐烦，也未曾生气。

逾半个时辰后，府内的侍从传话称，接待我们的宗族代表已至，拟于孔庙正殿②相晤。我们沿着房屋和影壁之间的小径迂行约百米后，来到一处宏伟的庙宇。一位官员正在廊前迎候。他身着官服，顶饰宝珠（蓝色）③，冠缀花翎，仪止雍容。我们后来才得

---

① 孔家私宅的会客厅，为衍圣公用来接待贵宾近支族人的内客厅，也是举行家宴和婚丧仪式的主要场所。——译者注

② 曲阜孔庙的正殿，也是孔庙的核心，唐代时称文宣王殿，共有五间。宋天禧五年（1021年）大修时，移今址并扩为七间。宋崇宁三年（1104年）徽宗赵佶取《孟子》："孔子之谓集大成"语义，下诏更名为"大成殿"，清雍正二年（1724年）重建。——译者注

③ 清朝四品官员的顶珠原料，采用的是深蓝色青金石。——译者注

知，他是现任衍圣公的远房亲属，孔庙、孔林及孔府的"大管家"。见礼后，他请我们落座看茶。寒暄中，他告诉本人不必拘束，可在孔庙中随意拍照，并陪同我们漫步至大成殿前。彼处有一尊孔子坐像，高约 45 英尺，用精美的黄缎和锦帐遮覆。神龛前立一灵牌，题曰"至圣先师孔子之位"。旁边设有两座神台，上陈珐琅五供①、铜鼎、香炉等祭器，年代十分久远（其中有些甚至可以追溯至公元前 1100—2300 年）。就其外观而言，皆保存较为完好。

殿中设有"四配十二哲"②的塑像群，环堵而立，分列于殿堂两端，一座座簇新而鲜活，不似我先前在其他庙宇中所见的塑像那般古旧、黯淡。大成殿长约 160 英尺（48 米），宽 88 英尺（26 米），高 78 英尺（24 米），四壁为玄色大理石所砌，绘以绚烂的鎏金图彩。

房顶以高大的木制檐柱支撑，顶棚上镌刻精美的木雕图案，正中央绘有口衔宝珠的盘龙，直径约 2 英寸许，相传为古时御赐之物的仿制品。

大成殿中窗明几净，缮理得宜，不似我在中国其他地区所见的古庙脏乱坍圮。儒家学说对中国历代王朝的士人阶层乃至整个中华文明体系都影响深远，但普通民众对其却知之甚浅。

殿外伫立着十三座碑亭③，其布局与明长陵④相仿。一条宽约

---

① 清雍正七年（1729 年）世宗胤禛赐给孔庙的器物，在祭祀孔子时使用。五件供器中，有两盏烛台，两个花瓶及一座鼎。——译者注

② "四配"是复圣颜回、宗圣曾参、述圣孔伋、亚圣孟轲。"十哲"根据《论语·从我於陈蔡间》一章中的弟子名而名，计为：德行——颜渊、闵子骞、冉伯牛、仲弓；言语——宰我、子贡；政事——冉有、季路；文学——子游、子夏。后补上子张、有若和朱熹，由"十哲"改为"十二哲"。——译者注

③ 十三碑亭位于孔庙第六进院落的东西两门之间，奎文阁后，专为保存封建皇帝御制石碑而建，习称"御碑亭"，道南八座，道北五座，参差错落，两行排列。十三碑亭均为木构，呈正方形，重檐八角，彩绘斗拱。亭中矗立着唐、宋、元、明、清各个朝代的各类御碑共 55 方。——译者注

④ 明十三陵之首，明成祖朱棣和皇后徐氏的合葬墓，位于北京市昌平区天寿山主峰南麓，建于永乐七年（1409 年）。陵宫建筑占地约 12 万平方米。——译者注

12—15 英尺的游廊环亘其间，前排的石碑上镌有盘龙图案，龙首在下，龙尾居上；亭中共筑有 54 座巨型石碑（高 25 英尺，直径 3 英尺），为本人此番赴华之仅见。

经十三碑亭继续向庙中深入，是一座宏伟的阁楼（奎文阁①）。周围砌有大理石围栅，以黄绿琉璃瓦覆顶。楼体外墙为木质结构，饰有精美的彩绘与浮雕。主楼两侧的次亭错落有致，其间供奉着先朝历代帝王为纪念孔子及其弟子等儒门翘楚所敕立的碑刻、神龛。

我们在主楼前摄影留念，因阁中过于昏暗，难以窥知内景。

离奎文阁不远处，辟有一座砖砌古井。看上去方翻新不久，四周石栏环护，颇为肃然。由此继续前行（经承圣门步入诗礼堂），一棵颓朽的古树（唐槐）赫然映入眼帘，树身以支架撑持，相传孔子生前经常在此树下乘凉休憩；随后，我们经大成门继续前行，此处有一截古柏的残桩（先师手植桧②）。据说其树龄之久远，可追溯至孔子在世时。我们在此间取景存照，是时恰有一位族中的男童坐在树下观书，也一并入镜。

孔庙中草木葳蕤，杉柏遍植，楼阁台榭星罗棋布，令人目不暇接。现任衍圣公的私邸与孔庙仅一墙之隔。

据带领我们参观的孔氏官员所言，我们此行游访的最后一座木制建筑是孔子传道授业之所在（杏坛③）。入内后，我们援两层陡峭的楼梯逐层瞻赏。孔庙中的建筑皆焕然一新，似乎方整修不久。但其间积垢漫漶，鸟雀遁栖，若疏于养护，此番气象

---

① 始名藏书楼，孔庙三大主体建筑之一。始建于宋天禧二年（1018 年）。古代奎星为二十八星宿之一，主文章，古人把孔子比作天上奎星，故以此为名之。奎文阁为历代帝王赐书、墨迹收藏之处，它独特的建筑结构，又是中国古代著名楼阁之一。——译者注

② 位于大成门内东侧石栏围护的桧树，树东石碑是明万历年间杨光训手书。古桧挺拔高耸，树冠如盖。据记载，古桧原为孔子亲手所植。今存桧树为清雍正十年（1732 年）于古树桩下复生的新枝长成。——译者注

③ 纪念孔子讲学而建，孔子第四十五代孙孔道辅监修孔庙时，将正殿后移，除地为坛，环植以杏，名曰"杏坛"。——译者注

固难长久。

览完毕孔庙后，这位孔氏官员与我们奉茶话别，他邀请我们于次日晨间辰时六刻许赴孔林游赏，并派遣专门车马相接。孔林位于曲阜城北，据城区约 1.5 英里之遥。是日下午，知县大人至我们的宿处回访，以几磅上等茶叶及数座石碑的拓片相馈，恪尽地主之谊。我们亦聊备薄礼相酬（一瓶柑桂酒、一盒方糖及一枚美国金币）。

次日清晨，我们一行人夙兴整装，准备前往孔林。眼见约定的时辰将近，忽有曲阜县衙的差役报信：因孔府不慎走水，昨日接待我们的族中官员或难以成行。闻此噩耗，我们立即派人致函孔府，谆言关切，然后骑马出城，奔赴孔林的所在地。沿途的道路两旁杉柏林立，枝桠蔓生，在凛冽的北风中左右欹斜。路边积年的断枝残茎无人修剪，一派萧索颓靡之象。长此以往，数年之内，这条林荫道便会彻底沦为废墟。

我们穿过一扇宏伟的大理石牌坊①，沿神道步入孔林的正门（至圣林门）。门两侧砖墙高耸，与外界相隔绝，由一条甬道与墓园的大门（二林门）相连，二林门前矗立着几座亭台②（驻跸亭），陵群四周墙垣环护。孔林是孔子及其后裔的家族墓地，总面积约 40—50 英亩，其间林叶扶疏，落木满地。

孔子墓独据一庭，入口处建有一座石亭（享殿），孔氏族人每年至此间行两次祭祖礼。墓园四围筑有低仄的土墙，神道横贯其间，直通墓前。孔子墓是一座约 20 英尺高的土堆，周围灌木丛生，还有一棵高大的橡树，我们从树上摘取了重约一品脱③左右的橡子，准备离华时带回美国栽种。墓前铸有一座与坟顶齐高的

---

① "至圣林坊"，原名"宣圣林"坊，建于明永乐二十二年（1424 年），明、清两代曾多次重修。——译者注

② 在楷亭北、孔子墓道东侧德高台上，南北整齐排列着三座古亭，这是纪念历朝帝王驾临孔林祭祀孔子的建筑，称为"驻跸亭"。——译者注

③ 在美制单位中，一品脱可能是约为 473 克，也可能约为 551 克。——译者注

石碑，另设有供案、石鼎等祭器。孔墓两侧分别为其子孔鲤及其孙孔伋之墓。

孔墓以西有一座小石亭（楷亭①），为纪念其得意门生子贡而建，相传子贡曾在此处为先师悼丧六年。

孔林中的景致平淡无奇，衰草连天，坟茔棋布。墓园以南辟有一道沟渠（洙水河②），除雨季外，常年干涸，一座石桥（洙水桥）横跨其上，造型十分古雅。

我们整个上午都在孔林的陵墓群、各式亭台牌坊、洙水桥以及甬道两侧的石像生之间迂回穿行，取景留念。（孔林墓门后的）甬道两侧依次排列着一对望柱③、两组石兽（文豹④与角端⑤）及一对文武瓮仲⑥，用以为墓主人镇魂守陵。

游览其间，我们的随从王福业在行至孔子及其弟子等数位儒门先驱的陵寝前时，会细观览石碑上铭文后，伏身顿首、低声祷诵，行止虔诚，令人动容。

回到客栈后，我们立即派王福业赴孔府探访灾情，据他回禀，大火烧毁了四座主屋，其间的一应物什也尽数损毁，其中不乏价值连城的祖传文物。孔令贻的父亲（即前任衍圣公孔

---

① 亭内石碑上刻着一棵古老的楷树，摹自其南侧的"子贡手植楷"。子贡将南方稀有珍木楷树移植于孔子的墓旁，用以寄托自己对老师的一片真情。——译者注

② 曲阜洙水自城北孔林之东，西南流入沂水（今小沂河），与古洙水无涉。洙水是周代为排洪护城而兴修的人工小河。但它流经孔子墓前，传与圣脉攸关，故称誉它是"灵源无穷，宜与天地共长久"的圣水，并将其与泗水并称"洙泗"，作为孔子思想发祥地的代称。——译者注

③ 中国古代建筑和桥梁栏板和拦板之间的短柱。望柱有木造和石造。望柱分柱身和柱头两部分；柱身的截面，在宋代多为八角形，清望柱的柱身，截面多为四方形。——译者注

④ 中国神话传说中的神兽，性温顺善良，是最佳守墓者。相传其腋下喷火，能辨是非善恶。——译者注

⑤ 中国神话传说中的神兽，与麒麟相似，头上一角，能够日行一万八千里，通四方语言，而且只陪伴明君，专为英明帝王传书护驾。——译者注

⑥ 翁仲一文一武，相对而立，文者手捧笏板，武者手按宝剑。其实翁仲本为秦始皇手下一员武将。本姓阮，名翁仲。出征匈奴时作战英勇，死后铸像立于咸阳宫外。此后，就通称墓前石人雕像为翁仲，后人多在墓前立文武翁仲一对。——译者注

祥珂①）谢世前曾叮嘱妻儿，除孔府家仆外，禁止任何外人在府内留宿，以保护此间的古物、家私。但孔令贻的母亲违背了他的遗训，允准外家亲属宿于府中，后至孔宅异兆频生（如家禽夜啼）。

灾后，孔令贻的舅母②（这场变故的肇事者）因惊吓过度而精神失常，跌进了井里（不知是失足还是轻生），众人费尽周折将其救起。联想到此前的种种征兆，当地民众纷传孔府这场火灾真正的起因是前任衍圣公的亡灵为惩罚荆妻违背遗训所致。镇民有此推测于我们或许有利，否则怕是要怪罪我们几个外国人去参观孔庙和孔林，惹怒了孔圣人。

在此停留其间，民众对我们好奇心极盛，但总体而言相安无事。此地百姓文明有礼，虽为孔子后裔，其言行举止、穿着打扮和居住环境亦与他人一同。

衍圣公府的家仆皆为临时招揽，平日里他们与中国民众相仿，或事农桑，或以辘车输运货物，勉强维持生计。

此番游访结束后，我们一行人于是日下午向北出发，前往坐落于 60 英里开外泰安府③的泰山。沿途以平原地形为主，道路两旁景致迥然，一侧群山棋布，另一侧孤峰迭出。

途中所行经的大汶河水面澄阔，径流湍急，与本人在华北平原所见之河流截然相异。渡河后，复行约 10 英里，是一处山坳，其间黄土遍布（中国北境山区特有的一种粘质土壤，外观呈黄色，据李希霍芬男爵所考，或为源自中亚干旱地区的沙尘沉积而成）。

行至此路段时，天色已晚。我们人困马乏，举步维艰，几番

---

① 孔祥珂（1848—1876），字则君，号觐堂。孔子七十五代嫡孙，山东曲阜人。——译者注

② 清光绪十一年（1885 年），孔府遭遇"回禄灾"，回禄是传说中的火神，回禄灾就是火灾。据 1949 年以前曾在孔府工作过的孔繁银回忆，这起火灾的起因是住在后西楼上的衍圣公孔令贻的舅母晚上不慎将蚊帐点着导致。——译者注

③ 今山东省泰安市古称，位于山东省中部。泰安因泰山而得名，寓国泰民安之意。泰安府与济南府、曹州府、兖州府、青州府、沂州府相邻。——译者注

失足跌坠。所幸黄土较为松软，坠马后只受了些擦伤。

是日晚间 8 点左右，我们终于抵达了位于泰山脚下的泰安城，投宿在一家名为"连胜天"的驿馆。驿馆中分为外庭和内院，打扫得一尘不染，客房内装潢井然，配有玻璃窗及窗帘（中国绝大多数客栈都采用旧式纸窗）。我们在房中燃起炭火，将随身携带的一些栗子烤熟充饥，准备等随行的车马抵达后再次开饭。由于沿途路况崎岖，夜间尤为难行，我们的马车于 1 个多时辰后方抵达驿馆。大家饥乏交切，用过晚餐后，便酣然入梦。

待一切安置妥当后，我们一行于次日（1 月 22 日）清晨再次启程，乘山轿①向泰山山顶进发。这是一种由车架（类似于手推车）和靠背椅构成的"步辇"式交通工具，由两名挑夫并肩抬行，在陡峭的山路间往来自如。由于椅背与车身的手柄处呈水平状，乘客只能侧身而坐，初时会感到局促，缺乏安全感，下山时尤为如此。挑夫们通过固定于手柄上的肩带，独力支撑车身的重量前行。他们身手敏捷，步伐稳健。乘坐者在适应之后，不啻一场新奇而刺激的体验。

泰山，素有"天下第一山"之美誉。它发端于广袤的（华北）平原地区，呈东西走向，为山东半岛域内最高峰，同时亦是一处历史名胜和宗教圣地，自古便被中华民族视为灵境神址，相关的古籍记载最早可追溯至公元前 2200 年。每年都有成千累万的信众祀神礼拜（其中尤以求文运、官运者居多）。山间数十座古刹、寺院星罗棋布，堪称举国闻名的祈福胜地。

我们所经的山路较为平直，坡度随地势的抬升而渐次递增，路面为花岗岩及斑岩原石铺就。宽逾一臂的缓坡与台阶交错排布，道路两旁筑有约 18—20 英寸高的石栏。

山路两旁草木葳蕤，以枞树、柏数和杉树为主，在海拔较高

---

① 古人走山路时乘坐的一种器具，一般为竹制，由人力肩扛，至今国内的一些风景名胜区，还能见到以此活计谋生的挑夫。——译者注

的山腹地带亦零星分布着一些松树。此间的植被多为新近栽培，登山道及寺庙等建筑物的造式、风格亦颇为现代化。

随着高度的攀升，前方台阶和坡道愈加陡峭难行。这条山路宽约 12—15 英尺，依悬崖峭壁而建，在峡谷间辗转迂行，沿途景致雄奇，风光无限，各式碑碣石刻①鳞次栉比，寺观、神龛、牌楼等古迹层出迭现。其间向山下俯瞰，广袤的齐鲁平原景致疏阔，令攀登者心旷神怡，倦意立消。朝圣者若不堪登高之累，便可一览峥嵘群山，重新抖擞精神，也不枉这一趟山高路险。

从泰安主城区至泰山山巅，两地之间的直线距离不过 3—4 英里左右，但我们一行历经 4 小时方成功登顶。但见一座石亭（南天门②）孤立其间，砖石铺就的台阶穿亭而过，通向一道拱门，门后建有一座寺庙（碧霞祠③）。根据气压表的测量数据显示，彼处的海拔高度约为 4600 英尺。

一条山道自祠堂援悬崖边缘扶摇而上，直通岱顶，沿途山壁间亦辟有诸多庙宇、神龛。

玉皇顶是泰山的主峰之巅，海拔约 5100 英尺。峰顶建有石亭、石碑④各一座，相传为乾隆年间敕造。在此俯瞰尘寰，但见山岭间千岩竞秀，远处一望无垠的齐鲁平原上，黄河碧波浩渺，美不胜收。

---

① 历代帝王到泰山祭天告地，儒道佛传教授经，文化名士登攀览胜，留下了琳琅满目的碑碣、摩崖、楹联石刻。泰山石刻现存 1800 余处，其中碑碣 800 余通，摩崖石刻 1000 余处，主要分布在岱庙、登山盘路两侧、岱顶、后石坞、王母池、普照寺、三阳观、玉泉寺等地。——译者注

② 山东泰安市泰山上十八盘之尽处，旧称三天门、天门关，海拔 1460 米，山于此为最危耸。——译者注

③ 位于泰山极顶之南，天街东首，北依大观峰（即唐摩崖），东靠驻跸亭，西连振衣岗，南临宝藏岭。初建于北宋年间。碧霞祠是道教著名女神碧霞元君的祖庭，为泰山最大的高山古建筑群。中国民间传说的碧霞元君神通广大，能保佑农耕、经商、旅行、婚姻，能疗病救人，尤其能使妇女生子，儿童无恙。——译者注

④ 古代帝王的封禅之地，乾隆三十五年（1770 年）在玉皇殿的西侧立了一块石碑，上面镌刻着四个大字"古登封台"来纪念古时的封禅。——译者注

不远处的另一座山峰（日观峰①）与玉皇顶同属泰山山系，其海拔较玉皇顶略低 20 英尺，山顶建有一座高大的古刹，虽已多处倾颓，但依旧蔚为壮观。

我们一行在岱顶逗留了约 3 个小时，在寺观间逶巡瞻览，取景留念，拍摄了不少照片，包括一篇碑文石刻，以及王福业、译员李氏等随员在"老母庙"②上香的场景。庙中的香客多为女眷，来此地（向碧霞元君）祈福求子。庙内矗立着两座宏伟的铜碑，高约 14 英尺，据说是乾隆皇帝所立。③

中国古代数位帝王将相都曾赴泰山举行封禅大典，祭拜天地（孔子本人亦曾登临其间）；然石阶光亮如新，足以说明并无千万信徒，前来参观的多是文人豪贵，而非广大普通百姓。

我们的随从在老母庙所行的祭礼与在开封府祀奉河神的仪程大同小异。他们在神像前燃香焚币（金银纸钱），顿首膜拜。在此其间，一位身着玄色道袍的住持立于近旁，不停地用铜磬敲打木鱼，以期引起"神的回应"。

为节省体力和时间，我们下山时亦搭乘特制的山轿，全程耗时约 2 小时 15 分钟之久。

次日清晨，我们赴泰安城北游访了另一座著名的寺庙（岱庙④），这座古刹占地面积较为广阔，但年久失修，破败不堪。在泰安的行程结束后，沿大汶河谷折返至运河畔，随即前往东平⑤。从彼

---

① 位于玉皇顶东南，古称介丘岩，因观日出而闻名。观日长廊全长 30 米，亭廊衔接，似仙阁矗立，鲜艳夺目。拱北石又名观海石，为泰山日出的至佳取景地。——译者注

② 碧霞祠的别名。——译者注

③ 两碑位于岱顶碧霞祠中，分列香亭前之东、西。东碑为万历四十三年（1615 年）立《敕建泰山天仙金阙碑记》，西碑为天启五年（1625 年）《敕建泰山灵佑宫记》。两碑皆通高 3.72 米，宽 1 米，厚 0.395 米，用红铜冶铸。——译者注

④ 位于山东省泰安市区北，泰山的南麓，俗称"东岳庙"。泰山最大、最完整的古建筑群，为道教神府，是历代帝王举行封禅大典和祭祀泰山神之处。——译者注

⑤ 隶属于山东省泰安市，位于鲁西南，西临黄河，东望泰山，境内黄河、大运河、大汶河三河交汇。——译者注

处经安山①和东岭村，绕过运河，抵达十里铺村，然后沿黄河在黄土高原的山麓间行进，前往济南府，途径平阴县等数座省内重镇。

济南府地处华北平原边陲，枕山臂江，地下水资源富集，城中温泉广布，水质纯净，为当地约 40 万民众提供了充足的饮用水。这些流泉、暗河在城外汇流成川，绵延数英里后，注入黄河。

目前，李佳白先生②亟须缝纫机、带锯③、照明及通信设备、小型蒸汽机、木工车床、铁工机床、放映机等先进设备，以及一名助手（史蒂文斯科技学院、波士顿理工学院的毕业生或为良选），以教授民众相关器材的使用方法和运行原理，并开展土地测量学、矿物学、地质学和植物学等方面的研究，助力中国现代化进程的推进。

依我所见，若想使中国民众"睁眼看世界"，真正认识到自己与其他国家的差距，无外乎通过以下三种手段：第一，战争和外交。此种手段的时间成本较低，收效却十分显著；第二，外贸往来。目前在中国沿海地区已经取得了长足的发展；第三，宗教输出。然而鉴于中国民众的生活习惯及思维模式与基督教世界迥然相异，此法收效甚缓。

我们一行由济南府继续北上，二渡济河（亦称大清河，为古济水之余绪），其间曾筑有一座石桥，后黄河改道，夺大清河河道向南入海，将其冲毁。如今，原址处仅余一座半湮于尘土中的石牌。

彼时，济河已进入结冰期，但渡口仍在运营。我们搭乘两艘宽敞的帆船顺利航渡。

---

① 安民山，在今山东东平县西南44里。——译者注
② 李佳白（Gilbert Reid，1857—1927），美国在华传教士，尚贤堂及其报刊创办人。——译者注
③ 以环状无端锯条围绕两个锯轮，在同一方向作连续回转运动以进行锯切的锯木机械。——译者注

经勘测，河岸前滩与水面的高度差为 9.5 英尺，我们途经的首座堤坝高度差为 19 英尺，第二道堤坝与之相距约 2 英里左右，就外观而言更为牢固，保存得也较为完好（此地去年曾爆发过洪灾，积水深逾 4 英尺，当地乡民及下游两岸的村落受灾严重）。

此地的济水河段，其河道宽度为 1000—1250 英尺，据船夫估算，除却河口的浅滩地带，济水的平均深度一直保持在 12 英尺以上。任何大型船舶（包括西式货轮）皆可通航无阻，最远可至鱼山。若对现有河道加以改造，通航距离或可进一步延伸，远及位于山西省西南部的黄河大转弯处。但目今而言，济水流域仅限旧式的小型帆船通航，自济南府至入海口之间的河段，两岸城郭寥落，满目萧索。

此处距天津近 240 英里，途中共历时六天半。沿途有众多河流干涸后所形成的洼地，只有在雨季才会形成径流。我们在济河以北约 50 英里处穿过黄河故道（大约 900 年前黄河曾改道至此[①]）。据勘测，这条古河道宽约 1000 英尺，径流量较小，与黄河相接，汛期来临时可为其分洪排涝。黄河改道之初，人们在此间修筑的防洪坝高约 22 英尺（较而今的新堤高出一倍左右），坝顶宽 50—60 英尺，底宽 390 英尺。根据本人所携水准仪的勘测数据，彼处水面与地表的高度差约为 10 英尺，由此可知河道中并无淤塞。千载之前古人筑堤时，特意选址于近岸地带，以便竣成后对其开展增高、加固等各项养护事宜。

近来朝中有官员谏请在古河道上开凿运河，并为各河段修建水闸，以此调解黄河的径流量，分洪排涝。据《京报》所载，这项工程已经获得了工部的批准。

从黄河流经此间的河段以北几英里处，及至坐落于大运河畔的德州城，这一地区与山东省西部、运河沿线的其他地区相比，

---

① 北宋庆历八年（1048 年），黄河在澶州商胡埽（今濮阳东）决口，河道重新回到天津附近入海，史书上称为"北流"。——译者注

极少受洪涝灾害的影响，故而其间的气候较为干燥，耕田更加肥沃，村镇也更为繁荣。原因在于，此地距河流较远，即便洪水将堤坝冲毁，待其漫溢至此时，水量已大为缩减，破坏力也随之降低。

在济南府庞家庄，美国传教团的工作大有起色。他们在此搭建了一所医院和附属学校，热心地为当地人提供医疗帮助，而且分文不取，赢得了淳朴百姓的青睐。

本人好奇使团为何会选择这样一个偏僻无名的小乡村。其前因大致如是：早年曾有一位传教士来此与村民成为好友，这位村民是当地的村长，对传教士的工作十分热忱，帮助传教士定居于此。后来，其他传教士相继而至，在这里搭建了学校和医院。村长却渐渐有了异心，将教会视为自己的私产。他的势力逐渐扩大，仗着自己的身份要求教会事事以他为先。人的秉性便是如此，利益总是助长贪婪，据说此人甚至一度敲诈勒索传教士。一回，教会需雇人运送砖沙（可能还有其他工作），由于旁人出价更低，村长未得到这份工作。但他却狂妄地认为，不论别人出价多少，运送砖沙的工作应当属于自己，村民也都站在他这一边。教会遭到村民强烈抵制，后向地方官员申诉。最终，这位村长锒铛入狱。不过，村民们不解村长为何得不到本应该属于他的生意。事情愈演愈烈，直到教会向美国驻天津领事馆提出申诉，终由总督李鸿章表态支持传教士的做法。但麻烦远未结束。在村长获释回家当晚，传教士的马厩起了火，尽管没有确凿的证据指认村长所为，被嫌疑的村长却再次入狱。此事骇人听闻，我最近听说此案发展，是教会坚持驱逐此人，似乎唯此才能平息事态。双方都变得不近人情，甚至不可理喻。教会的反应过于强烈，而村长作为教会的一员也有违其精神。

我们一行从德州出发，继续北上，沿途景致与当初南下时大同小异。我们在日间沿官道行进，一度在开阔的原野上迷失方向。雨季时节，此间的道路泥泞难行，标界十分模糊（旱季时也极难分辨）。

我们北上途中，适逢中国最重要的传统节日——农历新年（2月4日）。是日，民众们盛装出行，街上百业皆息，家中男性清晨时分便前往祖茔，祀拜先人。他们在坟前焚币燃香，献奉祭品，伏身顿首，后放爆竹，辟邪驱晦，整个仪程仅持续数分钟。

春节当天，我们早早便寻客栈歇宿。下榻后，为随从们安排了一顿丰馔，配以中式烧酒（白酒）。用罢晚餐，他们招徕一位华冠丽服的歌姬，坐在炕上演奏三弦琴，与王福业此唱彼和，曲调十分婉转、动听。这个女子出身良门，亲切可人，谦逊有礼，以冀借此新风良俗，为行旅之人表演，聊资妆奁。

返津前夜，美国"莫诺卡西号"炮舰舰长希金森与我们在距离客栈约20英里处（海湾）会面，为我们捎来了过去两个月间所收到的信件。次日清晨，我们便启程赶路。不料天气骤变，北风乍起，尘土漫天。及至8点钟，风势愈烈，气温遽降。扬沙遮天蔽日，令人难辨前路。所幸依靠随身携带的袖珍经纬仪，我们尚不至彻底迷失方位，由于日程紧凑，只得顶着恶劣的天气继续赶路。在劲风的砭拂下，众人数次几欲失冠、坠马。按照原先计划，本应沿天津城东的大沽路行进，这是前往主城区的最短路线。但不久，我们彻底迷失了方向，所携的经纬仪受强风影响，读数极不稳定，渐趋失灵。城南有一片绵延近数英里的沼泽，为避免误入其间，我们决定改道西行。于晌午11点时，行至一条南北走向的电报干线，循着它继续前进。不多时，我们才辨清这条线路亦为连通天津和德州的官道，通往津郊地带，距大沽路约有5—6英里之遥。彼时，我们早已人困马乏，但仍在倍道兼程。穿过城门处的哨所后，我们本打算绕道主城区，直赴租界，但随行者中除译员和马夫外，众人素未踏足此地，但觉陌生至极，如堕烟海。先前在沙暴中，马夫早已与我们走散，整个队伍七零八落。华界的街巷逶迤曲折，令人无所适从。不多时，本人与希金森船长便与队伍走散了，我们不懂汉语，只依稀记得旗昌洋行的中文音译名是"Kee Chong"，以此询路，终告徒劳。直到遇见两位人力车夫，在连比带划外加无数次重复之后，二人终于领会了我们的意图，随后不到一刻钟的功夫，便载着我们重返城郊通往租界区的官道上。我们重酬答谢了两位车夫，然后沿官道骑马直奔旗昌洋行而去。抵达目的地后，受到了索伯恩先生（Mr. Thorburn）的盛情款待。彼时，随行的尼科尔斯先生和译员也已先行到达。原来，他们在返津途中也曾一度失道，所幸译员很快寻回正确路线。

无独有偶，昔日，本人曾与尼科尔斯先生迷失在济南府的街头长达 2 小时之久。身处他乡，迷路乃是意料之中，但总归令人不快。此番赴津，途中又受沙暴影响，难以辨清原定的路线和地标。与随行的向导走散后，我们只得在广阔的华北平原上摸索前行，孤身挺进 1500 余英里，未曾想行程将尽之际，又在距离租界不到 3 英里的主城区迷了路。

回溯此行的种种经历、见闻，有几个事实令我印象尤深：一者，以华北平原面积之广袤，其间的景致、建筑却无比单调，满目萧索；沿途村镇的民风民俗及社情百态大同小异；当地民众虽疾苦交加，体魄却十分强健；他们对外邦人少见多怪但不失亲善，安常习故而秉性温良。二者，大运河的河道九曲回环，流域内各个地区的河务却疏怠至极，积弊甚深（如水闸缺失，建材粗陋等）。其土木工程之简陋粗糙，本人不以为奇，因中国尚对科学世界一无所知。根据我此行的勘测成果：黄河两岸及华北平原各个地区皆具备架设铁路线及铁路桥的地缘条件，其间的自然地理特征与美国密西西比河及多瑙河流域的三角洲地区相仿。

但最让本人感到惊异的当属黄河，其河道极窄，堤坝疏于管理。洪水来袭时情况则截然不同，水势滔天，向渤海奔涌。由于没有山谷或丘陵阻隔，洪水一旦溢出河岸，便会肆意蔓延至邻近村落。

洪期的平原上除了河堤和各处村庄，再无其他避难之所。村民将地面填高5—6英尺作防洪之用，但并非所有区域都部署了此种预防措施，也不是所有地区都在洪堤阻挡范围之内，因此一旦洪水泛滥，便会造成严重的生命和财产损失，百姓别无他法，空有绝望。若夜间突发洪水（这种情况并不少见），附近又没有避难所，民众只能爬上房顶或树木；即使是在内陆地区，居民家中也会常备木船，用来应对此类紧急情况。

我返回天津后，与李鸿章总督相晤数番，向他扼述了此行的考察成果，此中细节不便详叙。随后，本人再赴京城，经时任美驻华公使田夏礼引荐，受到了恭亲王奕䜣等诸位内阁政要的接见。会谈其间，我们所关涉的话题甚为宏泛。众官员各抒己见，毫无矜伐之色，氛围十分和洽。时任内阁总理大臣的和硕庆郡王（爱新觉罗·奕劻）是光绪帝的嫡亲（叔父），他年近半百，中等身材，行止颇为持重。

依我之见，为国计民生虑，清政府须着力引进现代化河道排水系统、先进的农耕技术，推广工业化并完善国内铁路网。作为中华文明的发祥地，华北平原是无数炎黄子孙世代相守的热土，当地民众的生活方式及社情民风百世不易。除针线、棉布及煤油等日用舶来品的使用外，他们与西人再无交集，对西方文明也茫无所知。偶尔有传教士游历此间，或可令当地民众对外邦人的成见有所消弭：不再视其为茹毛饮血的蛮夷之属，而是促进不同国家之间文化交流的使者。中华民族对外来文明的包容以及对进步、发展的渴望一经唤醒，在国内开展大规模的商业变革及思想解放运动或许只是时间问题。百姓安于现状，国家积重难返，唯有兴教育、修铁路、开实业，方能为国家活血化瘀。

第十八章

结束华北之行后，本人返回上海，同总领事石米德乘汽船顺长江前往古都南京。时任浙江巡抚的曾国荃热情款待了我们，他是曾国藩之弟，曾纪泽的叔父。曾国荃精明强干，尽瘁事国，是坚定的改革派。他隆重地接待了我们，认真听取了我们对中国发展需求的剖析。我抵达上海后旋即乘船前往日本，旅日 6 周后再度返华，对台湾岛进行实地考察。1704 年，乔治·撒玛纳札①出版了一部台湾民族志（后证实为杜撰），文笔极佳，风靡欧洲，台湾岛由此闻名。

6 月 4 日，本人乘坐中国运输船"威力号"（原英国蒸汽船"威弗利号"，由丹尼尔森船长指挥）从上海启航，于 6 日抵达台湾第一大港——淡水港。次日一早，乘汽船前往大稻埕②，同台

---

① 乔治·撒玛纳札（George Psalmanazar，1679—1763）法国人。——译者注
② 台北市大同区西南部的一个传统地域名称，因具有大片晒稻谷的空地（稻埕）而得名。——译者注

湾巡抚刘铭传会面。

台湾岛地处长江口以南约 400 英里处，距中国大陆 100 英里，位于北纬 21°50′—25°20′，长约 240 英里，平均宽度 75 英里，面积约为 12000 平方英里。台湾美丽富饶，物产繁盛，此前隶属于福建省，由驻台闽抚管辖；中法战争时，法军将领库尔贝带领法国海军攻打台湾，未果。清政府后将台湾增辟为行省，巡抚现为刘铭传，此人精明强干，进步开明。

台湾一度为西班牙人强占，并未将其辟为殖民地。后来，荷兰人侵台，在当地修建了安平古堡，并在台西南（今台湾府附近）、西北海岸（选址淡水，亦称红堡）开埠贸易。1662 年，台湾光复，荷兰殖民者被驱逐出岛，福建、厦门等地的华人纷赴台湾定居。据台湾巡抚估算，目前岛内居民人数约 406 万，包括 400 万大陆移民和 6 万本土人。

台湾本土人大都具有马来西亚或波利尼西亚人种血统，广泛分布于东海岸和山区地带，足迹遍布大半座台湾岛，主要以打猎、捕鱼或林业为生，农耕人口较少。他们几乎不着寸缕，凭借弓箭、山刀和老式火绳枪，成功击退了历史上所有侵略者。这些原住民勇猛彪悍，但未开化。他们对欧洲人较为友好，却十分仇视大陆移民——过去 200 年间，清政府一直采取各种手段打压台湾高山族。如今，刘巡抚奉行"先礼后兵"的政策，主要通过和谈的方式解决两岸贸易往来等方面的冲突。此举对和睦两岸关系、促进文明交流多有裨益。不久前，800 多名高山族人剃发易服，向清廷示好称臣。长此以往，数年内台湾岛将完全归于清政府治下，彻底对大陆移民开放。

中国大陆地区和台湾岛内多山脉，与日本的地貌十分相似。这些山岭与东海岸平行，呈东北走向。其间林木葳蕤，生长着樟树和各种珍贵的硬木植被，竹子、棕榈、长叶松、桫椤等珍稀树种也随处可见，景色旖旎，令人神往。

台湾岛盛产樟树，樟脑素来为岛内主要出口产品。但近年来，樟脑产量下降，出口量亦随之锐减——大陆移民区的树木几乎被砍伐殆尽，若贸然采伐土著部落所在的原始森林恐生不测。为此，刘铭传及朝廷委派的特使从广东和贵州山区征募了一批骁勇善战的客家①樵夫，击退了森林中的土著。如今，这些客家人几乎垄断了樟脑出口产业。

台湾岛东海岸怪石嶙峋，景色壮丽。近岸海域水位较深，沿岸有一座天然良港：基隆（后章详述）。此间的山脉、丘陵高峻异常，海拔高达6000—7000英尺。岛的中部峰峦迭起，有玉山（12850英尺）、大霸尖山（11300英尺）、雪山山系的一座无名峰（12800英尺）和西峰（9000英尺）等。天气晴朗时，从海上便能眺得伟岸的山形；西海岸地势低洼、起伏不平，沿线山峰寥落，海拔约1000—2000英尺，一直延伸至海滨。台湾岛和大陆之间的海域水位较浅（台湾北部与朝鲜以及朝日之间的海域亦复如是），约20—50英寻②，北部海域略深，亦不过20—75英寻。

台湾淡水河出海口只有一座淡水港。即便涨潮时，此间水深也不过15—16英尺。若遇山洪、台风侵扰，退潮速度极快，十分不利通航。岛内良港匮乏，夏季台风频发，严重阻碍当地的发展。基隆和淡水皆位于台湾北部，南海岸囿于地理条件，无法营建避风港和锚地，故而台湾未来第一大港非此即彼。

目下而言，基隆的入港和抛锚条件最佳。其间岬角森然，为航船的天然地标，港口可全天、全年开放，不限吨位。基隆附近的山区盛产优质烟煤，倘在此间架设鱼雷并辅以适当防御，不啻为一处易守难攻的制胜之地。基隆港常年受东北台风影响，锚地

---

① 唯一一个不以地域命名的民系，是世界上分布范围广阔、影响深远的民系之一。客家这一称谓源于东晋南北朝时期的给客制度及唐宋时期的客户制度。移民入籍者皆编入客籍，而客籍人遂称为客家人。——译者注

② 1英寻=1.8287999972202米。——译者注

容量有限，长度仅逾 1 英里，但足以满足今后数年的外贸需求。基隆港周围地势坎坷，不宜筑建，与内岛河流不通，道路未达，交通极为不便。基隆河在方圆 2 英里内的山脉蜿蜒迂回（海拔普遍为 250—400 英尺），于入海口附近汇入淡水河；这两条河水位窄浅，只能供平底帆船和舢板通行。

虽然基隆是台湾岛唯一的良港，但淡水港有水路连通岛内，其贸易枢纽地位在铁路建成、基隆至岛内的陆路运输被打通前无可替代。目今，台湾仍以船舶和人力为主要运输力。岛内的另一座主要城市台湾府位于西南海岸，为过往省会所在地。据刘巡抚估算，台湾府居民约有 20 万。但当年法国人占领基隆后，继而攻打淡水，企图侵吞整个台湾岛。刘铭传被迫将政府迁至位于淡水右岸的大稻埕，该市距淡水约 10 英里，距基隆 20 英里。淡水港右岸另有一座重要城市：艋舺①，面积与大稻埕相当。

巡抚衙门位于大稻埕和艋舺两地之间，距淡水河不足 1 英里。衙门的围墙甫建不久，由碎砖石砌成，高约 18 英尺，厚约 10 英尺，固若金汤，墙顶雉堞林立，开有圆洞、炮眼，可装备小型武器。城垛、暗道、铁门和护城河一应俱全，皆从古式。围墙占地约 0.5 平方英里，周长约 2 英里，墙内土地大都被垦为稻田。巡抚衙门所在地虽名为台北府，实归大稻埕域内。

城墙覆地辽阔，造价高昂，但台北府只是临时的巡抚衙门，朝廷已下旨，将彰化定为新省会。彰化（北纬 24°）是台湾省的重要城市，位于大稻埕西南约 80 英里处，土壤肥沃，盛产糖、稻米、红薯、橙子、大麻、烟草和蓝草。若完善其间的公路、铁路，连通基隆、台北和台南等地，日后必将成为岛内的枢纽重地。彰化现有人口约 10 万，与大稻埕、艋舺和台北府的人口数量相当。

此番台湾之行，本人的足迹遍布淡水、大稻埕、基隆等多

---

① 清末，艋舺与台北城、大稻埕并称台北三市街，位于今台湾省台北市万华区北部。——译者注

地，船轿并行，水陆相济，远达台湾岛最北端。据我所见，彰化这座城市不啻全岛最美丽、富饶、宜居的所在。

淡水河流域的河谷，包括基隆河下游地区，都是开阔平坦的平原，其间稻田广布（双季稻），丘陵遍野，茶树漫山。当地生产的台湾乌龙茶远销海外，颇受美国茶市青睐。这种茶叶成分纯净，筛拣、包装过程十分精细，由外国茶商督制而成，口感醇厚、柔滑，据说有静心、安神之效。台湾的茶叶产量以每年约 25% 的速度增长，不断抢占厦门及日本所产茶叶的市场份额。台湾茶叶行业起步较晚，数年前才开始规模化。但岛内山地面积广阔，土质十分适宜茶树生长，茶叶出口市场发展潜力巨大。

远远望去，茶树林的红色粘土与山野间的满屏绿意交相辉映。台湾茶园的面积普遍较小，小则四分之一英亩，至多也不过 3—4 英亩。相形之下，旗昌洋行的茶园有 400 英亩之广，已实现了优质茶叶的批量生产。

一方面，台湾当地的产糖量下降明显；另一方面，岛内的水土、气候十分适宜种植茶叶，此消彼长之间，台湾未来的发展前景依然向好，但外部环境不甚乐观：法国蠢蠢欲动，几次登陆挑衅；日本则以船员被台湾高山族杀害为由发难，兵临西南海岸。强邻环伺之下，清政府终于意识到台湾省的重要防御意义与战略价值。

如前所述，巡抚刘铭传励精图治，内兴商贾，外备强敌；造桥修路，强军固防。目前，他正在筹建基隆、淡水的防御工事，计划为两座港口装备价值 60 万美元的阿姆斯特朗炮，其中威力最大的五门总重达 200 吨。此外，刘铭传还订购了数艘武装巡洋舰，大量雷明顿步枪和加特林机枪，另有一座专事弹药筒生产的军工厂已经投建。刘还准备对台湾岛各处的基建设施（无论民用、军用）进行全面修缮、升级。作为李鸿章的挚友和门生，刘铭传十分亲外，对西人纳善如流。

　　近年来，台湾对美国生产的石油、棉花、床单、衬衫衣料和钻孔机的进口量与日俱增。此外，如台灯、火柴、针等其他小型日用品的进口市场也逐年扩大。台湾岛内现有约150名西人定居，大都从事海关、贸易、航运、宗教等领域，主要分布在大稻埕和淡水，基隆和台湾府也有分布，以英国人居多，美国人次之，还有少数西人来自德国、丹麦、挪威等地。无论国别，所有西人都相处得十分融洽。其中，传教士与中国官商鲜有往来，在其他东亚国家也是如此。

　　岛内以茶叶和糖为主要出口产品，美国为中国台湾地区第一大出口国，对美贸易顺差极大。

　　据刘铭传所说，台湾盛产优质夏凉垫，由棕榈叶制成，质地和手感与巴拿马草帽无异，但色泽略暗。精致柔软，富有弹性，一席长6英尺、宽4英尺的上品垫售价高达100美元。此外，台湾吸毒者众多，鸦片甚为风靡。社会各阶层民众深受其害。甚至在某些重要场合，常有官员烟瘾发作而难以自持。李鸿章和刘铭传对此深恶痛绝，多加谴责，但于事无补。鸦片的销量依然水涨船高。

　　英国政府为垄断对华商品出口市场，蓄意引发了这场"鸦片之祸"。《望厦条约》禁止美国公民对华出口鸦片，进一步巩固了当时的中美友好外交关系。然而，美国国内最近对华人劳工的排外情绪高涨，是为中美民众友好往来传统的一段插曲。

　　台湾的城镇农庄、建筑风貌、礼制习俗等与中国其他地区并无二致。岛内公路未行，街道曲折泥泞，房屋低矮坍败，大都由红砖砌成，不似黄河三角洲地区的乡村，以土坯、灰砖房为主。

　　岛内房厦的屋顶多覆以瓦片而非茅草，正面设有拱廊，由方柱支撑，为闲游休憩之所。这种独特的建筑结构是当地多雨型气候的产物——台湾的年降雨量可达100英寸以上（对房屋的排水能力要求较高）。

阿雅人与汉人外貌上别无二致，但体质较弱：岛内以山地为主，其间气候湿热、疟疾频发、天花肆虐，致使当地民众气色欠佳，看上去十分虚弱。肺痨在这里较为罕见。当地的饮用水被病菌污染，饮用后，肺部会感染寄生虫，会出现咳血或肺出血的症状，但这种寄生虫并不致命。

水牛是台湾体型最大的家畜。在山野间、水渠旁随处可见，由老人或男童牧养看视。

岛内最常见的牲畜是中国黑猪。作为餐桌上的常客，其烹饪方法多样，如烤食、熏制、灌肠等。鸡、鸭等家禽养殖业亦较为发达，养鸭户多分布于河流、浅塘地带。鸡蛋供应充足，火鸡和鹅则十分少见。平原、山区的林地间常有野鸡、野鸭、鸽、鹬、鹿、熊等各类野兽出没。岛内还有少量矮种马和肉牛，羊肉则完全依赖大陆进口。携带病菌的蚊蝇、跳蚤等各种昆虫数量极多。然而，如果距离美国海岸 100 英里处也有这样一座岛屿，那么它定会被视为人间天堂。

台湾气候宜人，介于热带、亚热带之间，气温很少超过 90 ℉（约 32.2℃），常年云淡风轻，十分舒爽。时而遭遇大风天气，甚至受到附近海域龙卷风和台风的波及（对空气的净化作用较为显著）。当地着装以简约、凉爽为宜。岛内蔬菜供应充足，菜价平抑。

岛上多地优质烟煤富集，地下有油田存在，但石油开采尚未规模化。据勘测，山区地带的矿产亦属丰饶，除铁矿外，不乏金、银等贵重金属。岛内的进出口贸易为豪商巨贾垄断，外来投机者难以涉足。

台湾的进口贸易一度十分低迷。美国制造商曾派人实地考察台湾当地民众的消费需求，几经辗转后才打开台湾的进口市场，成功将机械、棉制品（如棉线）、灯具、铆钉等五金制品出口至岛内。在出口领域，尽管台湾的茶叶贸易取得了一定发展，但受银价下跌以及欧美国家汇率波动，台湾的外贸业前景仍较为暗淡

（日本及中国大陆地区亦复如是）。

即便如此，台湾对中国大陆的战略价值举足轻重。岛内自然资源丰富，适宜移民，且地缘优势显著——基隆港盛产煤矿；澎湖列岛靠近台湾海峡，地处台海两岸中线，拥有众多天然良港。两地皆易守难攻，是海军基地的绝佳场所。日后若开发得当，不啻中国海疆的"钢铁屏障"。

第十九章

中国教育制度——囿于典籍、律法与历史之梏——对中国官民的影响——发展停滞期——中华文明——西方科学与东方传统哲学——早期对外交流——葡萄牙人——西班牙人——法国人——俄国人——英国人——东印度公司——美国人——清政府的抑商之策——小型船舶时代——首批新教传教士——清官员对商贸的态度——洋行行商——律劳卑勋爵①：拒绝谈判——英国商人的行动——北京谈判——鸦片贸易——清帝的禁烟举措——销烟——鸦片战争——清政府的妥协——割让香港——战争的影响

同其他民族，特别是欧美人相比，中国人尤为尊崇教育。自古代起，及至西方宗教改革②时期，华夏文明在许多领域都领先世界：城镇壁垒森严；河道通航无阻；制造业欣欣向荣；教育体制亦颇为成熟。《中国总论》及《美国百科全书》对中西方的教

---

① 律劳卑（William John Napier，1786—1834），第九代纳皮尔勋爵，英国皇家海军职员、政治家和外交官。为与其他同封号勋爵相区别，此处译为中方对此人的惯用名称。——译者注

② 始于欧洲16世纪基督教自上而下的宗教改革运动，通常指1517年马丁·路德提出《九十五条论纲》，到1648年《威斯特伐利亚和约》的出台为止的欧洲宗教改革运动。该运动奠定了新教基础，同时也瓦解了天主教会所主导的政教体系。——译者注

育体系已有详述，在此不加赘叙。中国的教育体制始终以传授典籍、法理和史学知识为纲，凡与上述领域无关的内容均被视若敝屣；自古以来，对教学的内容、方法都有明文规定，且已约定俗成，千百年来没有任何实质性的改变与革新。这些内容和方法主要取材于"至圣先师"孔子及其弟子的语录、训言，将其奉为圭臬，不可辩驳。除此以外，一切识见、律则皆不足取法。这种厚古薄今、故步自封的制度限制了发展。中国人为传统所限，为闭关锁国所困，为文言之贫瘠与死板所累，亦为僵化狭隘的教育制度所囿。但这种教育制度打破了世袭贵族对官职的垄断，对寒门学子与贵胄子弟一视同仁，因而备受拥护，深得人心。贫穷、无知以及对自身命运的无力感并非致怨之源。据我所知，中国民众大都安于现状，对国家发展、历史变迁漠不挂怀。专制统治世代延绵，历代王朝的兴衰沉浮皆有定法，但其政体本质却始终如一。满族与汉族的君主皆尊孔尚儒，与所有民众一样，为种种已然被神圣化的陈规定俗所缚。这些习俗扎根于中国古老的哲学体系，千百年来都无可撼动。

彼时中国的公立学校发展尚未完备，两千年的教育体制毫无变化。活字印刷术在中国古已有之，已历经800余载，但中国内地迄今尚未发行任何内容详实的新闻报刊。内陆地区的民众皆耽于现状，唯有新知识与更为进步的新文明才能搅动这一潭死水。当务之急在于"这一转变该如何实现？是借力于教义之化，抑或庠序之教？还是报纸、书籍的普及？若无清政府首肯，上述方法又能否有效应用于中国的教育建设？"答案显然是否定的。若想感化数以百万计的中国民众，须先说服少数"有识之士"。放眼诸国发展史，皆同此道。简言之，必须得到中国知识分子与政府官员的认可，才能渗透至民间。为此，需多策并举，数管齐下。总而言之，中国人若想提升自我、接轨世界，务须引进科学，采用科学教学法；悦纳多国的艺术与器具，真正领会文明的先进与卓越；惟如此，方能引导其效法西方。对中国民众要从物质层面到精神层面循循引导，指明自强、求富之捷径。此外，开发自然资源，授之铁路、矿场的建造与营运方法；冶炼钢铁的技能、用途；各种贵金属的勘探、提炼之道；还有工厂的创办与经营方法。如今，一些清朝官员已经认识到蒸汽船的商业价值，铁甲船、大炮和鱼雷的海防作用，后膛炮和西式战术的军事优势，以及电报网深入边鄙、沟通全国所带来的便利。尽管如此，科学的种种利好在广大内陆地区仍鲜为人知。

第一次工业革命期间，蒸汽轮船和铁路问世，并日益在全球范围内普及。作为有史以来最伟大的工业运动，这场革命为世界提供了前所未有的就业市场，资本与劳动力之间的合作从未如此紧密。这次革命俨然渗透到人类工业文明的各个角落：开矿、采石、冶炼厂、轧钢厂和机械车间纷纷建立。随着物质生活得到全面改善，人们的精神生活质量也显著提高。其影响之深，贡献之大，历史上无出其右。这场革命已经超越时空，战胜自然，为世界上所有国家、所有种族都带来了福祉。在其冲击下，清政府所奉行的闭关锁国政策已然成为强弩之末。

自马可·波罗时代迄今，欧洲和中国之间的交流互通一直较为频繁。1286—1331 年，鄂多立克修士①旅居广东，他记述了彼时中国人用鸬鹚捕鱼、留长指甲以及强制妇女裹脚的陋习，许多耶稣会士跟随鄂多立克的事业，经当局批准后，开始周游中国。葡萄牙耶稣会士鄂本笃②（Benedict Goës）曾自欧洲由陆路抵华，他首次指出"Cathay""China"皆指中国，后病逝于四川边陲。

清朝以前，中国与外界的沟通素无阻滞，西人可由陆路或海

---

① 鄂多立克（Friar Odoric，1265—1331），罗马天主教圣方济各会修士，继马可·波罗之后来到中国的著名旅行者。——译者注

② 鄂本笃（Benedict Goës，1562—1607），葡萄牙耶稣会士，16 世纪末被耶稣会选中，派往中国。——译者注

运抵华。1516 年，葡萄牙人拉斐尔·佩雷斯特雷洛①首次从欧洲经海路来到中国。次年，费迪南·佩雷斯·德·安德拉德②与其兄西芒·德·安德拉德③相继赴华。

西班牙人占领菲律宾后，于 1517 年首次抵达中国沿海地区。1622 年，荷兰人侵占澎湖列岛，1624 年又强夺台湾，在安平、淡水和基隆三地设立军事要塞，开设商埠，将其辟为殖民地，并派遣使团至北京，与中国大陆时有贸易往来。及至 1662 年郑成功收复台湾后，荷兰人只得与他国商客赴广州贸易。

法国政府近年来才开始向中国派遣外交使者，此前二者间素无商贸往来。但在 19 世纪以前，法国耶稣会的传教活动却成为世界了解中国的主要途径，论其所提供的信息之丰富翔实，所有赴华旅行家都难以与之相媲。

1567—1677 年，居于黑龙江河谷的俄国人向北京派出了许多商队，与大清建立了贸易往来。受其推动，1689 年 8 月 27 日，中俄两国在平等谈判的基础上，签订了《尼布楚条约》。该条约是中国历史上和西方国家签订的第一份国际条约。1692 年，伊维特·斯布兰特·伊戴斯④携沙皇签准的《尼布楚条约》抵华。1727 年，沙皇又遣公使萨瓦·迪斯拉维治⑤赴京，令其在北京成立常驻使馆和译员培训学院。俄国使馆开放至今，中俄两国虽间有边境冲突（尤以黑龙江流域为主），但外交关系整体稳定。目

---

① 拉斐尔·佩雷斯特雷洛（Rafael Perestrello，1514—1517），葡萄牙探险家。——译者注

② 费迪南·佩雷斯·德·安德拉德（Fernão Peres de Andrade，? —1552），葡萄牙商人、药剂师、外交官。——译者注

③ 西芒·德·安德拉德（Simão de Andrade，? —?），葡萄牙探险家。——译者注

④ 伊维特·斯布兰特·伊戴斯（Evert Ysbrants Ides，1657—1708），丹麦籍旅行家、外交官。——译者注

⑤ 萨瓦·迪斯拉维治（Sava Vladislavitch，1669—1738），塞尔维亚商人、探险家，俄国彼得大帝所雇外交官，参与签定中俄关于恰克图附近边界的《布连斯奇条约》。——译者注

今俄国人日益迫近中国边境，大有与清政府裂土分疆之势。一旦铁路网延及黑龙江流域，俄国人就能以此地为据，侵占中国领土。结合俄国在亚洲地区的战略规划，清政府所面临的危险已迫在眉睫。一些洞察时势的中国人对此早有警觉，认为俄国迟早出兵侵占黄河流域，进而攫取黄海诸港，迫使其全年开放，以利通商。

历史上首批英国船队于 1635 年抵达澳门近畿，与中国展开商贸往来。但不久与当地民众发生冲突，以互殴告终。1644 年，英人再次来华，1677 年抵赴厦门，及至 1684 年方在广州落有一席之地。1699 年，英王任命卡奇普尔（Catchpool）为领事（即王命大臣），冀图在宁波等长江以北地区开埠通商。1703 年，东印度公司将英国在广州的外贸业务交由大班①代理。1742 年，英国皇家海军准将乔治·安森②率领"百夫长号"（Centurion）抵达中国海岸。作为第一艘驶入中国海域的英国护卫舰，"百夫长号"大有向清廷示威之意。自彼时至今的百年内，中国与西方的贸易几乎为东印度公司垄断。1792 年，英政府派遣乔治·马戛尔尼伯爵③率领由 3 艘船组成的船队与智囊团前往北京进行特别访问，清廷对其礼遇甚隆。马戛尔尼此行并没有为英国争取到在华的外交特权，但此番访问影响深远，堪称近代中国外交史的起点。1816 年，英国又遣大使威廉·皮特·阿美士德勋爵④抵京，因他拒绝向清帝行叩头礼，终未接见。此后数年中，清政府对外贸愈发忌惮，各种限令层出不穷，最终断绝了与西人的一切来往。

1834 年，东印度公司在华的贸易垄断宣告终结，律劳卑勋爵

①　鸦片战争前，外国商船中处理商务的货长，依照其职务高低，分别称为大班、二班、三班。后逐渐推广，成为对洋行经理的称呼。——译者注

②　乔治·安森（George Anson，1697—1762），英国皇家海军第二位环球航行的舰长，所率领的"百夫长号"是第一艘越过太平洋到达中国水域的英国船只。——译者注

③　乔治·马戛尔尼（George Macartney，1737—1806），英国近代政治家、外交家。——译者注

④　威廉·皮特·阿美士德（William Pitt Amherst，1773—1857），英国外交官。——译者注

被任命为英国驻华商务总督，奉巴麦尊勋爵①之命，赴广州接管贸易事务，并在中国其他地区辟市通商，但清廷拒绝与他本人开展任何外交谈判。

美国的第一艘商船于1784年登陆中国，美国对华的商贸往来由此掀开序幕。中美的友好关系自此从未中断。但据卫三畏所言，美国政府多年来"并未保护在华公民的权益，其商业、生命和财产安全皆受清国律法和统治者意志的掌控"。

欧洲其他小国与中国贸易往来皆效仿英国，在其引领下成行，直到近几年才初显地位。

由此历程可知，中国的对外贸易始于1516年，初时规模较小，以海运为主，为葡萄牙人、西班牙人与荷兰人主导，不成体系，具有掠夺性质。直到1635年，英国与华建立贸易往来，逐渐成为对华贸易的主力军，与中国的贸易额胜于其他国家的总和。英国商人直截了当、态度强硬，英国政府则通过外交手段对商贸活动予以支持，甚至不惜动用武力，但最终却又不得不妥协，与他国共享特权，论其得失消长，亦属公平。继"俄患"之后，中国西部及西南诸省事件迭出，英属印度殖民地迅速崛起，英王野心勃勃，英国商人蛮横贪婪，这些俨然成为中国的另一隐患。

清政府初时就欲限制广州的外贸活动，为此立下了诸多苛刻条款。自光绪帝登基以来，清廷对西人惮意愈深，竭力遏制外贸发展。200多年间，对外贸易只能通过广州十三行②进行，洋行商人须为官方钦定，西人不准在中国境内旅行，"食宿行止、生意往来等日常活动皆在指定区域进行"；1807年，新教传教士初赴中国也不得不遵循商行的诸多限令。中国素有抑商传统，外国商

---

① 巴麦尊（Henry John Temple，1784—1865），英国首相，英格兰第二帝国时期最著名的帝国主义者。——译者注

② 广州十三行是清代专做对外贸易的牙行，是清政府指定专营对外贸易的垄断机构。在"一口通商"时期，"十三行"的发展达到了巅峰，成为"天子南库"，与亚洲、欧美主要国家都有直接的贸易关系。——译者注

人也为人所轻。其社会地位之卑下，难以对知识分子和统治阶级产生影响，遑论革新中华文明或动摇清廷的施政方针。

这一时期商贸往来的主要交通工具以小型船舶为主，贸易条例繁苛，清廷对外国商人颇为轻视。卫三畏作为最早赴华的传教士之一，对此感触很深：

> （传教士们组成了）一个自己的社会，彼此交易全凭自身节操，但同中国人的关系则是律师口中的"自然状态"。一旦总督、关吏或者高级洋商撤换，又要根据新任官员的要求，采用新的政策方针。东印度公司委员会对英国人的管辖权力极大，甚至可以将其驱逐出境，但其他国家的领事对同胞几乎没有管制权。彼时的贸易松弛涣散，关税未定，导致走私盛行，中国商人和外国商人之间的抵触和不满情绪持续蔓延，每一方都在尽可能为自己牟利。双方之间亦无任何权威的通讯媒介，因为外国领事不受清政府信任。在勉力维持各国和平的情况下，贸易虽可继续进行，无利可图时，贸易自会停止，但这种并不稳定的局势却于民族性有损，由此产生的误解更难解释，因为双方都不体谅，或者说不信任彼此。

因此，西人虽未能对中国人的生活习惯和清政府的行事方式产生显著的影响，但在 1843 年以前，一个相当漫长的时期内，清政府对在华的西人亦有所关注。作为中央集权制国家，中国境内的西人受到官府的严密监视，任何公开行为都会被及时上报。这些反馈在某种程度上促成了闭关锁国政策的颁行，并在日后发展为中国外交的指导思想。此前，清廷仅开设一个外贸港口，且洋行主理事务的行商皆为官方指定，外商们尚可容忍；各国赴京的公使、臣属亦可得到朝廷的礼遇，但清帝和朝臣却执拗地视其为对华纳贡的藩属之国，而非与大清地位平等的主权国家代表。后来，律劳卑勋爵的"狂妄"言行令当局颇为忌惮。为避免进一步激化中英两国矛盾，英国总督令律劳卑勋爵驻留澳门，若无清廷许可，不可擅自前往广东。但律劳卑勋爵并未及时收到这一指令，也未遵守清朝律法。他擅自赴广州，越过十三行，直接以平行款式致函两广总督卢坤。卢获悉律劳卑抵广的消息后，向行商发出公告，严正谴责律劳卑"败法乱纪"，并申明："朝廷命文武大臣，文臣治民，武臣惩恶，商贸琐事由商人自理，吾等大臣无需闻之。"为彰示清政府与外邦的"主臣"之分，他拒绝接收律劳卑的公函，双方僵持不下。律劳卑勋爵拒绝与洋行的行商谈判，要求面见清帝，接待规格需"符合女王陛下钦点之荣和大英帝国之誉"，卢总督则坚持西人以"禀帖"的形式进函，余者皆为僭越。双方各遣信使，数次交涉皆无果而终，总督旋即下令，终止对英贸易。律劳卑勋爵退居澳门，不久后去世。中英贸易随之恢复，清廷则对外宣称是中国"将律劳卑及其所率船队驱逐出境"。

律劳卑事件如同一面镜子，映照出中国人的行事准则。清廷认为，通过书信形式进行官方往来有违中国立场，意味着英王不再是膺服于清朝的藩属臣民，他日必将举兵犯边，与清廷裂土分疆。清政府的担忧确有先见之明。随着日后大英帝国在东南亚地区的势力愈益壮大，对中国的领土安全构成了严重威胁。

广州的英国商人审时度势，向议会递交了请愿书，建议英政府遣专员一名，率一支小型舰队，赴中国北境某港口示威，向清廷施压，促使对英外贸政策的调整。这一提议被议会否决，其可行性无从印证。不管此计是否成行，都堪称义举。清政府终止了同他国的一切贸易往来，唯独恢复了对英贸易。之后，英政府曲言谴责了律劳卑勋爵的行为，此举在英国激起轩然大波，一时成为各路刊物的热点话题，连威灵顿公爵①也出言谴责。不过，中

① 威灵顿公爵（Arthur Wellesley，1769—1852），英国军事、政治领袖，陆军将领。——译者注

英之间的贸易活动未受此事影响，发展稳定。西人企盼中国当局开辟更多的通商口岸，但清政府对此戒心高筑，不肯轻易松口。西人终于意识到，要想打开中国的国门，必须得到朝廷的许可。如今，大多数中国民众认为，对外通商不啻为引狼入室：随着外贸活动日益频繁，鸦片的流通和普及在所难免。鸦片于9世纪传入中国，如今已成为清朝的一大痼疾。律劳卑的继任者乔治·贝斯特·罗宾逊爵士①直接将使团总部设在一艘鸦片船上，并向英政府提议："若想令清廷妥协，唯有武力占领珠江口的外伶仃岛。"

随后，海军上尉查理·义律②接任罗宾逊爵士成为英国使团统领，他放低姿态，向卢总督示好，并率部迁至广州，表示愿意"万事遵从皇命"。同时，举国官员就政府对鸦片贸易的态度争论不休。一方认为既然鸦片贸易难以禁绝，不若将其合法化，加以管制，如此便可通过提升国内的鸦片产量，缩减大清每年从境外进口货物的开支；另一方则极力主张全面禁绝鸦片贸易，认为其伤身、害智、损财，贻毒甚深。

绝大多数赴华外商染指了鸦片贸易，从中获利甚丰。他们也加入了此番论战，多数人（尤其是英国商客）竭力反对禁止鸦片贸易。道光帝和官员们多方权衡后，认为鸦片祸国殃民，最终决定禁烟。中国对毒品的需求日益增长，而走私毒品的暴利对西人来说极具诱惑。英国是对华鸦片输出的最大出口商，其他西方国家也嗅到了此间商机，纷纷加入"贩烟"阵营。

道光帝在举国大多数官员的拥护下，开始强力肃清鸦片贸易：处决了数名用白银向外商进口鸦片的烟贩，对鸦片走私者严

① 乔治·贝斯特·罗宾逊爵士（George Best Robinson，1797—1855），1835年成为第二任英国在华贸易总督。——译者注

② 查理·义律（Charles Elliot，1801—1875），英国海军上将，长期在英国殖民地压迫和奴役当地人民，来华后积极从事侵略活动，以主张对中国采取强硬政策为巴麦尊所信任，后因鸦片贸易问题，使得英国对清廷宣战，引发第一次鸦片战争，并率先于1841年1月26日派兵占领香港。——译者注

刑拷打、拦截、销毁运载鸦片的船只，对鸦片吸食者征收重税，甚至以死刑相胁，但鸦片贸易屡禁不止。清朝商人与西人一样，难以抗拒鸦片贸易的暴利。在海关官员的纵容下，鸦片进口畅通无阻，连两广总督之子也参与了鸦片走私。大清海军、海关的禁鸦行动处处受挫。最终，清政府下令在广州某外资工厂前公开处决一名烟贩，借此举震慑外商及其雇员。但工人们却冲出工厂，赶走了行刑的刽子手，试图驱散围观的人群，并与当地民众爆发了冲突。此事惊动了当地县令，他率数名扈从、兵士赴现场平乱，事态迅速平息。但这场暴动使得当地民众的仇外情绪高涨，因西人大多染指鸦片贸易，民众视他们为违法乱纪之徒。

清政府对鸦片贸易的打压毫无松懈：特命林则徐为禁烟大臣，成功与大多数外商签署协定，令他们承诺：第一，不从事鸦片贸易；第二，不将鸦片引入中国。但此协定形同虚设，签订不久，外商纷纷毁约。万般无奈下，禁烟大臣只得动员对方交出所有鸦片，将其销毁。不久后，英国驻华商务总监义律越权进言，并出面作保，外商们终于妥协，交出 20291 箱鸦片，总价值近 1100 万美元，这些鸦片被尽数销毁。16 名来自英国、美国和印度（帕西人）的商人被驱逐出境，其余留华者须向清政府保证，不再从事非法走私活动。其间，中国与各国的贸易往来时断时续，唯鸦片船只往来不绝，走私活动仍然猖獗。在暴利的驱使下，许多人都不惜以身犯险。

1839 年 12 月 6 日，林则徐下令，终止对英的一切商贸往来；年终，两国关系陷入僵局，战争一触即发。

英国当局认为，英国商人所交出的鸦片，其损失应由政府补偿，义律则建议向清廷"索赔"，议会为此事争辩多时。当时英国国内的报刊对此亦有详载。英国政府最终对华宣战，要求清政府"对女王陛下的总督及臣民所受到的侮辱和伤害，以及英国商人在暴力胁迫下遭受的损失进行赔偿，保障英国在华商客的人身安全与尊严；并设立维护中英贸易的基础性条约"。

1841 年 7 月 4 日，一支英国远征舰队迫近中国海岸，包括 5 艘战舰、3 艘蒸汽船和 21 艘运输船。次日，3000 名英军攻占了宁波附近的定海，将其据为登陆点。两天后，英国政府任命上将乔治·懿律①为英国对华全权代表，遣其与上尉义律共赴舟山。二人要求宁波和厦门的官员将英国首相巴麦尊勋爵的亲笔国书转呈清帝，遭到拒绝，遂率军强占舟山岛，封锁长江、珠江、明江河段，不断侵扰沿海清军。但中国南方海军的顽强抵抗，二人避其锋芒，挥师北上，一路行至海河。在此通过直隶总督与清廷展开对话，几番斡旋后，清帝任命博尔济吉特·琦善②为钦差大臣，赴广东与英国大使谈判。与此同时，中国各省开始集结军队、整饬海防，两国间的贸易往来一如既往。英军士气高昂、志在必得，同清军发生了几次小规模冲突，攻占数处军事要塞。琦善最终判定，此役清军绝无胜算。

1842 年 1 月 20 日，义律宣布，两国已达成和平协议——《穿鼻草约》，内容包括：中国将香港本岛及港口割让与英国；赔偿英国 600 万美元，分期支付；立即恢复英国在广州的对华贸易；承认中英两国外交地位的平等；英国将所占要塞归还中国，并释放清军俘虏。但事实证明，此条约只是一纸空文，清政府决心"清剿蛮夷，永绝其患"，双方再次开战，虎门要塞尽数沦陷，清兵死伤无数，彼时英军距广州城已不足 5 英里。两广总督奉清政府之命，与义律会面，要求停战三天，获得应允。但三日后，英国人不满谈判结果，继续向广州方向推进，控制了虎门所有军事据点和水路枢纽。清廷迫于压力，与英达成了第二份休战协议，

---

① 乔治·懿律（George Elliot, 1784—1863），查理·义律的堂兄，英军侵华全权委员、代表兼英国远征军海陆联军总司令。——译者注

② 博尔济吉特·琦善（1786—1854），字静庵，博尔济吉特氏人，满洲正黄旗人，清朝大臣，鸦片战争时主和派的代表人物。咸丰四年（1854 年）秋病死军中，赠太子太保、协办大学士，依总督例赐恤，谥文勤。——译者注

中英贸易恢复常态，但清政府的备战工作仍在稳步推进。英国人由此意识到，只有攻占广州，大败清军，才能令清廷真正妥协，遂重燃战火，将清军击溃，令其退无可守。中英再次展开和谈，签订了《广州和约》，规定：中方须赔付英方"赎城费"600万美元，及英在华商馆、商船的战争损失，并撤离广州。

不久后，英政府派遣璞鼎查爵士[①]和上将威廉·巴加爵士[②]赴华，主理英国对华事务，与中方代表签署《广州和约》，英国在广州的外贸活动继续进行。但同年八月，二人率领一支舰队北上，包括9艘战舰、4艘蒸汽船、23艘运输船及大约3500名英国士兵，相继侵占厦门、定海、镇海、宁波四地，一路搜刮民财，缴获军械无数。各省官员毫无却意，竭力抵抗，慈溪和乍浦随之沦陷，最后，远征军驶入长江，攻占吴淞口，上海失守，清廷最终斥耗30万美金将其赎回。清帝斗志犹存，在镇江、南京、苏州和天津集结大批军队。索尔顿勋爵[③]率一支英国劲旅进行增援，向长江上游进发，冀图扼占大运河，阻断清援军的水运枢纽。一番激战后，英军占领镇江、宜兴和南京下关。在海陆夹击之下，清军士气殆尽，不再幻想扭转战局，再次遣使与英方展开谈判，多番斡旋后，双方签订《南京条约》，鸦片战争宣告结束。《条约》内容如下：

　　一、嗣后大清大皇帝、大英国君主永存平和，所属华英人民彼此友睦，各住他国者必受该国保佑身家全安。

---

①　璞鼎查（Henry Pottinger，1789—1856），英国军人及殖民地官员，自1803年起在印度从事殖民活动近40年。1841年4月，英国政府命其代替查理·义律，来华扩大侵略战争，后任香港殖民政府第一任总督。——译者注

②　威廉·巴加（William Parker，1781—1866），英国海军元帅，从男爵。曾在拿破仑战争期间对法国作战，后来在鸦片战争时期担任侵华英军海军司令。——译者注

③　索尔顿勋爵（Alexander George Fraser，1785—1853），英国陆军上将，参加过拿破仑战争和鸦片战争。——译者注

一、自今以后，大皇帝恩准英国人民带同所属家眷，寄居大清沿海之广州、福州、厦门、宁波、上海等五处港口，贸易通商无碍；且大英国君主派设领事、管事等官住该五处城邑，专理商贾事宜，与各该地方官公文往来；令英人按照下条开叙之列，清楚交纳货税、钞饷等费。

一、因大英商船远路涉洋，往往有损坏须修补者，自应给予沿海一处，以便修船及存守所用物料。今大皇帝准将香港一岛给予大英国君主暨嗣后世袭主位者常远据守主掌，任便立法治理。

一、因大清钦差大宪等于道光十九年二月间经将大英国领事官及民人等强留粤省，吓以死罪，索出鸦片以为赎命，今大皇帝准以洋银六百万圆偿补原价。

一、凡大英商民在粤贸易，向例全归额设行商，亦称公行者承办，今大皇帝准以嗣后不必仍照向例，乃凡有英商等赴各该口贸易者，勿论与何商交易，均听其便；且向例额设行商等内有累欠英商甚多无措清还者，今酌定洋银三百万圆，作为商欠之数，准明由中国官为偿还。

一、因大清钦命大臣等向大英官民人等不公强办，致须拨发军士讨求伸理，今酌定水陆军费洋银一千二百万圆，大皇帝准为偿补，惟自道光二十一年六月十五日以后，英国因赎各城收过银两之数，大英全权公使大臣为君主准可，按数扣除。

一、以上三条酌定银数共二千一百万圆应如何分期交清开列于左：分行此时交银六百万圆；分行癸卯年六月间交银三百圆，十二月间交银三百万圆，共银六百万圆；分行甲辰年六月间交银二百五十万圆，十二月间交银二百五十万圆，共银五百万圆；分行乙巳年六月间交银二百万圆，十二月间交银二百万圆，共银四百万圆；分行自壬寅年起至乙巳年止，四年共交银二千一百万圆。分行倘有按期未能交足之款，则酌定每年每百圆加息五圆。

一、凡系大英国人，无论本国、属国军民等，今在中国所管辖各地方被禁者，大清大皇帝准即释放。

一、凡系中国人，前在英人所据之邑居住者，或与英人有来往者，或有跟随及伺候英国官人者，均由大皇帝俯降御旨，誊录天下，恩准全然免罪；且凡系中国人，为英国事被拿监禁受难者，亦加恩释放。

一、前第二条内言明开关俾英国商民居住通商之广州等五处，应纳进口、出口货税、饷费，均宜秉公议定则例，由部颁发晓示，以便英商按例交纳；今又议定，英国货物自在某港按例纳税后，即准由中国商人遍运天下，而路所经过税关不得加重税例，只可按估价则例若干，每两加税不过分。

一、议定英国住中国之总管大员，与大清大臣无论京内、京外者，有文书来往，用照会字样；英国属员，用申陈字样；大臣批覆用札行字样；两国属员往来，必当平行照会。若两国商贾上达官宪，不在议内，仍用禀明字样为著。

一、俟奉大清大皇帝允准和约各条施行，并以此时准交之六百万圆交清，大英水陆军士当即退出江宁、京口等处江面，并不再行拦阻中国各省商贾贸易。至镇海之招宝山，亦将退让。惟有定海县之舟山海岛、厦门厅之古浪屿小岛，仍归英兵暂为驻守；迨及所议洋银全数交清，而前议各海口均已开辟俾英人通商后，即将驻守二处军士退出，不复占据。

一、以上各条均关议和要约，应候大臣等分别奏明大清大皇帝、大英君主各用朱、亲笔批准后，即速行相交，俾两国分执一册，以昭信守；惟两国相离遥远，不得一旦而到，是以另缮二册，先由大清钦差便宜行事大臣等、大英钦奉全权公使大臣各为君上定事，盖用关防印信，各执一册为据，俾即日按照和约开载之条，施行妥办无碍矣。要至和约者。

道光二十二年七月二十四日，即英国记年之一千八百四十二年八月二十九日，由江宁省会行大英君主汗华丽船上钤关防。①

但《条约》中并未提及鸦片贸易。据传，中方代表在谈判中刻意回避此事，璞鼎查爵士只得承诺，此问权作闲谈。然而我认为，当年的真相极有可能是英国作为战胜国，不欲在此事上留有商榷的余地。《南京条约》的每一项内容都是英国人用武力攫取的战果，而鸦片贸易利润丰厚，英国绝不会在此事上做出妥协。据史料记载，彼时中国民间对政府限制罂粟种植及进口的呼声甚高，终是徒劳。中国民众饱受鸦片荼毒，他们希望英国人停种罂粟，英国却以此举有违本国律法为由，加以拒绝。此议纵使成行，对局势也无甚助益：即便英国终止对华的鸦片贸易，其他国家也不会罢手。英方甚至建议清政府将鸦片贸易合法化，以遏止愈益猖獗的走私活动。

本人并不对英国人在鸦片贸易中的不义行径多加指摘，其他西方国家亦有染指。迄今为止，在中国与他国签订的外交条约中，只有美国政府明确规定禁止鸦片贸易，虽如此，但未曾出台任何相关的惩戒性法规。

本人对鸦片战争多有着墨，旨在阐明一个事实：广州延续200余年的对外和平贸易，于中国的风貌民情、施政方针无所触动，却使西人贪婪、狡诈的形象"深入人心"。中国在外贸中所得的利好甚微，除出口茶叶、丝绸带来的微薄利润及一些新奇洋货的输入，可谓有百害无一利。由此引进的鸦片，更是祸国殃民。事实证明，单单凭借开设工厂、设立贸易总监、开展商贸活

① 王铁崖编：《中外旧约章汇编 第一册（1689—1901）》，生活·读书·新知三联书店1907年版，第30—32页。

动，绝不可能改变中国的风俗习惯，遑论撼动其国策政体。从中外通商伊始至《南京条约》的签订，其间漫长岁月，中国的官员和知识分子一直视他国为蛮夷、藩邦，访华外使皆为向清廷称臣纳贡。

但鸦片战争的失利令中国人见识到现代军事武器的威力。清兵的数量优势，在外军面前不堪一击。西人的贪念与野心一朝唤醒，清政府根本无力翼护治下苍生。除规定的巨额战争赔款外，鸦片战争的失利还迫使清廷开辟了许多新的外贸口岸，其域内的中国民众人身、财产等权益皆为英国政府所控。其他各国并未参与此役，也纷纷为本邦及在华商人争取与英国相同的特权，清政府只得一一妥协。外国在华领事裁判权及各国在华事务合作自此创立，清政府的闭关锁国政策和天朝上邦的美梦终告覆灭。贸易往来的渗透，加之军事威慑，终为西人在华立足打下了坚实的基础。如今，清政府已经对外贸的关税政策和商业条例加以革新，此举为中国"对大英帝国等诸外邦之贸易往来"提供了极大便利。钦差大臣耆英①诏曰，"结万年之和好，利两国之人民。"见此情势，美国和法国相继与华签订条约，《中美望厦条约》于1844 年签订，美方谈判代表为已故的凯莱布·顾盛②，内容明晰、条目井然，此后至 1860 年，一直被各国当作对华条约之范本。条约规定，清政府向美方赔款 2100 万美元，官民苦不堪言。但鸦片贸易依旧猖獗难禁，流毒愈深。中国民众对西人的敌意有增无减，尤其在广州地区，中外关系较为紧张。1847 年，英国人重燃战火，攻占虎门要塞，强迫清政府在珠江南岸划定更多地区，为

---

① 爱新觉罗·耆英（1787—1858），字介春，隶满洲正蓝旗，多罗勇壮贝勒穆尔哈齐六世孙，嘉庆朝东阁大学士禄康之子。清朝宗室，大臣。耆英以荫生授宗人府主事，迁理事官，历官内阁学士、护军统领、内务府大臣、礼部、户部尚书、钦差大臣兼两广总督、文渊阁大学士。后因欺谩之迹，为王大臣弹劾，咸丰帝赐自尽。伊里布和耆英，是中国近代史上首个不平等条约——《南京条约》签订的中方代表。——译者注

② 凯莱布·顾盛（Caleb Cushing，1800—1879），美国外交家。——译者注

其在华公民移居、仓储之用，并于 2 年后对外开放广州城。[①] 时限将至之际，这一协定却为清廷所废止。英国人审时度势，并未以武力胁迫清廷强制执行。外邦赴广的移民与日俱增，直至 1858 年，广州重新对外开放。

---

① 1847 年英国攻占虎门后，与耆英签署《虎门协定》，1849 年时限将至，彼时接替耆英的徐广缙却推说《虎门协定》仅是耆英个人主张，耆英下台，协定也应废止。——译者注

第二十章

再谈太平天国运动——《南京条约》的落实——贸易初兴——关税——广州的仇外浪潮——"亚罗号"事件①——空前绝后：与美国交锋——英、俄、法、美对清政府施压——朝野震惊——四国上书——联军舰队进犯海河——谈判——签约——妥协——大沽口战役②——英军溃败——卷土重来——炮台失守、京城沦陷——缔约始末——咸丰帝之死——摄政权——帝后博弈——西式教育：未来之钥

如前章所述，太平天国运动始于教徒起义，尔后演变为一场反清政府统治的全国运动。这场运动前后长达 17 年之久，伤亡人数近 2000 万。运动期间，中国官民与西人合作密切，他们借此对西方武器及军队组织的优越性感触益深。但首领洪秀全被起义之初的成功冲昏了头脑，变得轻敌而自负，西方诸国纷纷为清军借兵划策，提供武装，戮力将其剿灭。平息后，这场运动带给人们的经验和教训尚待反思，"常胜军"的故事却不胫而走。民众对西方军队的神勇津津乐道，西式武器的威力亦广受吹捧。咸丰帝

---

① 英法联军之役的导火索，源于 1856 年 10 月 8 日清朝广州水师在商船"亚罗号"（Arrow）上搜查、逮捕海盗及嫌犯的行动。事后英政府强烈抗议，最终诉诸军事报复。——译者注

② 爆发于天津大沽口附近，交战双方为清军和英法联军。前后共历三次，最终以大沽炮台被攻陷，清军失败告终。——译者注

本人也对西人协助平乱的功绩称赏不已，屡加恩赏：为华尔将军追赠谥号；晋封戈登将军的官职，赏银万两，并赐其"黄马褂"。尽管当时传媒不兴，通信手段十分落后，太平天国运动仍将成为中国历史上浓墨重彩的一页，对后世影响深远。

太平天国运动平息后，国内五座通商口岸城市（尤其是上海）的贸易行业迅速崛起。在华西人数量猛增三倍，西人聚居地不断扩大，轮船招商局等现代公司相继成立，汽船引进……

随着款项的逐步落实，清政府与西方诸国的外交关系渐趋缓和。清政府默许西人在各通商口岸城市近郊划土自治，此为"租界"的由来。租界区由条约国的驻华领事管辖，各国领事亦可将管辖权移交当地政府。英法两国政府却得寸进尺，夺取租界内华人的司法管辖权。

此后，中国的外贸行业迅速崛起，不晓汉语的西人急需翻译人员和经验丰富的买办。广州已有 200 余年对外贸易史，是这两项从业者的"聚集地"，故此，各通商口岸的洋行中常能见到会讲"洋泾浜英语"①的广东人。他们精明能干，左右逢源。英国和其他列强开展对华战争时常雇佣其以咨顾问。

1853 年上海爆发小刀会起义②，江海关（上海海关）监督吴健彰③受时局所迫，将关署迁至租界。吴曾为广州十三行行商，他表示愿意将关税征收的主管权让渡给英、美、法三国的领事专员。条约签署等事皆由精通中文的威妥玛先生主理。李泰国④后

---

① 因旧上海滩一处靠近租界的地名"洋泾浜"而得名，旧时特指葡萄牙人和英国人在中国从事贸易时使用的语言。——译者注

② 上海小刀会由广东、福建、浙江和上海等七个帮联合组成，会员以小刀为标志，对外用"义兴公司"为代号，首领有刘丽川等，其成员主要由贫苦农民、工人组成。1853 年 3 月，太平军攻占南京，刘丽川等趁机在沪开展武装起义。——译者注

③ 吴健彰（1791—1866），出身贫寒，在广州十三行充当仆役，后通过外贸起家，创办了同顺行，跻身十三行行商之列。道光二十八年（1848 年），清廷以其有"通夷之才"，任命他为苏松太道（即上海道）兼江海关监督。——译者注

④ 李泰国（Horatio Nelson Lay, 1832—1898），1855 年 6 月 1 日，受英驻上海领事馆委派，接任威妥玛之职，担任江海关关税管理委员会的英方税。——译者注

接替威妥玛，担任上海海关税务司，其继任者为罗伯特·赫德。此后，全国其他通商口岸纷纷效法让权，关税管理日趋有序。迄今为止，中国海关系统内已有1000余名外国雇员。从价关税率①常年保持在5%左右，关税收入从每年约500万美元增至近2000万美元；所征税款尽数上缴国库。除主管海运关税的征收、核算之外，海关税务司还在外贸港口等近海地设立了灯塔和浮标，组建了一支武装缉私舰队，定点巡察，在遏制鸦片走私方面收效显著。

虽然广东人与外商在贸易领域多有交集，但当地民众与西人之间的矛盾较他处也最为尖锐。太平军兵临广东时，外商向当地民众出售武器和军需品以助自保。后广州城内爆发内战，数十万人丧生，无数房屋被毁。大陆租界和香港等地的外国领事调停无果，一筹莫展；两广总督叶名琛②潜心整饬鸦片走私，对西人十分强硬，拒绝接见外使，致使中外矛盾进一步激化。值此时局，英国政府浑水摸鱼，强占香港，将其辟为零关税的自由贸易港，大兴鸦片贸易，并逼迫港内的大清商船悬挂英国国旗。大陆海关鞭长莫及，鸦片走私死灰复燃。人口拐卖和海盗活动日益猖獗，无数内地劳工被绑架贩卖至澳门的巴拉坑③。后来，商船"亚罗号"因涉嫌走私被广东水师扣押，该船曾向港英政府登记为英籍，但扣押时运营执照已经逾期，也未悬挂英国国旗。事后，英国领事巴夏礼爵士④和驻港总督宝宁爵士⑤向清廷严正交涉，要求赔偿相应损失，但叶名琛不肯让步。

---

① 从价税是指按照货物的价格为标准征收的税种，其税率表现为货物价格的一定百分比。从价税额等于货物总值乘以从价税率。——译者注

② 叶名琛（1807—1859），字昆臣，自号海上苏武，湖北人，清末重臣，官至两广总督兼通商大臣，体仁阁大学士，一等男爵。——译者注

③ 葡萄牙语"Baracoon"音译，也称为招工馆，意为关押华工之地。——译者注

④ 巴夏礼（Sir Harry Smith Parkes, 1828—1885），19世纪英国外交家，在中国、日本工作多年。——译者注

⑤ 宝宁（John Bowring, 1792—1872），又称宝灵、包令，英国派驻香港的第四任港督。——译者注

1856 年，清廷与英国纷争不断，美国首次对华发难。美国军舰在珠江炮台附近遭到炮击，一人丧生。彼时，由美海军准将奄师大郎（James Armstrong）统领的"圣哈辛托号"（San Jacinto）、"朴次茅斯号"（Portsmouth）和"黎凡特号"（Levant）正驻于事发地附近。他闻讯后立即组织反击，占领炮台，杀害了数百名清守卫军，所幸事态没有进一步恶化。但在华的英国人不肯罢休，一面向印度英属殖民地寻求增援，一面煽动英国政府对华开战。英国议会就广州的时局权衡利弊后，决定取法《南京条约》，联合法、俄、美三国，向京城派遣驻华公使。1856 年底，列强委任的特命全权公使纷纷乘军舰抵广，向清政府发出最后通牒，随后派遣一支约 6000 人的部队占领广州。两广总督等高阶官员悉数被俘。在西方诸国的推动下，当地很快成立了新的傀儡政府。

彼时，英法联军曾向美俄发出照会，提议四国联手向清廷施压，促成新约的签订。美俄公使此前一直未加干涉，此番终于应允，纷纷向朝廷修书明意，一时朝野震惊。咸丰帝对外国公使深为反感，禁止其入京朝见。鉴于修约一事并无先例，朝廷未明确表态。英法两国遂派遣舰队携美俄海军攻占大沽炮台，溯白河而上。清政府委派两名钦差大臣在天津接见外使，与英国额尔金伯爵①等人展开谈判。"大难当头，仍未所知"，清政府惮于亡国之患，对列强有求必应。这些不平等条约被归入最惠国待遇的细则，作为对《南京条约》补充。此前，美俄代表曾拒绝对华开战，但额尔金伯爵认为，依据当时情势，"清朝官员不明事理，不辨得失，唯有（战争带来的）恐惧感能令其屈服。"另一位英国军官亦明言："英法两国的军队将清政府逼入绝境，美俄从旁'掠阵'，以便分一杯羹。"话虽粗犷，但清廷冥顽不化的外交态度委实难以沟通。

---

① 额尔金（Lord James Bruce Elgin, 1811—1863），英国外交官，殖民官员。——译者注

1858 年 7 月初，咸丰皇帝正式签署《天津条约》，英法舰队业已驶离白河南下。随后不久，清政府应英国的提议，修改关税税则，将鸦片交易合法化，同时大幅削减鸦片进口的税率；并将位于扬子江畔、距东海 600 余公里的汉口增设为通商口岸，对西人开放；赋予传教士在华自由传教权；批准四国公使常驻北京（但特使们并未赴京，即行归国）。

为防止联军卷土重来，清政府立即着手重建白河河口的防御工事。列强指定在北京举行缔约仪式，朝廷以为不妥，派钦差前往上海，竭力转圜，意图说服英法两国的外使将签约地改为上海，终未成行。

1859 年 6 月 29 日，英军再次强攻白河，被清军击退。此役英方共计 89 人战亡，345 人受伤。交战期间，美舰队队长达特罗尔高喊"与子同袍"，用舰艇运输兵员，协助英国海军作战。

美国使团应清政府之邀，由北塘口登陆，后从陆路抵京。由于中美双方就公使觐见礼仪多有分歧，美国公使此行并未获得咸丰帝的接见。依清制，外使觐见，需向皇帝行叩首礼。咸丰帝最终妥协，但只准许美使华若翰①单膝下跪。为免争议，华若翰随即折返，选择在北塘与清廷代表交换条约的批准书。鉴于《天津条约》未对相关地点加以规定，此举不算违约。

白河之败后，英国心有不甘，遂与法方外使达成一致，将负责谈判的公使尽数召回，并大力增兵，修整战舰，意图再次对华开战。此役，两国联军共计投入 200 余艘军舰和运输船，搭载兵员近 20000 人，其声势之浩大，在中国对外战争史上绝无仅有。

1860 年 7 月，各国公使抵达烟台，要求清政府就白河之战击退英军一事致歉，将北京定为交换条约地点，并支付联军一切费用。上述新条款应立即生效，不得拖延。清廷依旧隐约其词，未

---

① 华若翰（John Eliott Ward，1814—1902），1859—1860 年担任美国驻华公使。1859 年作为外方代表赴北京与清政府交换《天津条约》。——译者注

明确表态。联军随即进军直隶湾，直逼北京，在白河以北约 10 英里的北塘口登陆，绕行至大沽炮台后方攻打清军，并向重兵把守的天津挺进，城内守军不战而降。

天津沦陷后，清政府主动提出和谈。会晤中，外使发现清廷毫无诚意，权为缓兵之计，遂中断议程，继续向京进军。途中遭遇清军劲旅，速度减缓，锋芒稍挫。朝廷心余力绌，派大臣向各国使团抗议，主动提出换约。联军再次停止进攻，令巴夏礼就地安排修约事宜。清政府表面对巴夏礼礼遇甚隆，背地却派博尔济吉特·僧格林沁亲王率兵伏击联军。僧格林沁俘虏了巴夏礼及众多外国兵士，将其押解回京，酷刑相加。联军余部继续挥师北上，在遭遇战中大败清军，烧毁其营地，另缴获大炮 80 门。随后发生的几次小规模交战，联军都轻松获胜。情急之下，咸丰帝携一众臣僚逃往满洲边界——热河①，仅留恭亲王奕訢驻守，与列强周旋。与此同时，联军已兵临北京城，洗劫、焚毁了颐和园等若干座皇家园林，以报复清廷出尔反尔，及对巴夏礼等人的暴行。清政府无力违拗，同意在皇城内签署新约，互换批准书，并额外赔偿 10 万英镑用于安抚外军俘虏及其家属，将《天津条约》规定的赔款数额增至白银 800 万两；割让九龙半岛界限街以南地区给英国；允许华人移民国外，与洋人形成雇佣关系；外使在北京享有与中国民众同等的居住权，面见皇帝时无须行叩首礼等。英法两国收到赔款后，并未与清政府裂土封疆，而是要求朝廷偿还此前强占的各地教堂、学校、墓地、田产等。

由此，西方对华战争和外交手段的"组合拳"再次帮助相关国家向清政府索得诸多特权，并在一定程度上，使得中国的闭关锁国政策已宣告破产，但清政府沉冗、臃肿的国家机器并未撼动分毫。咸丰帝和大部分朝臣都已出逃，联军离开后才回京，他们

① 中国旧时省份名，辖区分布在今内蒙古自治区、河北省、辽宁省。——译者注

从未见识过先进西式武器的威力，也从未与组织优良、战力强劲的外军正面交锋。战事平息后，咸丰帝允许外使觐见，但尚未成行，便遽然薨逝。联军匆忙撤离京城。不久后，政权重新落入恭亲王和两宫太后之手，他们一回京便固守于紫禁城内，拒不接见外使，仿佛什么事都没有发生过。

1861 年 8 月 17 日，咸丰帝驾崩，将皇位传给了年仅 6 岁的儿子载淳①。载淳于 1872 年亲政，彼时他年仅 16 岁，国家安定，似乎已然恢复了往日的繁华。为促成外交使臣顺利觐见，朝廷深思熟虑后，废除了叩首礼。年幼的同治帝不谙政治傀儡，于 1875 年 1 月 9 日驾崩。及至是年 2 月 7 日，慈禧太后一直是实际统治者。如前所述，"东太后"慈安于 1881 年 4 月 4 日薨逝后，慈禧一直独揽大权。两宫太后当政的 20 多年间，清朝一直奉行闭关锁国政策，所有西人都难觐"圣颜"。朝廷待驻京外使们礼遇甚隆，对其人身安全也护卫得当，但从未认真听取他们的建言，而将外务一应交予李鸿章等官员裁决处置，外使们无法接触到任何手握实权的大臣或有关部门。京城权贵大都居于紫禁城内，与外界有高墙阻隔。主管外事的总理衙门只负责咨询，遇不决之事仍唯皇命是从。

如今，年幼的光绪帝已经亲政，接见外使是题中应有之义。然而纵使成行，想来也徒劳无功。恭亲王与光绪帝的生父醇亲王不久前接见外使时，礼数周全，极具风度。鉴于光绪帝年齿尚幼，缺乏执政经验，难免仰仗二位亲王的辅助，他们中或有一人日后或将取代慈禧太后，成为大清的实际掌权者。然而这些都是猜想罢了。这种设想在他国政坛不难成行，但在为传统、旧习和律例所左右的清朝，皇权之威，主宰一切。慈禧太后摄政已近 25 年，是继乾隆皇帝之后清朝最有能力的统治者，至今仍年富力

① 爱新觉罗·载淳（1856—1875），清定都北京后第八位皇帝，年号"同治"，1861—1875 年在位。为清文宗咸丰帝长子，生母为孝钦显皇后叶赫那拉氏。——译者注

强，即便表面还政，退居幕后，又怎会甘心将自己一手推选出来的傀儡帝王与无上权柄拱手他人？归政与否，全凭她一己定夺。我以为，唯今之计，应由光绪主政，慈禧太后和醇亲王协理，各国外使亟须与之接洽。醇亲王不久前巡视天津、大沽口、旅顺和烟台等地，首次接触到西式坚船利炮，并会见了外国领事。醇亲王是李鸿章的密友，二人一同供职于海军衙门，未来的合作也许会更加紧密。有传言说，醇亲王与慈禧太后私交甚笃，他们虽对铁路、轮船和电报等西方现代化工具不甚了然，却十分开明，在国内着力普及、建设。尽管如此，二人仍不免为周围环境所囿，在理政时受到亲信、近侍等人的影响存在偏狭。这些下人与他们各自所属的阶级并无二致。朝野民间，所有人都沉浸于天朝上国的幻梦中，罔顾现实，不思进取。唯有普及教育、开化万方，才能改变现状。中国幅员辽阔，人口众多，闭关锁国久矣；汉语言又如此独特，在全世界自成一派。上述种种俨然为现代教育在国内的普及增加了重重阻力。

第二十一章

在华传教士的权利——天津教案——法俄索赔——传教难行——祖先崇拜和迷信——风水——统治阶级：因循守旧——都察院——进步政治家——京师同文馆——蒲安臣使团——留学生——应召回国——九五之尊——议建铁路——"关山万重"——应对之策——美国政府的责任——国祚难卜——危机四伏——俄国的野心——英属印度——在华永久利益——法国与德国——清廷的态度——爱好和平的民族——"大道"之行——铸剑为犁

战后各国通过外交谈判确立了一系列条款，其中最重要的一项是允许传教士来华传教。虽然《天津条约》对此已有明文规定，但 1861 年才得以落实，并愈加细化。自那时起，传教士陆续来到幅员辽阔的中国。

1870 年 6 月 21 日，天津爆发了针对耶稣会和仁爱修女会①的事件，造成 20 名法国人、俄国人丧生，法国驻华领事馆、大教堂和仁慈堂被毁。清政府查案迟迟未果，缓不济急，七国（法、英、美、俄、普、比、西）联衔提出抗议，并在几周内调集军舰，驻军于大沽口。最终，归案的罪犯皆依法惩处；清政府向法

---

① 亦称"仁爱会"。罗马天主教遣使会下属修会。1633 年由昧增爵创于巴黎；1847年来到中国。——译者注

俄赔银 40 余万两；承诺为其重建在事故中毁坏的房屋，竭力恢复秩序，并采取严格的防范措施，防止此类事件的重演。此事发生后，传教士益发谨言慎行，当地百姓对传教活动也更加理性，不再似先前那样充满敌意。为防止西方各国提出更加过分的赔偿要求，清政府出台了一系列政策，对地方官员加以约束，力图保障驻华西人在租界外的安全。至今，所有传教士，无论男女，即便深入中国边远地区传教，其人身安全也有所保障。民众的好奇心有时会让传教士顿感尴尬，但从未有出格之举。依规定，传教士需持证出行，中国官员声称此举是为安全着想，而非限制人身自由。

中国的商界、民间对传教士都深为鄙薄，延揽信徒的工作鲜有成效。为改变这一局面，传教士们除着力创办医院、小学外，也设立技术学校或开办系列科学、机械学讲座，在全国主要城市设立分会，免除入会费等。目前，中国的士人阶层根本不愿接受布道。他们熟读儒家经典，奉孔子为至圣先师，对所有传递"福音"的教派都不屑一顾。中国佛教徒众多，但佛教事业的发展却不甚兴盛，中华民族亦非宗教性民族。若论中国最重要的一种宗教活动，莫过于祖先崇拜。祖先崇拜在中国历史悠久，历朝统治者都奉行不悖。中国的"风水学"，与撒泥占卜①、算命卜卦毫不相干，却深刻影响着中国人生活的方方面面与人生的各个阶段。例如，婚丧嫁娶、出行立业前须请教地师（风水术士）。此外，地师还能助人延揽财运，预知命运，逢凶化吉。其酬金根据场合重要性和雇主的家底而不尽相同。然而，身处异国他乡的西人无法应对这一行当，只得请教翻译和助手来了解中国风俗。

目前，保守派的士人、官僚俨然成为清政府推行改革的最大阻力，其中尤以都察院及遍布全国的监察机构为最甚者。监察御史直接受命于皇帝，负责监察百官，纠正刑狱，肃整朝仪，弹劾

---

① 撒泥于地，观其形，推卜吉凶。——译者注

建言，为皇帝耳目，却屡屡借皇权之威铲除异己，肆行排外，率由旧章。

监察御史和其他重臣年事已高，一生苦读四书五经，登科及第，终于得居高位，在如此激烈的竞争下，他们根本无暇研学西方的历史和科学文化。作为中国社会的"人上人"难免对陌生的外邦文明有所轻视。这些官员将儒家经典奉为金科玉律，视科举制度为万世不易之善典。只需追随先贤的脚步，不必锐意改革，便能成就自我，攀上人生之巅。

但中国政坛亦不乏开明、进取之辈。冷兵器时代一去不返，取而代之的是雷明顿步枪、装甲舰和克虏伯大炮。军械库、造船厂和重型防御工事已广泛投入使用；一批海陆军校正式成立；各通商口岸城市相继开设了外语学校和西式学堂；清政府也在北京设立京师同文馆①培养西学人才。京师同文馆最初由恭亲王奕䜣奏请开办，四位总理衙门大臣纷纷附议支持。相关奏章节选如下："臣等因制造机器，必须讲求天文算学，议于同文馆内添设分馆等因……臣等伏查，此次招考天文算学之议，并非矜奇好异，震于西人术数之学也。盖以西人制造之法，无不由度数而生。今中国议欲讲求制造轮船机器诸法，苟不藉西士为先导，俾讲明机巧之原，制作之本，窃恐师心自用，枉费钱粮，仍无裨于实际……"奕䜣深知清廷的排外心理，又写道：

> 论者不察，必有以臣等此举为不急之务者，必有以舍中法而从西人为非者，甚至有以中国人师法西人为深可耻者，此皆不识时务也。
>
> 夫中国之宜谋自强至今日而已亟矣，认时务者莫不以采西学制洋器为自强之道。疆臣如左宗棠、李鸿章等皆深明其

---

① 清末第一所官办外语专门学校，于 1862 年 8 月 24 号正式开办，以培养外语翻译、洋务人才为目的。课程开始时只设英文，后来增设法文、德文、俄文及日文。——译者注

理，坚持其说，时于奏牍中详陈之……或谓雇赁轮船，购买洋枪，各口曾办过，既便且省，何必为此劳绩？不知中国所当学者，固不止轮船枪炮一事。即以轮船枪炮而论，雇买以应，其用计虽便，而法终在人讲求，以彻其原，法既明而用将在我。盖一则权宜之策，一则久远之谋，孰得孰失，不待辨而明矣。

至于以舍中法而从西人为非，亦臆说也。查西术之借根，实本于中术之天元。彼中国犹目为东来法。特其人性情缜密，善于运思，遂能推陈出新，擅名海外耳。其实法固中国之法也。天文算法如此，其余亦无不如此。中国创其法，西人袭之。中国倘能驾而上之，则在我既已洞悉根原，遇事不必外求，其利益正非浅鲜。[①]

奕䜣指出，康熙皇帝对西学颇为认可，并提拔了一批西人教习，认为：

古者农夫戍卒，皆识天文……治经之儒，皆兼治数……语曰：一物不知，儒者之耻。士子出户，举目见天，顾不解列宿为何物，亦足羞也。即今日不设此馆，尤当肄业及之，况乎悬的以招哉！

若夫以师法西人为耻，此其说尤谬。夫天下之耻，莫耻于不若人。查西洋各国数十年来讲求轮船之制，互相师法，制造日新。东洋日本近亦遣人赴英国学其文字，究其象数，为仿造轮船张本，不数年亦必有成。西洋各国雄长海邦，各不相下者无论矣。若夫日本蕞尔国耳，尚知发愤为雄。独中国狃于因循积习，不思振作，耻孰甚焉！今不以不如人为耻，而

---

① 郑振铎编：《晚清文选》，吉林人民出版社 1998 年版，第 528—529 页。

独以学其人为耻，将安于不如而终不学，遂可雪其耻乎？

或谓制造乃工匠之事，儒者不屑为之。臣等尤有说焉。查《周礼·考工》一记，所载皆梓匠轮舆之事，数千百年黉序奉为经术，其故何也？盖匠人习其事，儒者明其理，理明而用宏焉。今日之学学其理也，乃儒者格物致知之事，并非强学士大夫以亲执艺事也。又何疑焉！

总之学期适用，事贵因时。外人之疑议虽多，当局之权衡宜当。臣等于此筹之熟矣。惟是事属创始，立法宜详。大抵欲严课程。必须优给廪饩，欲期鼓舞，必当量予升途。谨公同酌拟章程六条，缮呈御览，恭候钦定。①

奏疏中的六条建言在此不予详列。京师同文馆正式成立后，由美国著名学者、长老会传教士丁韪良任总教习。在他的带领及一批饱学之士的努力下，克服保守派官员的重重阻挠，取得了长足发展。是年，同文馆招生量再创新高，实为可喜。

丁韪良在华居住多年，精通中国史、文学，深谙国人思维方式，与清政府高层官员多有往来。谈及中国的思想运动和社会变革，他曾在1880年表示，尽管恭亲王因其自由思想而备受打压，但"现皇帝尚未成年，左右权臣'皆主革新'。少主年十三（该文写于数年前，现下皇帝年近十七），制定政令许受各方影响，但根据条约规定，几年后皇帝将亲自接见外使，届时便可接触全新之思想，知祖辈未知之事。"②

年幼的光绪帝会作何回应，中国的未来又将走向何处，尚是未知数，朝臣们对此事的态度也模棱两可。但改革已是箭在弦上，不得不发。贸易和传教，外交手段和科学普及，在不同时期都各有成效，共同服务于同一个目的。此外，人类文明进步最有

---

① 郑振铎编：《晚清文选》，吉林人民出版社1998年版，第529页。
② 《翰林院论文集》，第329页。——作者注

力、快捷的助推器，非战争莫属。无论是清政府的外交使节，留洋的中国学者，抑或赴美谋生的穷苦民众，所有拥有留洋经历的华人回国后都成为改革的忠实拥趸。

1867 年 11 月，蒲安臣卸任美国驻华公使，清政府便委任其为中国特使，出访欧美主要国家，并派遣三名大清使节及众多随员陪同。清政府此举的政治动机尚不明朗，但此番出访极为圆满、顺利。其间蒲安臣慷慨陈词，各国接待人等热情友好，中国的国际形象由此得到了极大改善。甚至有传言认为，蒲安臣此行标志着清政府对西人与外企的态度转向，未来有望采取更为宽松的政策（尤其在铁路、电报网的建设方面）。整体而言，使团此行收获颇丰，代表清政府与西方多国达成了和平外交协议。1870 年 2 月，蒲安臣于圣彼得堡病逝。使团群龙无首，猝然归国，不久即行解散。而后，竭力促成此次外访的恭亲王奕訢失势卸任，中国的外交事业即行搁浅。

使团回国后不久（1872 年初），清政府派遣大约 150 名资质较佳的男童赴美留学，他们很快掌握了英语，适应了西方教育模式。然而，不过数年间，清政府惊觉这些留学生竟淡忘了自己的母语，对中国的律法、诗书、礼仪等常识一无所知。派人查实后，将所有留学生悉数召回。回国后的留学生并未得到妥善安置，难以学有所用。还有一些孩子被美国家庭收养，过上了富裕的生活。命运的剧变令他们无所适从。本人此行遇到了不少当年的留美幼童，大都在 20—28 岁，在英语、科学等领域从教，或在当地政府从事翻译、电报和文秘工作，但多数都意气消沉，对未来不抱任何希望。他们认为，中国若不移风易俗，继续将西学拒之门外，自己便难以施展抱负，报效家国。朝中当权者皆为老叟，他们无知而偏狭，一味抱残守缺，中国社会在其带领下永远是一潭死水。

但世事无绝对，除保守派之外，中国亦不乏李鸿章和左宗棠这样位高权重、锐意改革的政治家，还有恭亲王和醇亲王等皇室宗亲，其开明的政治立场已然成为朝野中公开的秘密。曾纪泽等官员曾留洋供职、游历，他们为国外的进步思想所浸染，亦主张变法图新。赴美留学的年轻人将兴国重望寄托于这些开明人士，希望他们掌管朝纲，厉行改革。如果其中有人能够得到皇帝的赏识与重用，或结好于内廷亲信，对国政裨益良多。与京师同文馆、海关总署、海军、陆军、外国公使馆或洋行等搭建人脉，易不失为晋身、建言的良策（蒲安臣先生便是典例）。百官听命于皇权，国民听命于官府。相形之下，统治阶级人数寥然，易于凝聚共识，十分利于改革的推进。中国人力资源充足，矿藏储备丰厚，具备成为世界强国的地利、人和等优势。若官民同心，合理开发、配置已有资源，中国的崛起指日可待。

本人自回国后，曾数次被人问及："中国有可能筑铁路、开煤矿，发展现代化工业吗？"我的回答始终如一："当中国人能够募集资金，动用本国劳力，尊重外国技术专家的意见和建议时，他们便会放下戒备，发展工业。"而目前，清政府不愿为修建铁路、煤矿等工程举债，还禁止将这些工程承揽给外商，并拒绝接受外国财团提供的按揭贷款。如前章所述，某些开明派重臣异于修建铁路，不愿因此让欧洲势力在中国有机可乘，甚至以此为由，干预中国内政。清政府国库空虚，而筹建铁路斥资甚巨，若非迫不得已，朝廷不会通过征税、举债募集资金。1亿美元的利息国库尚可负担，但相应的本金无力偿还，故此清政府不欲向外界贷款。倘若能动用国家资源（包括财力、人力、物力），中国的铁路建设会立即提上日程，户部与都察院的保守派官员再如何反对也无计可施。有了政府的支持，便可向通商口岸城市的民间商人募集启动资金，获得充足的廉价劳动力。国内迄今尚无铁矿厂、熔炉或轧钢厂，若自行制造钢轨再铺设铁路需要耗费极大的时间成本，使用进口材料的成本远低于从本土取材。清政府选择知难而进，坚信只要充分调用本国的人力、物力，减少对外国专家的依赖，即便每英里的造价贵逾 10 倍，于国家也是利大于弊——中国的铁路，本就该由中国人来修。

唯今之计，应任中国人自主出资修建，一切从简从廉。还应聘请熟悉中国国情的美国专家，采用实用性强且造价较为低廉的美式铁路：一方面，美国与中国地缘相近，无意侵吞其领土或以任何借口干涉中国内政，两国外交关系一直较为和睦；再者，美国政府也应竭力与中国发展友好外交关系，在北京及全国各省合法设立使馆。各级领事人员当审慎选择，平等照拂，其收入应与他国外交人员相同，以赢得中国官民的好感和重视。且公使在级别、仪式以及酬金等方面都应体现美国风范，如此更易给注重礼仪的中国人留下良好印象。若能买下清政府提供的土地，其上修建房屋，精心布置；为驻京人员提供王室般的待遇，便再好不过。这虽与共和党的简政理念不符，但可以吸引重视排场的大清官员。

中美贸易尚在起步阶段①，贸易不仅能为双方带来利益，更是一切事业的根本，我们美国人应当对外交工作予以应有的重视，全面促进与华贸易。《美国修订制定法》（*United States Revised Statutes*）禁止美国公使举荐任何人在国外任职，这一条令应立即废止。各级外交人员都应知晓，在中国就业的美国公民越多

---

① 以下内容摘自美国伊利诺伊州的议员理查德·惠灵顿·汤森（Richard Wellington Townshend）于 1887 年 2 月 3 日在众议院发表的精彩演讲，该篇演讲集中体现了对华贸易的重要性："与欧洲相比，美国具有地理等方面的优势，理应占据中国大部分对外贸易，然而统计数据显示，英国对华贸易遥遥领先美国，法国也在迅速赶超。英国及其殖民地的贸易已占据了中国对外贸易的四分之三。中国有 22 个通商口岸，具体情况如下：1885 年中国通商口岸进口额：168000000 美元；同年出口额：105625000 美元；贸易总额：273625000 美元。1886 年美国自华进口额：18972963 美元；同年对华出口额：7520581 美元；贸易总额：26493544 美元。上述数据不包括香港。香港虽是英属殖民地，但距中国海岸只有几英里。作为中国进出口产品的中转站，其贸易实际上也属于对华贸易：1886 年美国自港进口额：1072459 美元；同年出口额：4056236 美元；贸易总额：5128695 美元。加之此前提到的 1886 年对华贸易总额 31632239 美元，中美贸易约占中国对外贸易的 8%，中英贸易则占 75%。美国与中国隔太平洋相望，而英国与中国有难以跨越的地理距离，但中英贸易却远胜中美贸易，此番差距着实让人感到耻辱。"——作者注

（包括艺术科学、工程承包、军队教职以及政府顾问等领域），于美国国务院就越有益，更利于美国扩大在华影响，从而促进中美贸易。

美国国会还通过了退还中国赔款的法案，清政府上下十分欣喜。美国人应尽快达成决议，总统授权向中国派遣一批陆军和海军军官，此外还需开放海陆军校，向中日两国招收一定数量的学员，此举无疑会得到两国的感谢，视作仁义之事，且在将来定有所回报。

与中国民众交流时，美国人需谨记：虽然现在的中国民穷财匮，百废待兴，但中国人是自尊自爱的民族，若要伸以援手，则应真诚助之，不可轻慢失礼。

中国的改革将参照哪个国家，会何去何从，无人知晓。但中国正在悄然改变，本著所见便是例证。读者查阅书中的描述，端详这个幅员辽阔，人口众多，自然资源丰富却有待开发的东方巨龙时，必会发现诸多耐人寻味之事。目前，中国危机四伏，有诸多棘手的问题亟待解决。无人能够预知中国将如何摆脱外患，解决矛盾，但俄国垂涎西北，英国意图西南，皆虎视眈眈，欲享"永久利益"。中国若想幸免于两大强国的战火与强夺，实有登天之难，可能最终也无法摆脱亚洲许多其他国家的命运——殖民或分裂。俄国势力深入咸海和伊塞克湖之间的广阔区域，逼近西藏西部边界，侵吞希瓦①、塔什干、梅尔夫、撒马尔罕②、浩罕汗国③和布哈拉④，自里海修筑铁路；由于位置相近，俄国这一系列行动被英国视为对赫拉特⑤及其印度殖民地的威胁。毫无疑问，

---

① 乌兹别克境内的一个绿洲城市。——译者注
② 中亚地区的历史名城，乌兹别克斯坦的旧都兼第二大城市。——译者注
③ 中亚古国，18世纪初由乌兹别克明格部落建立，于1876年为俄罗斯帝国所灭。——译者注
④ 乌兹别克斯坦西南部的一座城市。——译者注
⑤ 阿富汗西部哈里河流域赫拉特省的一个城市。——译者注

俄国如卧狼当道，十分凶险。过去 200 年间，俄国控制着整个北亚地区，自乌拉尔山脉到太平洋，其一望无际的东部领土与中国西北国土接壤。20 世纪以来，俄国侵吞了诸多原始部落，开拓了一批殖民地。近年来，在阿穆尔河地区迅速扩张，待自身通往欧洲的铁路线建成，便能够灵活调动物资，集中力量征服中国。届时，俄国便会一跃成为世界强国。而这种扩张无论对英国还是中国均构成巨大威胁。中国的防御能力远不及背靠英国及其诸多殖民地的印度，那么俄国也许意在保护其翼侧和南亚交通线，但真正觊觎的是中国富饶的平原地带，开放的港口以及丰富的资源。倘若它的主要目标还囿于征服阿富汗和英属印度，那么在 25 年甚至更久之后，中国的厄运一旦来临，将惨痛百倍。

在虎视眈眈的强国中，本人并未提到法国与德国。法国曾两次与中国交战，近期"解决"与中国东南边境的领土争端；两国都急于采取一切可能的手段谋求在华商业利益，但即便如此，也无法断言其中任何一方会严重威胁清政府，破坏中国的领土完整。

若清政府最终意识到问题的严重性，开始大力改革，组建现代陆海军队，修建铁路，开发自然资源，那么以中国封闭遥远，人口众多的环境而言，能够免于外敌侵吞。中华民族喜爱和平，绝无入侵邻国的可能，亦不会对其他国家造成威胁。并且由农业、艺术和制造业驱动的中国一定会走和平发展的道路，终将迎来走向不可遏制的繁荣与强盛，更会对世界产生深远影响。